영웅전설(英雄傳說) 2

# 영웅전설

이원호 장편소설

**❷ 대의(大義)**

한결미디어

# 목 차

# 1장
# 진인(眞人)

김산이 강가에 서s조와 유옥구는 좌우에 제각기 앉아 있는 것이 마치 구경꾼 같다. 깊은 밤, 자시 무렵이 되자 비까지 내리고 있다. 이윽고 김산이 입을 열었을 때는 다시 일각(15분)쯤 지난 후였다.

"저 요괴는 강물 위에 띄운 통나무를 밟고 건너편 산으로 간 것이야."

김산의 목소리에 웃음이 띠어졌다.

"산을 싸고도는 유속이 빨라서 통나무는 흘러내려 가지 않고 산을 끼고 돈다. 지금 통나무가 이쪽으로 오고 있다."

유옥구와 웅조가 눈을 부릅뜨고 강을 보았다. 그렇다면 의문이 풀린 셈이다. 150자(45m)나 되는 거리를 뛰는 신인(神人)의 정체는 통나무였다. 통나무가 강 가운데 놓인다면 비거리는 절반으로 줄어든다. 웅조라도 전력을 다 내면 70자(20m)는 뛸 수가 있는 것이다. 그때 유옥구가 먼저 보았다.

"아앗, 통나무다."

과연 커다란 통나무가 좌측에서 흘러오고 있는 것이다. 길이가 20자 ⑹쯤 되는 통나무는 무거웠기 때문에 반쯤이 물에 잠겨져 있다. 김산이 말했다.

"내가 산으로 갈 테니 그대들은 요괴가 이쪽으로 넘어오는 것을 감시하도록."

"통나무를 건너야 하지 않겠습니까?"

웅조가 묻자 김산이 한 걸음 뒤로 물러서며 대답했다.

"산에서 이곳으로 건너올 때는 높은 곳에서 뛰어내리게 되나 비거리가 길어진다."

"과연."

유옥구가 머리를 끄덕이더니 김산에게 말했다.

"그럼 총감께 맡기겠소."

그러자 김산이 쓴웃음을 지었다.

"이젠 내 말에 승복을 하는 것이냐?"

"그렇소, 내가 다 죽였소."

어깨를 편 유옥구가 말을 이었다.

"다 시인하오. 이젠 저 요괴의 정체나 밝히고 끝낼 것이오."

"사형."

웅조가 이사이로 불렀을 때 김산이 말했다.

"내가 돌아올 때까지 다투지 마라."

엄격한 김산의 말에 웅조가 입을 다문 순간이다. 김산이 산을 향해 몸을 솟구쳤다. 마치 강에 뛰어드는 것 같다. 어둠 속을 날아간 김산의 몸이 바로 앞쪽을 흐르던 통나무 위에 닿고 나서 튕겨나듯이 다시 솟구쳤다. 그러더니 앞쪽 산으로 빨려 들어간 것처럼 사라졌다.


 청곡사는 유서 깊은 대사찰로 산 중턱에 세워져 있다. 사찰이 대게 산 속 골짜기에 숨듯이 위치한 것과는 다른 모습이다. 멀리서도 청곡사가 보였고 사찰 쪽에서도 사방이 다 내려다보인다. 그러나 깊은 밤이다. 천지가 짙은 어둠으로 덮여 있다.

 "사찰안에 모인 적당은 대략 2백여 인이요."

 정찰에서 돌아온 모산파의 조장 귀창이 무림군(武林軍)의 좌장격인 소림사 호원 유담에게 보고했다.

 "10여 명이 번을 서고 있지만 허술하오. 문이 동, 서, 북 3개 방면에 나 있으나 담장이 높지 않으니 담장을 넘어가는 것이 낫겠습니다."

 "허, 모산파가 월장에도 소질이 있는 줄 몰랐군."

 화산파 법사 장기평이 웃으라고 말했지만 아무도 웃지 않았다. 귀창은 안에까지 들어갔다 온 것이다. 귀창의 말이 이어졌다.

 "동문 앞 대웅전에 수뇌가 있는 것 같소. 요사채 세 곳에 모두 들어가 있으니 사방에서 몰아붙이는 것이 낫겠소."

 "수고했네."

 유담이 귀창을 치하했다.

 "내, 그대처럼 자세하게 정찰보고를 해주는 사람은 처음일세."

 유담의 옆에는 모산파 장로 포척이 앉아있는 것이다. 화산파와 무당파, 공동파에 전진교, 개방까지 모인 연합세력인 것이다. 유담이 둘러앉은 고수들을 보았다.

 "이제 더 이상 기다릴 것 없어. 청곡사가 고찰이긴 하나 대업을 위해서는 불에 태워야겠네."

"공격을 시작했습니다."

삼관필이 채화진에게 보고했다.

"무림군은 7개 파벌에 총 250여 명, 곽천 주위에 모인 천인회 고수는 약 200여 명이 됩니다."

"청곡사 안에 누가 있나?"

채화진이 묻자 삼관필이 머리를 기울였다.

"주장(主將) 유옥구만 제외하고 다 들어있는 것 같습니다."

"그렇다면 이것으로 남방의 무림계가 평정이 될 것인가?"

혼잣말을 했던 채화진이 삼관필과 비호수를 보았다.

"어쨌든 이번 공격으로 태호부에서 시작된 무림 파벌의 대리전이 일단 락될 것이야. 뒤를 받쳐 줘야겠어."

"각하께선 지금 어디 계십니까?"

불쑥 비호수가 묻자 채화진이 눈을 가늘게 뜨고 뒤쪽 어둠을 보았다.

"사냥 중이실 거야."

산으로 뛰어오른 김산은 먼저 굵은 나뭇가지에 발을 디뎠다. 그 순간 폐에 가득 대기가 흡수되었으므로 김산이 눈을 치켜떴다. 대기에 엄청난 진기(眞氣)가 섞여 있었기 때문이다. 한 번 숨을 마셨는데도 온몸에 진기가 박혔다.

"웬일인가?"

다시 호흡하면서 김산이 궁리했다. 바로 눈앞 어딘가에 요괴가 숨어 있다는 것도 잠깐 잊은 것이다. 그동안 숨을 10여 번이나 마셨고 온몸이 날아갈 것 같은 느낌이 들었다. 배꼽의 단전에 불덩이가 든 것 같았으며 눈은 더욱 밝아져서 앞쪽 나뭇가지에 붙은 벌레도 보인다. 그 순간 김산의 머릿속에 스승 소천의 얼굴이 떠올랐다.

"넌 독물(毒物)이다. 온몸이 독 덩어리인데 네 공력을 더 높이려면 물속에 들어가 수련을 쌓는 수밖에 없다."

물속에 들어가라니? 내가 물고기처럼 살란 말인가? 하는 표정을 지었더니 소천이 쓴웃음을 지었다.

"물속의 진기가 네 공력을 증폭시킬 것이다."

그것으로 소천은 입을 다물었던 것이다. 김산이 다시 폐에 가득 대기를 마셨다. 그렇다. 이곳은 태고의 숲이다. 인간 세상과는 150자밖에 떨어지지 않았지만 수천만 년 동안 인간이 접근하지 못했기 때문에 태곳적 진기가 쌓여있다. 마치 물속의 진기처럼 대기는 원액처럼 폐에 흡인된다. 그때 김산의 귀에 옷자락 스치는 소리가 들렸다. 수십 배 예민해진 후각에서 인간의 체액을 감지했다. 그러나 김산은 움직이지 않았다. 이제 나뭇가지에 가부좌를 틀고 앉아서 산을 응시한 채 호흡하고만 있다.


한식경(30분)이 지났을 때 기다리고 서 있던 유옥구가 마침내 웅조에게 말했다.

"어떠냐? 무작정 기다릴 수는 없으니 한식경만 더 기다렸다가 떠나기로 하자."

웅조가 대답하지 않았으므로 유옥구가 말을 잇는다.

"다 지난날이다. 난 이미 장문인 직도 버렸느니라."

"……."

"구구절절 사연 말하기도 귀찮았다. 서청이나 찾아서 서로 죽이든지 죽든지 하고 싶었다."

"……."

"너도 알다시피 그때의 원로들은 다 썩었다. 서청이 어리고 여자라는 꼬투리를 잡아 저희들끼리 장문인을 나눠 먹으려고 했다."

"……."

"그래서 내가 반대하자 나를 죽이려고 했던 거다."

"……."

"장문인은 영문도 모르고 나를 공격했다가 내상을 입었고……."

"듣기 싫소."

웅조가 입을 열었을 때다. 둘의 귀에 김산의 독음이 뚜렷하게 들렸다.

"너희들은 돌아가 내일 밤 자시 무렵에 이곳으로 다시 오너라."


청곡사 동문으로 진입한 것은 주장(主將) 유담이다. 유담과 방차옥이 소림사 고승 20여 인을 이끌고 공격해온 것이다. 필살진을 벌리며 달려든 소림사 고승들의 쇄도는 흉악했다. 살생을 금한다는 중의 금기를 깨뜨리면 광포한 야수가 된다고 했다. 고승들이 바로 그렇다. 머리 깎은 야수, 피 맛에 굶주린 악귀나 같았다.

"우왁!"

앞장선 방차옥이 먼저 피 맛을 보았다. 대웅전에서 뛰쳐나온 공동파의 거물 양경귀와 부딪쳤는데 단 일합에 청룡도로 결판을 내었다. 양경귀가 쌍검을 춤추며 화려하게 대든 반면 방차옥은 청룡도를 곤두세우고 달려

들었으니 눈길은 양경귀한테 쏠렸다. 그러나 둘이 부딪친 순간 무게 5관 (20kg)짜리 청룡도는 주변 10자(3m)거리의 사물을 다 쓸어버렸다. 난간 기둥에서 양경귀의 칼 든 팔, 그리고 몸통까지 두 동강을 낸 다음 힘이 남아서 반대편 난간 기둥까지 베어 넘긴 것이다. 이것이 방차옥의 만근겸이다. 진기를 모은 단 일격이 수백 번 휘두른 기교를 제압하는 것이다.

그러나 혼전이다. 백병전인 것이다. 쌍방이 중원 무림에서 고르고 고른 고수들이다. 기습의 혼란이 가라앉자 이제 청곡사는 쌍방 4백여 명이 찌르고 막는 백병전의 전장이 되었다.

"나는 화산파의 10걸 중 하나인 육견이다! 덤벼라!"

아우성치듯 자신의 이름을 밝히면서 덤비는 무인이 있는가 하면

"난 이름없는 무인!"

절규하며 외치는 사내도 있다. 비명과 신음은 어쩔 수 없는 인간의 본성이다. 팔다리가 잘리고 내장이 쏟아질 때의 고통을 뿜어내는 바람에 청곡사의 밤하늘에 저승사자가 다 모였다. 공동파 교주 이조경은 지금 여섯 명을 베어 죽이고 나서 일곱 명째 상대를 맞는다. 상대는 기다리고 기다렸던 개방의 전(前) 방주 오극성, 오극성이 천인회에 가입했다는 소문만 들었는데 이렇게 눈앞에서 맞닥뜨렸다.

"오오, 이놈, 오가놈아!"

기뻐 소리친 이조경에게 오극성이 백발을 휘날리며 웃었다.

"신(神)은 내게 마지막을 장식할 선물을 주셨도다!"

둘은 40년 가깝게 앙숙으로 지내던 사이, 서로 상대방의 식객, 도인을 죽인 것만 해도 각각 수십 명이다.

"이놈!"

먼저 덤벼든 것이 이조경, 그러나 세상만사가 이들 둘의 경우 하고 똑같다. 덤벼들었던 이조경은 오극성이 순식간에 어둠 속으로 사라지는 바람에 아연했다. 그러나 다음 순간 이조경은 온몸에 피가 묻어있는 것을 보았다.

"와아앗!"

옆에서 함성이 울리더니 전진교 교두 황방의 수하 10여 명이 스치고 지나갔다. 모두 손에 쇠뇌를 들었다. 한 발씩을 쏘지만 강력해서 범을 잡은 살, 그 살이 한꺼번에 오극성을 쏘아 맞혔던 것이다. 머리를 돌린 이조경은 오른쪽 담장에 어장의 고기처럼 박혀있는 오극성을 보았다. 오극성의 몸에는 7, 8개의 쇠뇌가 뚫려있었는데 그 끝이 모두 담장에 박혀 있다.

"이런."

이조경이 칼을 내리면서 탄식했다. 이것은 도살이다. 인생도 이렇게 허무하게 끝난다.


"으악!"

머리통에 단검이 꽂힌 고수 하나가 비명을 지르며 엎어졌다. 그와 겨루던 화산파의 도사가 어리둥절한 표정을 짓더니 곧 다른 상대를 찾아 달려갔다. 채화진은 다시 단검을 치켜들었다가 던졌다.

"아악!"

이번에는 단검이 눈에 박힌 고수가 뒤로 벌떡 넘어졌다. 천인회 무리를 벌써 12명째 죽이고 있다. 옆쪽 지붕 위에 선 삼관필과 비호수도 마찬가지다. 이곳은 남문 앞쪽이다. 적의 퇴로를 막고 서서 다가오는 천인회를 척살하고 있다. 아직도 살육은 계속되고 있다.

한낮이 되었다. 이곳은 산새도 생김새가 세상의 새와는 다르다. 부리가 넓고 작으며 날개가 짧아서 나뭇가지 사이로 뛰기만 한다. 김산은 여전히 나뭇가지 위에 앉아 움직이지 않는다. 어느덧 다섯 시진(10시간)이 지난 것이다. 뒤쪽이 강이었지만 짙은 나무 둥치에 가려져서 보이지 않았다. 김산은 계속해서 호흡을 한다. 진기를 빨아들이고 뱉는 것이다. 태고의 진기가 몸속으로 축적되고 있다. 몸이 점점 가벼워졌는데 지금은 무게가 예전의 2할 정도밖에 안 되게 느껴졌다. 귀에 온갖 소음이 쏟아지고 있었지만 공력으로 막았더니 필요한 소음만 들린다. 이 공력도 전보다 수십 배는 증가된 것 같다. 이곳이 물속이다. 이제 김산은 스승 소천의 말뜻을 이해하고 있다. 나는 우연히 물속으로 빠져든 것이다. 스승이 말한 물속은 대기 중의 진기(眞氣)만 존재하는 곳, 물속의 고기가 호흡하는 기운을 말한다. 이곳에 뛰어든 서청은 진기를 마시고 기운을 배양시키지는 못한다. 왜냐하면 독성(毒性)에 물든 육신만이 진기(眞氣)에 반응하기 때문이다. 어젯밤부터 뿌리던 빗발은 한낮이 되어도 그치지 않았다. 하늘은 흐리고 숲 속의 진기는 더욱 진해지고 있다. 그 순간이다. 10년쯤 전에 신점을 치는 무녀를 만난 기억이 떠올랐다. 80세라고 했지만 흰머리에 붉은 얼굴의 무녀, 그때 무녀가 한 말이 생생하게 머릿속을 울렸다.

"비 오는 그믐날 밤 자시에 별을 지켜라. 네 운명이 바뀔 것이다."

그렇지, 어젯밤 자시 무렵에 이곳에 왔고 비가 내렸다. 비 오는 밤에 별이 있다니? 별을 지키란 말은 무엇인가? 내 운명은 어떻게 달라질 것인가? 김산은 다시 깊게 진기를 마셨다. 몸이 더 가벼워졌고 공력은 더 증가되고 있다. 한 호흡을 할 때마다 그것이 느껴지는 것이다.

시체의 산이 쌓였다. 피비린내가 천지에 진동하고 있다. 이것은 보통 전장(戰場)이 아니다. 무림 고수들의 살육장이었으니 현장은 상상을 뛰어넘는다. 참혹하다. 몸이 갈가리 찢긴 것은 예사다. 숨이 끊어지는 순간에도 상대를 향해 살수를 썼던 터라 시체의 표정은 처절하다. 무인의 시체는 3백여 구, 피아를 가릴 것 없이 대웅전 안팎에 쌓아놓았다. 혼이 떠났으니 적과 아군의 구별이 없는 것이다. 시체까지 구분해서 모으면 염라대왕이 주제넘은 짓을 한다고 성을 낼 것이다.

"빠져나간 놈들은 대여섯이 고작이오."

피투성이가 된 삼관필이 제국 무림군의 수뇌 유담에게 말했다.

"허나 두령급은 다 죽은 것 같습니다."

"그렇군."

유담이 건성으로 머리를 끄덕였다. 피에 물든 장삼을 벗었지만 바지도 역시 피투성이다. 유담은 사제 방차옥을 잃었다. 방차옥은 사천왕처럼 청룡도를 휘두르며 양경귀를 단칼에 토막을 내었지만 난전(亂戰) 중에 온몸에 난자를 당하고 죽은 것이다. 방차옥을 누가 죽였는지도 밝혀지지 않았을 정도로 혼전이었다. 모산파 장로 포척도 10여 명의 천인회 거물들을 베고 죽었는데 마지막 순간에 스스로 목을 잘랐다. 입회인으로 화산파 법사 장기평을 선정까지 했으니 창자가 다 쏟아진 상태에서도 장렬한 죽음을 맞았다고 후세에 기록될 것이다. 전진교 교주 황방은 곽천의 비수를 다섯 개나 맞고 죽었지만 죽기 전에 원수가 죽는 꼴을 보았기 때문인지 웃는 얼굴로 숨이 끊어졌다. 현장에서 곽천의 목을 유담이 잘랐던 것이다. 그러나 천인회의 두령급 중 살아 빠져나간 인물은 없다. 졸개 대여섯 명만 도망친 것이다. 유담이 대웅전을 올려다보면서 말했다.

"불을 질러라."

"관세음보살."

뒤에 서 있던 장기평이 커다랗게 소리쳤다. 공동파 교주 이조경은 지쳐 늘어져서 서 있기만 할 뿐 입도 떼지 못했다.

자시가 되었을 때 또 빗발이 뿌리기 시작했다. 하루종일 흐린 날이기는 했지만 자시가 되어서 어젯밤처럼 때맞춰 비가 뿌리니 웅조는 전신에 소름이 돋아났다. 웅조는 지금 다시 강가에 서 있다. 그런데 오늘은 채화진, 삼관필, 비호수와 동행이다. 웅조가 데려온 것이다.

"유옥구가 나타나지 않는 것 같군."

주위를 둘러본 비호수가 말했다.

"하긴 청곡사에서 천인회 도당 2백여 명이 몰사했다는 소문을 들었을 테니 나타날 면목도 없겠지."

빗발이 굵어졌지만 넷은 산을 향해 선 채로 움직이지 않았다.

"각하는 지금도 저기 계실까요?"

삼관필이 채화진에게 물었으므로 모두의 시선이 모여졌다. 웅조도 시선만 준다.

"계시는 것 같군."

채화진이 숨을 들이켰다가 뱉고 나서 말을 이었다.

"기다려 보자구."

"역시 유옥구는 도망친 거야."

다시 비호수가 유옥구를 물고 늘어졌다.

"비겁한 놈. 천인회를 끌고 왔으면서도 다 죽이고 또 어디로 사라진단 말인가?"

삼관필은 물론 웅조도 비호수를 말리지 않았는데 유옥구가 들으라고 한 소리였기 때문이다. 유옥구가 숨어 있다면 듣고 감동할 것이었다. 아무리 공력이 높고 수련이 깊어도 인간은 감정에 흔들린다. 단순한 것 같지만 효과적인 방법이다. 다시 비호수가 소리치듯 말했다.

"유옥구는 무인도 아니오. 치정에 눈이 멀어 동료를 다 죽이고 장문인까지 죽인 다음에 여자를 농락했소. 그러다 이제는 또 그 여자 때문에 점창파를 배신하고 천인회까지 다 몰사시켰구려. 참으로 비겁자, 치한, 명예를 모르는 자로 역사에 기록될 놈이요."


김산이 크게 심호흡을 하고 나서 길게 숨을 뱉었다. 이제 몸이 공기처럼 가벼워졌다. 그러나 배에 힘을 주면 만 근의 기운이 들어간다. 나뭇가지 위에 앉아 있었지만 중력이 없어진 터라 나뭇가지는 깃털 하나 무게도 실린 것 같지가 않다. 이윽고 김산이 나뭇가지 위에서 일어섰다. 강 건너편에서 비호수가 떠드는 소리도 다 들었다. 그리고 산 건너편 나무숲 밑에 앉아있는 요괴의 숨소리도 들린다. 요괴는 여자다. 그것도 젊은 여자, 이제 진기를 채운 몸은 여자의 일거수일투족을 비로 지척에 있는 것처럼 느낄 수가 있는 것이다. 그 순간 김산은 몸을 띄웠다. 나뭇가지 위에서 가볍게 발을 굴렀을 뿐인데도 몸이 유성처럼 솟아올라 산봉우리의 나뭇가지 위에 내려섰고 다시 한 번 몸을 날렸더니 여자의 앞에 떨어졌다. 이곳은 산 반대편이다. 놀란 여자가 입을 딱 벌렸으나 말은 뱉지 않는다. 빗방울이 나뭇잎 사이로 떨어지고 있었지만 나무 밑은 제법 아늑했다. 김산이 여자의 두 걸음 앞에 서서 지그시 시선을 주었다. 여자는 나무에 등을 붙이고 앉은 채로 김산을 올려다본다. 어둠 속이었으나 김산은 여자의 갸름한 얼굴, 맑은 눈, 곧은 콧날과 단정한 입술을 보았다. 여자도 마주 보고 있다. 그때 김산이 입을 열었다.

"네 이름은?"

"서청."

여자가 기다렸다는 듯이 대답했다. 처음에는 놀란 표정이었다가 곧 차분해졌다. 숨소리도 가라앉았고 심장 박동도 정상으로 돌아왔다. 김산이 다시 물었다.

"서청이 네 어미렷다?"

"내가 서청이오."

순간 김산은 여자의 혈류가 빠르게 흐르는 것을 느꼈다. 인간과 다르다. 그때 여자가 김산을 똑바로 보았다.

"어제 만난 어사총감이 아니신 것 같소."

김산은 시선만 주었고 여자의 말이 이어졌다.

"공력이 스무 배는 강해진 것 같소. 아니 그 이상이오. 무슨 일이 있습니까?"

"네 정체부터 밝혀라."

가라앉은 목소리로 말한 김산이 여자 앞으로 다가가 앉았다. 한걸음 간격을 두고 마주앉은 것이다. 칠흑 속 같은 밤이었지만 여자의 콧등에 박힌 점까지 보인다. 여자의 붉은 입술 끝이 희미하게 떨렸다.

"그렇소, 나는 사천성 묘성산에서 짐승들과 함께 살았소. 산채와 약재를 캐 먹고 늑대들과 함께 사냥을 했소."

"늑대들과도 교접을 했구나."

"그렇소, 내가 여왕 노릇을 했으니까."

"그것이 젊어지는 비결이었더냐?"

"끊임없이 내공을 단련시켰기 때문이오."

"유옥구를 찾은 이유는 무엇이냐?"

그러자 여자가 길게 숨을 뱉었다.

"내가 잊지 못하고 흔적을 남겼더니 장문인도 내놓고 와 주었소. 하지만 막상 만나려니 자신이 없어졌소."

여자의 얼굴에 쓴웃음이 번져졌다.

"유옥구는 나를 위해 원로들을 살해했습니다. 그것을 안 내 부친이 유옥구를 제거하려다가 실수로 내상을 입었지요. 유옥구는 내 부친을 살해할 의도가 없었습니다. 내가 옆에 있었거든요."

"……"

"유옥구는 내가 장문인에 오르기를 바랐지만 난 떠났습니다. 내가 떠나지 않았다면 유옥구는 자살했을 테니까요."

"……"

"내가 떠나자 유옥구는 점창파를 위해 장문인 자리에 오른 것이지요."

"……"

"이젠 다 끝났습니다."

"네 뒤늦은 연민이 다시 여러 사람을 죽이게 만들었다."

"압니다."

"네 몸에 흐르는 늑대의 기운을 내가 뽑아내 주마."

김산이 말하자 놀란 서청이 숨을 들이켰다. 그것을 본 김산이 쓴웃음을 지었다.

"네 요괴의 기운이 그곳에서 나온다. 늑대와 정을 통했기 때문이다."

"산에서 살려면 어쩔 수가……."

그 순간 서청이 입을 딱 벌린 채 몸이 굳어졌다. 김산의 손이 어깨를 움켜쥐었기 때문이다.

"자, 숨을 들이켜라."

김산이 말하자 서청이 숨을 들이켰다. 그 순간이다.

"우엑!"

서청의 입에서 물줄기가 쏟아져 나오더니 금방 피비린내가 맡아졌다. 피다.

"우엑!"

다시 한 번 피를 쏟아낸 서청이 가쁜 숨을 쉬면서 김산을 보았다.

"나리, 몸이 개운해졌습니다."

"짐승과 섞이면 피비린내가 심해진다."

김산이 말하더니 자리에서 일어섰다.

"한시진 정도만 운공하면 넌 정상인으로 돌아온다."

"나리는 신인이시오."

두 손으로 땅바닥을 짚은 서청이 김산을 올려다보았다.

"이렇게 직접 눈앞에서 뵈니 전혀 기력을 일으킬 수가 없습니다."

"신인이 아니라 진인이 되었다."

쓴웃음을 지은 김산이 생각난 것처럼 물었다.

"이 산이 무슨 산인지 아느냐?"

"먼 옛날에는 진산(眞山)이라고 했는데 강 복판에 떠 있는데다 산이 별 모양이라고 해서 성산(星山)이라고도 부릅니다."

그렇구나 별을 지킨다는 말이 이것이다. 머리를 끄덕인 김산이 몸을 솟구치기 전에 말했다.

"이제 유옥구를 만나거라."


"아앗!"

갑자기 앞에 김산이 나타났으므로 놀란 비호수가 외침을 뱉었다.

"각하."

허리를 꺾어 절을 한 비호수 옆으로 채화진과 삼관필, 그리고 웅조가 다가와 인사를 했다. 빗방울이 그쳐져 있었고 검은 구름이 드러났다.

"각하, 청곡사에서 천인회를 소탕했습니다."

삼관필이 보고하자 김산이 머리를 끄덕이며 채화진을 보았다. 채화진이 잠자코 김산의 시선을 받는다.


반쯤 열린 창으로 달빛이 들어왔다. 검은 구름에 가려졌던 달이 나온 것이다. 이곳은 이름없는 작은 마을의 여관 방 안이다. 국도변이라 민가가 서너 채만 있어도 주점과 여관이 세워진다. 김산이 침대로 들어서자 채화진이 이불을 목까지 당겼다. 방의 불은 껐지만 채화진의 얼굴이 상기되어 있는 것이 보인다. 김산은 이불을 들치고 채화진의 허리를 당겨 안았다. 채화진이 두 손을 뻗어 김산의 바지를 벗긴다. 김산이 채화진의 하체가 알몸인 것을 알고는 웃었다.

"그대도 급했던 것 같군."

채화진이 눈을 흘기더니 김산의 바지를 벗기고는 양물을 두 손으로 감싸 쥐었다. 양물은 이미 뜨거운 돌덩이처럼 발기되어 있다. 채화진이 가쁜 숨을 뱉었다.

"나리, 그냥 해주세요."

"벌써 젖었군."

김산이 손을 뻗어 채화진의 골짜기를 더듬으며 말했다.

"하지만 급하게 서둘 필요는 없지."

"나리."

채화진이 몸을 비틀었지만 김산이 저고리를 벗기자 어깨를 들어 벗겨지는 것을 도왔다. 곧 채화진은 실오라기 하나 걸치지 않은 알몸이 되었다.

"나리, 오늘은 왜?"

하면서도 채화진이 이제는 김산의 저고리를 벗긴다. 김산이 채화진의 골짜기와 동굴을 애무하기 시작했다.

"나리, 저 죽을 것 같습니다."

금방 달아오른 채화진이 엉덩이를 들썩이며 말했다. 그러나 김산은 채화진의 젖꼭지를 입 안에 넣고 빨아들이기 시작했다.

"나리, 왜 이러십니까?"

이미 채화진의 동굴에서는 뜨거운 생명수가 쏟아져 나오고 있다. 이윽고 김산의 입술이 채화진의 아랫배를 거쳐 동굴에 닿았다. 그때 채화진이 엉덩이를 치켜 올리면서 소리쳤다.

"나리, 저, 죽습니다."

김산은 채화진의 생명수를 빨아먹기 시작했다. 골짜기를 헤집은 혀가 동굴 안을 비집고 들어갔고 끊임없이 솟아나는 생명수는 단물 같다. 그 순간 채화진이 폭발했다. 허리를 번쩍 치켜들면서 입을 딱 벌렸지만 소리는 뱉지 않았다. 죽을 힘을 다해서 참는 것이다. 대신 온몸을 굳히더니 떨기 시작했다. 눈에서는 눈물이 흘러내리고 있다.

눈을 뜬 채화진은 옆자리를 보다가 머리를 들었다. 옆자리가 비어 있었기 때문이다. 채화진은 창가의 의자에 앉아있는 김산을 보았다. 창밖이 이미 환했으므로 채화진의 얼굴이 빨갛게 상기되었다. 어젯밤의 일이 머릿속에 생생하게 펼쳐졌기 때문이다. 한시진 가깝게 엉켜진 정사에서 채화진은 몇 차례나 절정에 올랐고 까무러쳤는지 기억도 나지 않는다. 그리고는 의식이 끊긴 듯이 잠에 빠졌던 것이다. 이불로 알몸을 가린 채화진이 상반신을 일으켰을 때 김산이 다가왔다. 김산은 이미 옷을 차려입은 상태다.

"자, 앉아서 기력을 일으켜 봐."

김산이 말했지만 채화진은 옷부터 챙겨 입었다. 서둘러 옷을 입은 채화진이 외면한 채 말했다.

"몸이 너무 가벼워졌어요."

"그대의 공력이 전보다 두 배는 증진되어 있을 거야."

웃음 띤 얼굴로 김산이 말하면서 채화진의 어깨에 손을 붙였다. 그 순간 뜨거운 열기가 어깨에서부터 온몸으로 번져나갔다. 놀란 채화진이 머리를 들었을 때 김산이 입술 끝을 올리며 웃었다.

"내 진기(眞氣)가 전해진 거야."

"그럼 어젯밤에도……."

"그렇지, 내 진기를 그대가 받아들인 것이지."

김산의 손이 채화진의 가슴에 닿았다가 아랫배로 옮겨졌다. 뜨거운 기운이 닿는 순간 온몸에 열기가 올랐고 숨이 가빠진 채화진이 김산을 보았다.

"나리."

"또 거기가 뜨거워졌나?"

"나리,"

그때 김산의 손바닥이 채화진의 골짜기를 덮었다. 채화진이 김산의 손을 두 손으로 누르면서 가쁜 숨을 뱉었다.

"나리, 왜 이렇게 됩니까?"

채화진은 자신의 동굴에서 흘러내리는 생명수를 느끼고는 허리를 비틀었다.

"나리."

"이제는 익숙해져서 바로 반응이 오는군"

김산이 입맛을 다셨을 때 채화진이 손을 뻗어 김산의 양물을 바지 위로 움켜쥐었다.

"나리, 참지 못하겠습니다."

그러더니 김산의 바지 끈을 풀기 시작했다. 서두는 바람에 끈이 엉켰다.


남송의 황군태감 위황이 청곡사의 대살육에 대한 보고를 받은 것은 닷새가 지난 후였다. 도망쳐 나온 두 명이 밤을 낮 삼아 달려 보고를 했기 때문이다. 청곡사에서는 유옥구만 빼고 보좌역으로 딸려 보냈던 재성까지 죽었다. 그야말로 개죽음을 당한 것이다. 개죽음이란 개처럼 죽은 것, 즉 이름값도 못하고 졸개들고 휩쓸려 죽은 것을 말한다.

"이제 장강 북쪽에는 발도 디딜 수 없단 말인가?"

보고를 받은 위황이 탄식처럼 말했을 때 북방군 총사령직을 맡은 원풍이 쓴웃음을 지었다.

"이보오, 태감, 인재는 얼마든지 있소. 마음만 열면 수천 명이 태감의 눈에 보이게 될 것이오."

"그래, 마음을 열었소."

화가 난 위황이 저고리를 열어젖히는 시늉을 했다. 원풍은 위황과 고향이 안위성 묵천현으로 같다. 나이도 비슷하고 토호 집안인 것도 같지만 성격이 대조적이다. 그래서 서로 밀고 끌어주는 관계이긴 해도 처리하는 방법은 다르다. 오늘은 둘이 우연히 같이 있다가 보고를 받은 것이다. 그때 원풍이 말을 이었다.

"이이제이, 오랑캐로 오랑캐를 제거하는 것이오, 태감."

"말이 쉽지."

위황이 혀를 찼다.

"지금 오랑캐들끼리 뭉쳐서 야단인데 뭘 어쩌란 말이오?"

"몽골제국에서 딱 한 놈, 고려아 김산이만 제거하면 내부 장악은 되지 않겠소?"

"그건 5년 전부터 해온 소리요."

아예 더 이상 듣지도 않으려는 듯이 위황이 외면했다. 이곳은 임안 내성에 위치한 위황의 대저택이다. 위황이 다시 투덜거렸다.

"그놈이 마물로 불렸을 때부터 시도했지만 실패했소."

"그놈에게 암살단을 보낸 적이 있소?"

원풍이 불쑥 물었으므로 위황이 숨을 골랐다. 둘 다 50대 중반으로 산

전수전 다 겪은 사이다. 권력의 최상층부에 오르기까지 전쟁을 치르는 것보다 더 많은 작전을 펼쳐야 되는 것이다. 결코 쉬운 일이란 없다. 모두 복선이 있다. 위황이 천천히 머리를 저었다.

"없소."

"그럼 김산, 그놈에게 맞는 암살단을 보내도록 하시오. 오직 김산만을 제거하는 암살단 말이오."

원풍이 한마디씩 힘주어 말을 잇는다.

"그놈 약점만을 연구하고 그놈 행적만을 쫓는 암살단, 몽케를 칠 기회가 있어도 내버려두고 오직 김산만을 목표로 삼는 암살단 말이요."

"옳지."

좀처럼 안 하던 짓이었지만 위황이 머리를 끄덕이며 말했다.

"당장 시행하리다."


태호부 북서쪽으로 20리(8km)쯤 떨어진 작은 골짜기에 관운장을 모신 사당이 있다. 사당 옆에 방 세 칸짜리 객사가 세워져 있었는데 지금은 김산이 거처로 사용하고 있다. 그래서 사당에서 70보쯤 아래쪽의 작은 마을은 어사대의 숙소처럼 되어서 활기가 일어났다. 없던 채소 장사, 어물 장사가 생기고 신발 꿰매는 가게도 나왔는데 모두 어사대가 손님이다. 어사대가 2백여 인이나 되는데다 먹고 쓰는 물량이 많았기 때문이다.

"나리, 제 공력이 두 배는 늘어났습니다."

채화진이 칼집에 칼을 넣으면서 소리치듯 말했다. 얼굴에서 땀이 비를 맞은 듯이 쏟아지고 있었지만 활짝 웃음을 짓고 있다. 방금 검술 수련을 해본 것이다. 사당 마당에는 둘 뿐이어서 채화진이 거침없이 말을 잇는다.

"속도가 두 배 빨라진데다가 내력이 품어져 나오는 것이 몇 년을 더 수행한 것 같습니다. 이것이 어떻게 된 일입니까?"

"글쎄, 진기를 받았다고 했지 않아?"

"그 진기가 그럼……."

눈을 흘긴 채화진의 얼굴이 상기 되었다. 땀에 젖은 얼굴이 더 달아오르자 고혹적인 모습이 되었다.

"나리, 정말 그렇게 된 것입니까?"

"사실이라고 해도 왜 믿지 않는가?"

"그럼 다른……."

말을 멈춘 채화진이 시선을 내렸으므로 김산이 짧게 웃었다.

"다른 여자한테도 그렇게 할 것이냐고 물었는가?"

"아닙니다."

몸을 돌린 채화진이 마당을 돌아 나갔는데 김산의 시선을 의식했기 때문에 걸음이 흔들렸다. 그렇다. 진기가 흘러 든 것은 맞다. 그러나 그것을 막을 능력도 있는 김산이다. 다른 여자하고 관계했을 때 진기 흐름을 막으면 되는 것이다. 자리에 앉은 김산이 심호흡을 했다. 그러자 맑은 기운이 폐로 흡입되면서 전신에 원기가 돌았다. 성산(星山)에 다녀온 후로 김산의 진기는 수십 배 증진되었다. 한번 배인 진기는 빠져나가지 않았고 갈수록 두터워지고 있다. 김산은 자리에서 일어섰다. 다시 진기를 시험해보려는 것이다.

그 시간에 제국의 황제 몽케는 어사총감 김산이 보낸 전령으로부터 보고를 받는 중이었다. 카라코룸의 궁성 안이다. 전령은 5백인장 두르즈였는데 황제로부터 20보 거리로 다가가 보고하는 영예를 입었다. 1만인장 장군 취급을 받은 터라 두르즈는 제정신이 아니었다. 몽케 옆에는 마악 남방 원정을 떠나려는 쿠빌라이가 한 계단 아래쪽에 앉아서 보고를 듣는다.

"천인회 일당을 소탕한 일 번 공이 유담 등 무림인이라고 했느냐?"

이미 병부대신을 통해 김산의 보고서를 읽었지만 몽케는 직접 묻는다. 두르즈가 납작 엎드린 채 대답했다.

"예, 어사총감은 그들 모두에게 상급을 내려 줍시사고 했습니다."

"장하다."

마침내 몽케가 커다랗게 머리를 끄덕이더니 말했다.

"총감이 말한 대로 다 해준다고 전해라."

"예, 폐하."

두르즈가 이마를 청 바닥에 부딪쳤다. 그렇다면 김산에게 배속된 어사대도 모두 일 등급 승진이 되는 것이다. 두르즈가 헛발을 짚으면서 물러갔을 때 쿠빌라이가 머리를 들어 몽케를 올려다보았다.

"폐하, 이제는 우리가 적극적으로 나설 때가 되었소이다."

"그렇다."

몽케가 머리를 끄덕였다. 둘 사이는 한 걸음 간격밖에 안 되어서 목소리를 낮춰도 된다. 그러나 병부대신 발라는 열 걸음 떨어졌고 다른 대신들은 십여 보 밖이다. 정청은 사방 2백 보 거리인 것이다. 그런데도 몽케가 목소리를 낮추고 말했다.

"김산에게 따로 밀서를 보내겠다."


진기(眞氣)를 끌어올린 김산이 쥐고 있던 칼을 옆으로 후려쳤다. 그 순간 칼바람이 일어나면서 스치고 지나간 20여 보 밖의 잡목 숲이 20자(6m)나 깨끗이 잘렸다. 아이 팔목 두께만 한 잡목이 수십 그루 잘린 것이다. 진기를 힘껏 끌어들이지도 않았다. 숨을 고른 김산이 이번에는 검법을 펼치기 시작했다. 첫 사부 호율태로부터 배운 실전 검법이다. 그 순간 칼바람이 울면서 대기가 꿈틀거리기 시작했다. 살아있는 생명체처럼 대기가 회오리바람을 일으키고 있다.

안휘성 합태, 이곳은 남송과 장강을 사이에 둔 도시지만 전쟁의 기운이 덮여있지 않았다. 강폭이 넓고 수심이 깊은데다 유속까지 빨라서 양국(兩國)이 직접 대결을 할 여건이 안되는데다 전략적으로도 효용가치가 적기 때문이었다. 그래서 합태에는 몽골 제국군의 1개 기마군만 북쪽 황야에 주둔했을 뿐이었다. 그러나 번화한 합태의 현청 사거리는 양국의 첩자가 들끓었다.

"황제의 밀사야."

옥구장 앞의 구경꾼 사이에 끼어선 해성이 입술만 달싹이고 말했다.

"여관에 묵고 있는 고관을 만나러 왔어."

"누구야?"

옆에 선 추군이 묻자 해성이 구경꾼을 비집고 들어갔다. 여관 앞마당은 현청 관리와 군사들로 가득 차 있다. 밀사라고는 했지만 수행원만 수백 명이 되는 것 같다. 해성의 시선이 주위를 훑는다. 바로 그 시간에 여관 2층의 숙소에서 김산이 손님을 맞는다. 손님은 카라코룸에서 온 병부시랑 이투르겐, 몽케 황제의 밀사다. 방 안에는 이투르겐과 김산의 측근 10여 명이 모여 있어서 비좁게 느껴졌다. 황제의 밀사인 이투르겐을 향해 김산은

3배를 드리고 일어섰다. 밀서를 두 손으로 받쳐 들고 서 있던 이투르겐이 그때서야 김산에서 건네주었다. 김산은 봉인을 떼고 밀서를 읽고 나서 머리를 끄덕였다.

"폐하께 시행하겠다고 말씀 올리시오."

"예, 각하."

이제는 이투르겐이 허리를 굽혀 절을 했다.

"소관들은 비단옷을 입고 공직에서 활동하는 데 반하여 총감 각하께서 이렇게 누추한 여관을 전전하시니 몸 둘 바를 모르겠습니다."

"오히려 나에겐 이 생활이 낫소."

"황송합니다."

"보고는 폐하께 직접 올리겠소."

"예, 각하."

이투르겐이 정중하게 인사를 하더니 수행원을 이끌고 방에서 물러갔다. 밀행이라고 했지만 이투르겐의 수행원은 1백여 명이 넘는다. 거기에다 합태현에도 통보를 했기 때문에 여관 앞마당과 밖에는 현령과 관리들이 수백 명 모여서 있다. 소리는 죽이고 있었지만 말 울음소리 두런거리는 소리만으로도 장터 같았다. 쓴웃음을 지은 김산이 측근들을 둘러보았다.

"곧 이곳을 떠나야겠다."


남송의 수도 임안은 장강 하류에 위치해 있어서 오래전부터 무역의 중심지였는데다 남송의 도읍이 된 후부터는 모든 부(富)와 권력이 집중된 터라 더욱 융성해졌다. 천하제일이라는 명성이 어울릴 만큼 윤택한 지역이 된 것이다. 인도와 서역, 무슬림 왕국으로부터 찾아온 무역선이 항구를 가득 메웠고 거리를 오가는 행인 중 유색인종이 3할 이상이어서 세상의 부(富)가 모두 임안에 모였다고 할 정도였다. 중원 대륙에서 임안만큼 크고 번성한 도시가 없다. 몽골제국의 수도 카라코룸은 벌판에 세워진 신흥도시여서 임안의 화려함에 비교가 되지 않는다. 임안 인구는 2백만에 이르렀고 유곽과 여관, 유흥업소는 수천 개에 이르렀으니 세상의 모든 미인이 임안에 모였다는 말도 나왔다. 재물과 여자는 상관관계여서 둘은 항상 같이 움직이는 것이다. 이곳은 임안 중심부에 위치한 '천호각'의 식당 안이다. 오전 사시(10시) 무렵이었지만 식당에는 차를 마시는 손님들이 많았는데 대부분이 근처의 거상(巨商)들이다. 임안의 거상(巨商)집 개는 입에 금화를 물고 다닌다는 말이 있을 정도로 부유하다. 저택에는 수백 명의 하인이 있고 금으로 된 식기에 가구, 어떤 부자는 집에 사람 세 배 크기의 금불상을 모셔놓았다고도 한다.

"소문 들었소?"

항구에 창고를 세 개나 갖고 있는 무역상 홍규가 입을 열었다. 60대 중반이나 피부가 매끄럽고 얼굴은 붉다. 고려인삼을 장복했기 때문이라고 소문이 났다. 앞쪽에 앉은 사재봉의 시선을 받은 홍규가 말을 이었다.

"태감 위황이 보낸 무림고수들이 안휘성 태호부 근처에서 몰사를 했다는구려, 두령격인 점창파 장문인 유옥구가 배신을 했기 때문이라오."

"나는 다르게 들었소."

작은 체구에 백발노인이 말을 받았다. 무역선을 여섯 척이나 소유하고 있는 사재봉은 태감 위황에게 매달 금화 한 상자씩을 바친다는 소문이 있다.

"유옥구도 김산에게 잡혀 죽었다는 것이오. 김산이 몰살시킨 것이오."

"아, 그거야."

입맛을 다신 홍규가 말을 이었다.

"고려아 김산이 원흉이지, 그놈만 없애면 몽골놈들 하고는 해볼 만한 싸움이 될 것이오."

"들었소? 쿠빌라이가 곧 남하한다는 소문을 말씀이오."

사재봉이 묻자 홍규가 이맛살을 찌푸렸다.

"쿠빌라이는 5년 전부터 남하한다고 그러지 않았소? 남송정벌군 총사령이 되었을 때부터 말이오."

"아니, 이번은 다르오."

찻잔을 든 사재봉이 말을 이었다.

"쿠빌라이는 막남한지(漠南漢地) 대총독으로 임명되었다고 하오. 그래서 사천성을 거쳐 남방국을 정벌하려는 것이오."

"남방이라……."

남방은 운남(云南)과 대리국(大理國) 등을 말한다. 홍규가 천천히 머리를 끄덕였다.

"그럼 몽골이 우리를 남북에서 압박을 해오겠군."

"그렇소, 운남과 대리국을 점령하면 우리 남송은 남북에서 공격을 받게 될 것이오."

사재봉이 흰 수염을 손바닥으로 쓸면서 길게 숨을 뱉었다.

"장강의 물이 넘치면 홍수가 나지요."

홍규는 입을 다물었다. 옛말이다. 그리고 또 있다. 홍수를 막을 수는 없다는 말이다. 그것은 천륜을 거역한다는 뜻이 된다.

김산이 둘의 이야기를 들으면서 찻잔을 들어 한 모금 차를 삼켰다. 임안에 도착한 것은 어제 오후, 하루 방값이 금화 두 냥이라는 천호각에 여장을 풀고 복건성에서 온 무역상 행세를 하고 있다. 용모를 바꾸지는 않았지만 얼굴이 희고 수염을 기른 유복한 상인 모습이 되었다. 김산의 시선이 식당 왼쪽 구석의 원탁에 앉은 두 사내에게로 옮겨졌다. 30대쯤의 두 사내는 비단옷에 점잔을 빼고 있었지만 옷 속에 비수가 들었고 한 놈은 두 종류의 독분까지 품고 있다. 공력이 상당한 무림인이 변장을 하고 식당안을 감시하고 있는 것이다. 김산한테도 몇 번 시선을 보냈다가 의심을 풀고 다른 곳을 둘러보는데 공력이 느껴지지 않았기 때문이다. 김산이 온몸의 공력을 뺀 것이다. 그러자 찻잔의 무게가 느껴졌고 찻물이 식도로 내려가면서 꿀럭이는 소리도 들렸다. 그것을 사내들이 관찰했기 때문이다. 식당안에 의심할만한 인간이 없다고 확신한 둘이 입술만 달싹이며 대화를 나누기 시작했다.

　　"미시까지는 이곳에 있어야 될 것 같네, 그년 때문에 며칠간 생고생을 하는군."

　　하나가 말하자 다른 하나가 말을 받는다.

　　"남자로 변장을 잘한다니 군졸들은 그냥 속아 넘어갔겠지. 하지만 우리한테는 안되지."

　　"도대체 그년이 훔쳐간 재물은 얼마나 되는 거야?"

　　"비단 2천 필."

　　"거금이군."

　　"그 비단을 황금으로 바꾼다는 거야."

　　"도대체 황금 얼마 가치라는가?"

"1만 5천 냥."

"허어."

놀란 하나가 탄성을 뱉었을 때 노인 하나가 들어와 사재봉과 홍규 옆쪽 자리에 앉았다. 백발에 수염도 희었고 얼굴에는 검버섯이 돋아나 있다. 두 사내의 시선이 노인에게로 옮겨졌다가 곧 다른 곳으로 옮겨졌다. 그 순간 김산의 얼굴에 쓴웃음이 일어났다. 노인이 여자였기 때문이다. 정교한 인피가면을 썼고 몸의 공력을 빼서 겉은 완벽했지만 김산에게는 내공의 정도까지 다 보인다. 20대 초반쯤의 여자는 내공 공력이 상당했다. 옷 속에 무기는 품지 않았어도 골격이 단단했고 탄력이 있다. 군살도 없는 몸이다. 여자의 시선이 김산에게로 옮겨졌다가 비껴갔다. 이쪽은 눈치채지 못했다. 눈치를 챘다면 혈류 이동이 빨라졌고 심장박동이 두어 번은 빨리 뛰었을 것이었다. 그때 김산이 독음으로 말했다.

"방금 들어온 노인을 보게, 노인의 목주름이 잘못되었네."

그 순간 두 사내가 흠칫 놀라고는 식당 안을 둘러보았다. 김산이 두 사내에게 독음을 던진 것이다. 곧 두 사내의 시선이 노인에게로 옮겨졌다. 독음이 어디서 왔는지도 궁금했지만 우선 노인부터 보겠다는 의도였다. 그때 다시 김산이 독음으로 말했다.

"이보게, 오른쪽 사내 둘이 자네를 의심하고 있네, 목의 주름이 잘못된 것 같다고 생각하는 것 같네."

이것은 변장녀에게 던진 독음이다. 각각 던진 독음은 당사자만 들은 것이다. 그 순간 변장녀의 눈동자가 흔들렸다. 그리고는 주위를 차분하게 둘러보았는데 김산은 그냥 스치고 지나갔다. 그때 두 사내가 자리에서 일어서더니 변장녀에게 다가갔다. 그것을 본 변장녀가 몸을 굳혔다. 노인의 표정이 굳어졌다고 해야 맞을 것이다. 그때 김산이 다시 두 사내에게 말했다.

"노인은 여자일세, 가슴에 비수가 들었으니 손에 든 찻잔을 내려놓는 순간 비수를 던질 것일세."

그때 변장녀가 손에 든 찻잔을 내려놓았다. 그 순간 두 사내가 몸을 날렸다. 하나는 위로 뛰었고 또 하나는 옆으로 몸을 날렸는데 제각기 손에 비수를 빼 들었다. 날렵한 동작이다. 그것을 본 변장녀가 벌떡 일어선 순간이다. 김산이 변장녀에게 말했다.

"왼쪽의 얼굴이 흰 노인 옆으로 뛰게. 그 노인은 공력이 없으니 두 사내의 암기를 다 받아들일 것이네."

방패로 삼으라는 말이다. 변장녀가 힐끗 김산을 보았다. 김산이 바로 왼쪽의 노인이다. 그때 두 사내가 일제히 변장녀를 향해 몸을 날렸는데 제각기 비수를 쥔 손을 치켜들었다. 던지려는 자세다. 그때 변장녀가 뛰었다. 그런데 김산과는 반대쪽이다. 그쪽은 자리가 비어서 변장녀가 목표로 뚜렷하게 드러났다.

"에잇!"

사내들의 공력은 대단했다. 던진 비수는 정확히 변장녀의 팔과 다리를 향해 날아간다. 생포하려는 의도다. 그때 변장녀가 몸을 비틀더니 손을 휘저었다.

"아앗!"

그때 외침이 주변 탁자에서 일어났다. 구경꾼들이 처음으로 놀란 외침을 뱉은 것이다. 두 사내의 몸이 일제히 회오리바람에 휩쓸린 것처럼 떠오른 자세에서 돌더니 천장에 부딪혀버린 것이다. 마치 곡식 자루처럼 무지

막지하게 천장의 서까래에 부딪힌 두 사내가 땅바닥으로 떨어졌는데 몸이 종이처럼 구겨져서 다리가 머리 위로 굽혀진 모습이다. 그때 변장녀가 몸을 바로 세우더니 식당 안을 둘러보았다. 노인 얼굴이 일그러져 있다. 그때 김산이 목소리를 낮춰 말했다.

"천천히 밖으로 나가게, 여기서는 일단 나가는 것이 상책이야."

"누구요?"

변장녀가 버럭 소리쳤는데 노인 복청을 내었지만 쉰 목소리가 되었다. 그때 김산이 입맛을 다시고 말했다.

"정말 알고 싶다면 식당을 나가 여관 뒷문을 통해서 객실 2층으로 올라오게, 2층 왼쪽 끝방이 내 방일세."

그때 변장녀가 몸을 돌리더니 식당을 빠져나갔다. 노인답지 않게 빠른 행동이어서 모두 어안이 벙벙한 표정이다. 그때서야 식당 안에서 소란이 일어났다. 두 사내가 걸레처럼 구겨져 있는 것이다.


방으로 돌아온 김산은 의자에 앉아 변장녀를 기다렸다. 변장녀가 자신이 말한 대로 공력이 없는 노인, 즉 자신에게로 몸을 날렸다면 부르지는 않았을 것이었다. 정체도 모르는 터에 무조건 도와줄 수는 없는 일이다. 그런데 변장녀는 자신을 제물로 삼지 않고 반대쪽으로 몸을 날려 사내들의 비수를 받았다. 물론 그 비수는 간발의 차이로 피하기는 했지만 사내들의 이차 공격을 막기는 힘들었을 것이었다. 그 순간 발자국 소리가 들리더니 문 앞에서 멈춰졌다. 김산의 얼굴에 희미하게 웃음이 떠올랐다. 변장녀다. 이윽고 문이 열리더니 변장녀가 들어섰다. 이번에는 20대의 남자 하인으로 변장을 했는데 얼굴에는 인피가면을 쓰지 않아서 갸름한 얼굴형이다 드러났다. 검은 눈동자, 단정한 입술과 곧은 콧날의 미소년이다. 김산과 시선이 마주치자 미소년의 눈동자가 흔들렸다. 이제 김산의 본래의 모습으로 돌아와 있다. 굵은 눈썹과 콧날, 형형한 눈빛의 사내다. 그때 김산이 눈으로 옆쪽 의자를 가리키며 말했다.

"앉게나."

그러자 미소년이 두 손을 모아 쥐면서 정중하게 물었다.

"대인은 누구십니까?"

낭랑한 여자 목소리다. 여자의 시선을 받은 김산이 되물었다.

"식당 안에서 누구였다고 묻는 건가?"

"그렇습니다."

옆쪽 의자에 앉은 여자가 말을 이었다.

"식당 안에는 모두 54인이 있었는데 그중 의심이 가는 자가 3명이었습니다."

"내가 그중 하나에 들어갈까?"

김산이 지그시 여자를 보았다. 나이는 스물서넛, 몸이 숙성했지만 아직 처녀. 남자의 정기를 빨아들인 여자는 피부, 자태, 그리고 냄새까지 다르다. 그때 여자가 말했다.

"제가 여 도적 홍교올시다. 닷새 전에 황궁에 바치려던 비단 2천 필을 훔친 장본인이지요."

"홍교인가?"

처음 듣는 이름이다. 임안 상황에 대해서는 아직 익숙지 않았으므로 김산이 다시 물었다.

"도적단 수괴인가? 아니면 혼자 뛰는가?"

그러자 여자가 얼굴을 펴고 웃었다. 볼우물이 파이면서 눈이 초승달처럼 굽혀졌다. 고혹적인 웃음이다.

"나리께선 북방에서 오셨군요."

"그렇다. 난 몽골제국에서 왔다."

"그렇게 짐작은 했습니다."

"짐작이 맞나 어디 그 의심이 가는 세 명 중에 내가 포함이 되었나 보자."

"창가에 앉은 상인 두 분 중 한 분이 아니십니까? 그땐 턱수염을 기르셨지요."

"다음을 말하라."

"문앞에 앉아있던 유지 세명 중 하나가 아니었습니까?"

"다음은?"

"기둥 옆에 서 있던 식당 집사가 그 두 놈을 치기에 좋은 위치였지요."

"내가 네 왼쪽에 앉아있던 흰 얼굴의 노인이었다."

"아니, 그렇다면……."

여자의 얼굴이 하얗게 굳어졌다.

"그럼 나리께서……."

"그렇다."

머리를 끄덕인 김산이 지그시 홍교를 보았다. 홍교는 지금까지 거짓말을 하지 않았다. 진산(眞山)의 진기(眞氣)를 마신 후부터 김산은 상대방의 진위(眞僞)를 가릴 수 있는 능력도 갖추게 되었다. 거짓말을 할 때면 겉은 멀쩡하지만 뇌로 몰리는 혈류가 빨라지는 것이다. 김산은 그 혈류의 이동도 감지할 수가 있다. 김산은 홍교가 놀라움에 이어서 두려움의 감정까지 품는 것을 알 수 있었다. 김산은 홍교가 정상적으로 생각을 정리할 때까지 기다렸다. 이런 경우에는 스스로 깨우치는 것이 낫다. 이쪽은 적이 아니며 의지할 수 있는 상대라는 것을 스스로 깨닫게 되면 가슴을 열게 된다. 이 윽고 어깨를 늘어뜨린 홍교가 김산을 보았다. 눈동자가 깊어진 것 같다.

"나리, 저를 왜 도우셨습니까?"

"적의 적은 우군이 아닌가?"

김산이 차분한 표정으로 말을 이었다.

"자, 네 사연을 듣자."


홍교는 저장성 문산 태생으로 아비 노영서가 문산에서 10여 대를 이어 온 향관(鄕官)이었다. 향관이란 정식 관원(官員)은 아니지만 지방 토호 중에 서 덕망이 있는 가문이 맡아 지방관을 돕는 역할이다. 따라서 노씨 가문은 전답이 수백 결에 이르렀고 하인이 2백여 명, 난세여서 사병(私兵) 50여 명 까지 보유한 터라 향판(鄕判)까지 겸하게 되었다. 그러던 어느 날, 홍교가 10살 때인 12년 전, 군수 겸 북방군 중랑장 직임을 맡고 있는 위소형이 부 임해 오면서 10여 대를 이어온 노씨 가문은 몰락하게 되었다. 위소형은 황 군태감 위황의 조카로 무능하지만 교활한 인물이었다. 문산 제1의 부호 노영서의 재산을 노린 위소형은 빈번한 몽골제국군과의 교전을 핑계로 군자금을 갹출해가기 시작했다. 토호들의 재산 상태를 파악하게 된 위소 형은 부임 6개월 만에 마침내 마각을 드러내었다. 노영서의 사병(私兵) 중 하나가 몽골제국군에게 보내는 밀서를 갖고 가다가 체포된 것이다. 물론 이것은 위소형의 간계다. 사병 육간은 위소형의 사주를 받은 터라 노영서 가 수년 전부터 몽골제국군에 남송의 정보를 제공했다고 자백을 한 것이다. 노영서는 위소형이 들이닥치기 직전에 딸 홍교를 유모 부부인 보 씨에게 맡겨 도피시켰다. 두 아들도 각각 따로 도피시켰고 자신도 아내와 함께 북방으로 빠져나갔다. 일가가 몰려있다가 한꺼번에 잡히면 가문(家門)이 멸족할 것이기 때문이다. 그러나 위소형은 집요했다. 숙부 위황의 배경이 있는 터라 북방군사령도 위소형에게는 함부로 대하지 못하는 상황이다. 북방군을 동원하여 역적 무리를 추적한 위소형은 화근의 뿌리를 제거했다. 노영서와 두 아들을 모두 잡아 처형하고 금화 3백5십만 냥 가치가 있다는 노영서 가문의 재산을 모두 차지한 것이다. 유모 부부에게 맡겨진 홍교는 복건성까지 도주하는 데 성공했지만 생활고에 시달렸다. 노영서가 건네준 금화가 3천 냥이나 있었는데 도주하는 도중에 모두 도둑을 맞았기 때문이다. 12살이 된 홍교는 어려서부터 재기가 뛰어났다. 유모 부부를 설득해서 자신을 아미산에 데려가 맡겨지도록 한 것이다. 어머니한테서 불가(佛家) 비구니로 이루어진 아미산의 아미파 이야기를 들어왔기 때문이다. 그래서 유모 부부는 홍교를 아미산에 맡기게 되었던 것이다.

"아미산에서 무술과 경공, 내공을 10년 가깝게 수행했습니다."

길게 숨을 뱉으면서 홍교가 말을 마쳤을 때 김산이 쓴웃음을 짓고 물었다.

"아미파는 불가와 도가를 겸비하여 무술은 반드시 순결한 마음에서 우러나온다고 가르친다. 그대는 그렇게 무술을 배워 왜 도둑질을 하느냐?"

"제 가문에서 강탈해간 재산 3백5십만 냥을 채울 때까지 그만두지 않을 것입니다."

"아미파는 언제 빠져나왔느냐?"

"작년 말에 도망쳐 나왔습니다."

홍교가 반짝이는 눈으로 김산을 보았다.

"10년 가깝게 무술을 연마했는데 제가 도망쳐 나오기 전에는 12대 선인(先人) 중 한 명이었습니다."

12대 선인이란 아미파의 무술 등급으로 8대 선사(先師) 다음이니 당장(堂長)이다. 고수로서 무리를 이끌 수 있는 위치인 것이다. 홍교가 말을 이었다.

"모은 재물은 가난하고 억울한 백성들에게 나눠줄 것입니다. 돌아가신 부모형제의 한을 풀려면 그 방법이 제일입니다."

"위소형에게 복수는 하지 않느냐?"

"맨 나중입니다."

김산의 시선을 받은 홍교의 눈동자가 다시 흔들렸다.

"위소형은 이제 금군태위로 영전하여 휘하에 맹호군, 철갑군을 거느리고 있습니다. 남송의 비밀조직을 위소형이 장악하고 있지요."

김산이 심호흡을 했다. 이렇게 인연이 엮이는 것이다.


저녁 무렵, 김산의 방에 두 사내가 찾아왔다. 오랜 심복이 된 삼관필과 비호수다. 둘 중 삼관필은 본래 남송 황제 직속의 근위군에서 차출된 결사대인 수호단 출신이다. 남송 사정에 밝았기 때문에 임안에 오고 나서 물에 들어온 고기처럼 생기를 띠고 있다.

"각하, 임안의 상인들은 남송이 멸망해도 살아날 것입니다. 그들도 모두 그렇게 생각하고 있습니다."

삼관필이 말을 이었다.

"따라서 대상(大商)들은 남송 황실에 전력투구를 하지 않습니다. 재산을 절반 이상은 숨기고 위험에 대비하고 있습니다."

삼관필은 대상(大商)들의 동향을 조사하고 온 것이다. 김산이 머리만 끄덕였을 때 이번에는 비호수가 보고했다.

"물자가 풍부하고 향락업소가 많기 때문인지 시장이 그 어느 곳보다 활기가 차있었습니다. 오늘 어떤 노인은 몽골군이 1백 년을 공격해도 임안의 물자와 인력으로 물리칠 수가 있다고 했습니다."

"과연 그렇다."

김산이 둘을 번갈아 보았다.

"카라코룸에서는 남송이 곧 멸망할 것이라고 믿는 자들이 많아. 그것은 현지를 보지 못한 자들의 탁상공론이다."

"다만 남송의 고위층이 부패했고 무능한 장군들이 요직을 차지하고 있는 것이 약점입니다."

삼관필이 말하자 김산의 얼굴에 웃음이 떠올랐다.

"그러니 남송의 간신, 부패한 무리, 무능한 장군을 없애는 건 남송을 돕는 셈이 될 것이다."

그날 밤, 임안 남문 근처의 옥향각에 손님 셋이 들었다. 남방의 여행객 차림으로 수수한 무명옷에 가죽신을 신었는데 현관 앞에서 하인 둘에게 저지당한 것은 당연했다.

"이보오, 어디 가시오?"

단정한 옥향각 제복 차림의 하인이 존대는 했지만 목자가 불량했다. 하긴 옷차림새만 해도 하인 행색이 나왔다. 하인은 비단 바지저고리 차림이었던 것이다. 그때 셋 중 하나가 쓴웃음을 지으며 말했다.

"이놈, 지배인 요성을 불러오너라. 복건성 오채두가 오셨다고 해라."

"오채두건 육채두건 지배인님은 아무나 부를 수가 없소."

불량한 목자를 더 부풀리면서 하인이 이사이로 말했다. 그사이에 붉은 비단에 금박을 입힌 겉옷에 가죽신에도 금장식을 단 대여섯 명의 손님이 들어서자 하인들이 뛰어 나와 모시고 들어갔다. 들어가던 손님들이 일행 셋을 힐끗거렸는데 그중 웃는 사람도 있다. 그러자 하인 기세가 더 살아났다.

"우리 지배인님은 어지간한 관리가 와도 나오지 않는 분이시오. 황군의 장수라면 또 모를까."

하인이 이사이로 말했을 때다. 셋 중 사내 하나가 안에 대고 소리쳤다.

"요성이 있느냐! 네 이놈! 요성아!"

현관이 들썩이도록 큰 목소리다. 화들짝 놀란 하인이 눈을 치켜떴을 때 안에서 금박을 입은 노란색 비단옷 차림의 지배인이 허둥거리며 뛰어 나왔다. 그러더니 셋을 보고는 허리를 굽히며 뛴다.

"아이구, 나리 오셨습니까?"

헐떡이며 다가선 지배인이 셋에게 번갈아 허리를 굽히면서 말을 잇는다.

"왜 들어오시지 않고 부르십니까?"

"아, 글쎄 이놈이 우리가 비렁뱅이 같다고 내쫓으려고 하는구나."

사내가 이제는 하얗게 얼굴을 굳히고 서 있는 하인을 가리켰다.

"나한테 침까지 뱉었다."

그때 지배인이 눈을 부릅떴다.

"예, 곧 저놈 두 눈과 혀를 뽑아서 그릇에 담아 올립지요."

# 2장
# 향락과 탐욕

오채두로 불린 사내는 김산이다. 지배인 요성은 강서(江西)성 사람으로 삼관필과 동향이다. 낮에 삼관필이 만나 저녁에 오채두라는 귀빈을 모시고 간다고 했던 것이다. 물론 요성은 삼관필이 몽골제국의 장군 신분이 되어 있다는 것도 안다. 요성의 안내로 옥향각 안에 들어선 김산의 입에서 탄성이 뱉어졌다. 옥향각은 주루다. 술과 여자를 즐기는 유곽 역할도 한다. 그런데 이렇게 호화로운 유곽은 처음이었던 것이다. 모든 기둥과 난간, 천장의 서까래까지 붉은칠에 금박을 입혔으며 의자와 식탁은 말할 것도 없다. 천장에서 방까지 드리워진 형형색색의 거대한 비단천에는 온갖 그림이 금실로 수놓아졌으며 거대한 연회장을 거니는 기녀들은 선녀 같다. 요성은 일행을 이 층의 별실로 안내했는데 이곳에서는 아래층 연회장과 무대가 내려다보였다. 자리에 앉은 김산이 감탄했다.

"과연 이 부(富)를 누리는 동안은 전란의 걱정을 잊게 되겠구나."

"임안의 부(富)는 천하제일입니다."

요성이 둥근 얼굴을 들고 김산에게 말했다. 40대 후반쯤으로 삼관필과 동년배지만 세속의 물이 더 들었다. 눈동자가 어지럽게 흔들리는 것이 김산에 대해서 두려움을 품었기 때문일 것이다. 요성의 시선을 잡은 김산이 빙그레 웃었다.

"잘 들어라."

"예, 채두 나리."

요성이 허리를 굽혔다. 삼관필은 김산을 오채두라고만 알려준 것이다.

"듣자니 네가 이곳 옥향각의 지배인으로 주인한테서 매월 금 20냥을 받는다던데, 맞느냐?"

"예, 나리."

이 층 방안에는 김산과 삼관필, 그리고 비호수까지 셋이 모여앉았다. 김산이 앞에선 요성에게 다시 묻는다.

"네 주인이 무역선이 8척에 창고를 3개 갖고 있다는 곡대인이냐?"

"예, 나리."

"곡대인이 옥향각에서 얼마를 버느냐?"

"예, 하루에 금화 5백 냥을 가져갑니다."

그 말을 들은 삼관필과 비호수의 입이 딱 벌어졌고 김산은 짧게 웃었다.

"허, 한 달에 1만 5천 냥을 가져가는구나."

"그중 절반이 뇌물로 나갑니다. 나리."

"그렇겠지."

머리를 끄덕인 김산이 지그시 요성을 보았다.

"네가 믿을만하다."

"삼관필이 제 동향 친구올시다. 하나밖에 없는 친구니 신의를 지켜야지요."

김산이 머리를 돌려 삼관필을 보았다.

"내 신분을 알려주어라."

"예, 각하."

정색한 삼관필이 허리를 펴고 요성을 보았다.

"요성, 잘 듣게, 자네 앞에 계신 나리는 몽골제국의 어사총감이시며 전(前) 총독이신 김산 각하시네."

놀란 요성이 허리만 굽혔을 때 김산이 부드럽게 말했다.

"요성, 너에게 대가를 주마. 나는 너에게 충성을 강요하지는 않겠다. 다만 대가를 받고 신의만 지켜주면 된다."

김산의 눈짓을 받은 삼관필이 소매 속에서 접힌 종이를 꺼내 요성에게 건네주었다. 요성이 받자 김산의 말이 이어졌다.

"금 1천 냥 어음이다. 그걸 환전상 아무한테나 가져가면 금 1천 냥을 줄 것이다."

놀란 요성이 눈만 크게 떴을 때 김산이 다시 웃었다.

"우리가 앞으로 이곳 옥향각 단골손님이 될 것이야."


옥향각은 임안에서 열 손가락 안에 드는 고급 유곽이다. 그러니 황군 감찰대는 물론이고 수도를 방위하는 금군, 총사령부 소속의 세작까지 번갈아서 얼굴을 내밀었다. 마치 구더기에 파리가 꼬이는 것처럼 모여들었는데 지배인 요성은 누가 누군지 다 아는 처지다. 요성이 아래층 대기실로 들어섰더니 금군 소속의 복담이 웃음 띤 얼굴로 다가와 물었다.

"요 대인, 방금 온 손님들이 복건성에게 오신 거요?"

복담이 현관의 소란을 들은 것 같다. 대기실에는 복담 외에도 황군 감찰대 소속의 군관 사빈까지 와 있었으므로 요성이 쓴웃음을 짓고 대답했다.

"그렇소, 하인 놈이 실수를 해서 내가 난처해졌어. 사과를 하고 나온 길이오."

"복건성 오채두라구? 채두가 한두 놈이어야지. 다 제가 채두라고 하니, 원."

복담이 긴 얼굴을 찌푸리며 투덜거렸다. 일단은 요성한테서 분위기를 파악해놓고 수상하면 당사자를 조사하겠다는 심보인데 배경이 있는 손님은 건드리지 못한다. 배경이 없고 만만한 손님을 건드리는데 그렇게 되면 옥향각의 장사에 지장이 오는 것이다. 그때는 요성이 은자 두어 닢은 줘서 놔두라는 인사를 한다. 요성의 시선이 창가 자리에 앉아있는 사빈을 스치고 지나갔다. 딴전을 피우고 있었지만 둘의 이야기를 듣고 있을 것이었다.

"병부상서 장광국 대감의 제3부인 소청의 사촌 되시는 분이오."

"그럴만하군."

복담은 금방 꼬리를 내렸지만 사빈이 머리를 들고 요성을 보았다. 40대 초반쯤의 사빈은 한때 당문에 몸을 담았다는 소문이 났다. 당문은 암기와 독술에 뛰어난 무림세가로 사천성 성도가 본가다. 사빈이 썩은 생선의 눈처럼 흐린 눈동자를 요성에게 고정시키고 물었다.

"내가 소청 마님을 잘 알지. 그 집 식객으로 있는 자가 내 동향이야. 오채두라고 했어?"

"맞소."

머리를 끄덕인 요성이 웃음 띤 얼굴로 사빈을 보았다.

"내가 그럼 오채두께 말씀드릴 테니 한번 만나 보시는 것이 어떻소?"

"만나다니?"

사빈의 눈동자가 잠깐 흔들렸다.

"내가 왜 그 사람을 만나?"

"그 집 식객한테 물어보는 것보다 직접 오채두를 만나시는 것이 낫지 않겠소? 마침 내일 소청 마님 댁에 가신다니 말씀이오."

"……."

"식객으로 있는 동향 성함을 말해주시면 잘 대접하라고 청이라도 넣어 줄 수도 있을 거요. 사촌 부탁이니 들어 주겠지요."

"아니, 이 사람이……."

당황한 사빈이 말을 잇지 못했을 때 요성이 정색했다.

"말이 나온 김에 내가 오채두를 모시고 내려오리다. 이런 식으로 우리 손님 뒷조사하는 건 견딜 수가 없소."

요성이 몸을 돌리자 사빈이 자리에서 일어섰다.

"이보오, 요 대인. 내가 말이 과했네. 그만두세."

"과한 것 없소. 당연한 일이오. 내가 오채두 모셔오겠소."

"이보오, 요 대인. 내가 잘못했으니 없던 일로 하세."

다급해진 사빈이 다가가며 말했고 복담이 그때서야 나섰다. 사빈이 당하는 꼴을 보면서 고소해 했던 터라 목소리가 부드럽다.

"요 대인, 그만합시다. 다 아는 처지에 그럴 것 있소? 그냥 웃고 넘깁시다."

그 시간에 김산은 유곽의 매파가 데려온 세 기녀를 맞고 있다.

"옥향각에서 가장 미인입니다."

매파가 간드러진 목소리로 말했지만 세 기녀의 용모는 빼어나지 않았다. 화려한 비단옷을 휘감았고 얼굴에 흰 분칠을 해서 석고를 붙인 꼴이 되었는데 이목구비가 제대로 붙어있는 정도였다. 삼관필과 비호수는 김산 앞인 터라 눈만 껌벅이고 있다. 매파가 여자들의 등을 밀어 제각기 옆에 앉히면서 말을 이었다.

"지배인께서 특별히 모시라는 말씀을 하셔서 옥향각의 3백 명 기녀 중 가장 미인인 셋을 골랐습니다……."

그 순간이다. 매파가 입을 두 손으로 가리면서 눈을 치켜떴다. 그러더니 몸을 비틀고는 입을 쥐어뜯기 시작했다. 그 서슬에 머리에 얹은 가발이 떨어졌으므로 흉측한 모습이 되었다. 놀란 기녀들이 일어나 매파의 손을 잡아떼려고 했으므로 소동이 일어났다. 삼관필과 비호수는 내막을 아는 터라 물끄러미 그 소동을 보았다. 그때 김산이 기녀들에게 말했다.

"입에 풍(風)이 들어간 것 같다. 당분간 입이 틀어져서 말을 못할 테니 데리고 나가거라."

기녀들이 매파를 부축하고 방을 나갔을 때 김산이 말했다.

"저 매파는 밀정이다. 이 방으로 들어오기 전에 이 층 탈의실 앞에서 사내를 만나 우리가 누구인지 파악하라는 지시를 받았다."

삼관필과 비호수가 시선만 주었고 김산의 말이 이어졌다.

"이곳에는 밀정이 여러 명이다. 그놈들은 제각기 소속이 다른데다 끄나풀들이 있다. 방금 매파를 시킨 사내가 탈의실을 나와 이쪽으로 오고 있구나."

말을 그친 김산의 얼굴에 웃음이 떠올랐다.

"이곳에서는 새로운 전장(戰場)을 겪게 되었다."

그때 문밖에서 가벼운 헛기침 소리가 들리더니 문이 열렸다. 방으로 들어선 사내는 금빛 비단옷을 걸친 유곽의 하인이다. 왜소한 체격에 작은 얼굴, 팔이 길어서 원숭이가 옷을 걸친 것 같다. 허리를 굽혀 보인 하인이 웃음 띤 얼굴로 김산을 보았다.

"대인께서 놀라셨으리라고 생각합니다. 갑자기 매파가 풍병이 와서 죄송하기 짝이 없습니다."

"풍병인가?"

삼관필이 말을 받았다. 정색한 삼관필이 말을 잇는다.

"우리 나리께서 깜짝 놀라셨네, 갑자기 입을 틀어쥐고 몸을 비트는 바람에 나는 뭘 잘못 먹었는가 했어."

"죄송합니다."

다시 허리를 꺾어 보인 하인이 머리를 들고 물었다.

"기녀는 조금 전 그 셋으로 부를까요? 천하절색입니다."

"뭐라고?"

비호수가 눈을 치켜뜨고 하인을 보았다.

"이 개 같은 놈아, 네놈이 개 같으니 그런 년들이 천하절색으로 보이는 것이다. 개 눈에는 개만 보인다는 말이다. 이 개 같은 놈이 우리 나리를 놀리고 있구만. 네 이름이 무엇이냐?"

그때 하인이 허리를 펴고 눈을 치켜떴다가 곧 얼굴을 펴고 웃었다. 표정 변화가 순식간에 일어난 것이다.

"그렇습니까? 그럼 소인이 사람의 눈으로 여자를 고르겠습니다."

하인이 느긋하게 말한 순간이다. 김산이 앞에 놓인 젓가락을 집더니 가볍게 하인에게 뿌렸다.

"아!"

짧은 탄성은 비호수의 입에서 터졌다. 젓가락이 하인의 귀 위쪽에 깊숙하게 박혀버린 것이다. 삼관필은 입을 딱 벌리고 있다. 그때 김산이 하인에게 물었다.

"네 이름이 무엇이냐?"

"예, 옥태라고 합니다."

하인이 고분고분 대답했는데 눈동자의 초점이 멀다. 제 머리에 젓가락이 박혀있는 것도 모르는 것 같다. 김산이 다시 물었다.

"너는 누구의 지시를 받고 있느냐?"

"예, 금군의 철갑군 소속으로 중랑장 방극선이 제 상전이올시다."

"네가 감시하는 대상은 누구인가?"

"예, 지배인 요성과 요성의 손님입니다."

"요성을 왜 감시하는가?"

"모든 유곽과 여관 지배인은 감시를 받습니다."

"요성이 의심받는 행동을 했느냐?"

"아직 없었습니다."

그때 김산이 머리를 끄덕였다. 옥태는 젓가락을 머릿속에 박은 채 시선만 주고 있다.

그때 김산이 삼관필에게 말했다.

"젓가락을 빼라."

눈을 크게 떴던 삼관필이 다가가 사내의 머리에 박혀있는 젓가락을 잡더니 쑤욱 빼내었다. 젓가락은 3치(9cm) 정도나 박혔다가 빠졌는데도 피한 방울 묻지 않았다. 그때 사내가 젓가락이 박힌 자리를 손바닥으로 문지르며 셋을 번갈아 보았다.

"부르셨습니까?"

"그래, 옥향각에서 가장 재색이 겸비한 미녀를 데려오너라."

김산이 말하자 옥태는 허리를 꺾고 절을 했다.

"예, 조금 전에 데려왔던 애들은 매파가 가장 안 팔리는 년들만 골라온 것입니다. 나리께서 지배인 요성의 손님이란 것을 듣고 제가 그렇게 시켰기 때문입지요."

"왜 그렇게 시켰느냐?"

"요성이 주인의 신임이 두터운 것만 믿고 저 같은 관(官)의 용원들을 우습게 대했기 때문입니다."

"그렇군."

머리를 끄덕인 김산이 옥태를 똑바로 보았다.

"앞으로 우리 셋에게는 네 진심을 털어놓도록 해라."

"명심하겠습니다."

머리를 숙인 옥태가 젓가락이 들어간 머리를 손으로 문지르며 방을 나갔다.

"젓가락이 박힌 곳은 뇌의 정심원(正心原)이다. 진심이 우러나는 부분이지."

셋이 되었을 때 김산이 삼관필과 비호수에게 말했다.

"젓가락 끝 부분이 뇌의 기억장을 눌렀기 때문에 이전의 사연은 다 잊고 앞으로의 약속은 지킬 것이다."

"각하."

삼관필이 자리에서 일어나 엎드리자 비호수도 따랐다. 머리를 든 삼관필이 김산을 보았다.

"참으로 신기(神技)를 목격하니 기쁨과 놀람으로 어찌할 줄을 모르겠소이다. 모시게 되어서 영광이오."

"저도 그렇습니다."

"어서 일어나라. 남들 보기 어색하다."

쓴웃음을 지은 김산이 말을 이었다.

"막중한 과업이 걸려있는 상황이다. 기녀와 함께 즐기는 것도 자연스럽게 하라. 지금부터 내 신분은 잊어라."

이번에는 옥태가 직접 기녀 셋을 데려왔는데 과연 천하절색이었다. 선녀가 하강한 것 같기도 했고 천 년 묵은 여우가 둔갑을 한 것 같기도 했다. 김산이 놀랄 정도였으니 삼관필과 비호수는 오죽하랴? 강호를 수십 년 떠돌아다녔지만 천하제일의 부(富)를 소유한 임안에서도 가장 호화로운 유곽 중의 하나인 옥향각에서 또한 최상급의 기녀를 데려온 것이다. 둘 다 벌려진 입이 닫히지가 않는다.

"나리, 이 애가 화선(花仙)이라 합니다."

옥태가 가운데에 선 기녀를 가리키며 말을 이었다.

"감숙성 천반산 태생으로 10살 때 금 1백 냥에 팔려 8년 동안 기예를 닦고 기루에 나온 지 오늘이 사흘째올시다. 머리 올려준다고 예약을 한 고관, 거부가 수십 명이라 곡대인이 숨겨두고 내놓지 않은 것을 지금 데려왔습니다."

옥태의 입가에 흰 거품이 일어났다. 김산이 지그시 화선을 보았다. 아름답다라는 표현이 부끄러울 정도의 미색이다. 필설로 표현하지 못할 만큼이라는 표현도 맞을 것이다. 다소곳이 내리뜬 눈은 이슬을 머금은 보석 같았고 콧날은 장인이 수만 번 공을 들여 다듬은 것 같다. 갸름한 얼굴에 피부는 백옥처럼 매끈했으며 물기를 머금은 붉은 입술은 꽃잎을 붙여놓은 것 같다. 분홍빛 저고리와 치마는 비단이어서 몸에 착 감기듯 걸쳐졌는데 몸매가 다 드러났다. 둥글고 가냘픈 어깨, 잘록한 허리는 한 줌 같았지만 엉덩이의 곡선은 비단옷에 딱 붙여져서 터질 것처럼 숙성했다. 늘씬한 키가 좌우의 기녀보다 반 뼘은 크다. 김산의 후각에 화선의 몸냄새가 맡아졌다. 오묘한 냄새다. 향에 섞인 체취가 맡아졌다. 옥태가 화선에게 말했다.

"나리를 모시거라."

화선이 힐끗 시선을 들어 김산을 보더니 다가와 옆에 앉는다. 옥태가 번들거리는 눈으로 김산을 보았다.

"나리, 왕 대인은 화선의 머리 올려주는 값으로 황금 1천 냥을 낸다고 했습니다. 두 분 수행과 나리 옆에 앉은 주경, 연심이의 몸값도 금화 1백 냥이올시다. 하지만 나리께선 화대를 내실 필요가 없습니다."

"왜 그러느냐?"

"예, 오늘은 없었던 날로 치는 것입니다. 이런 일은 유곽에서는 흔한 일이지요. 머리를 다섯 번 올려준 기녀도 있었습니다. 나리."

"그럴 수가 있는가?"

"이년들도 입을 다물 것입니다. 입을 열어서 좋을 일이 없으니까요."

"너에게 대신 화대를 주마."

김산이 삼관필에게로 머리를 돌렸다.

"옥태에게 황금 5백 냥 어음을 줘라."

"예, 나리."

삼관필이 소매 속에서 어음을 꺼내 건네자 펼쳐본 옥태의 두 눈이 터질 것처럼 커졌다.

"나리, 제 평생에 이런 큰돈은 처음 받습니다."

옥태의 얼굴이 붉어졌고 목소리가 떨렸다. 그러더니 무릎을 꿇고 말을 잇는다.

"나리, 지금부터 상을 올려드리겠습니다. 악공과 무희도 올 것입니다."


"어떻게 된 거야? 화선을 채두 나리께 데려갔나?"

요성이 묻자 옥태가 얼굴을 펴고 웃었다.

"나리께 은밀하게 바치기로 했소."

"은밀하게?"

눈을 가늘게 뜬 요성이 옥태를 보았다. 의아한 표정이다. 그러자 옥태가 한걸음 다가와 섰다.

"형님, 형님이 모시는 손님이면 바로 내 손님이나 같소."

"아니, 도대체……."

"형님은 앞으로 나한테 신경 쓸 것 없소. 내가 다 알려 줄 테니까. 내 배후는 철갑군의 중랑장 방극선이오."

이제는 요성이 긴장해서 주위를 둘러보았다. 이 층 복도에는 둘 뿐이다.

"아니, 도대체 이게 무슨 일이……."

"이상하게 생각할 것 없소. 형님하고 나하고 같이 채두 나리를 모시게 된 것이니까."

입을 딱 벌렸던 요성이 마악 말을 뱉으려던 순간이다. 귀에 목소리가 꽂히듯이 울렸다.

"요성, 놀랄 것 없다. 내가 조금 전에 옥태의 정심원을 건드려 나에게 진심으로 심복하게 만든 것이다."

김산의 목소리다. 저도 모르게 주위를 둘러본 요성이 어깨를 늘어뜨렸다. 붉은색 양탄자가 깔린 복도는 길이가 50여 보가 된다. 양쪽에 방이 있는데다 김산의 별실은 복도 끝쪽에 있는 것이다. 그때 김산의 목소리가 이어졌다.

"그러니 너를 형님으로 모시고 진심을 보이게 되는 것이다. 안심하고 상대해도 된다."

말이 그쳤을 때 심호흡을 한 요성이 옥태에게 물었다.

"배후가 철갑군 중랑장 방극선이라고 했나?"

"그렇소, 형님. 옥향각에 자리 잡고 있는 정보원이 모두 여덟이고 그놈들에게 정보를 물어다 주는 기녀, 하인 놈들이 이십여 명이요."

"그렇게 많은지 몰랐다."

"내가 형님께 하나씩 일러주리다. 나하고 형님이 손발만 맞추면 그것들은 모두 인형극의 인형이 될 테니까 말요."

그때서야 요성이 얼굴을 펴고 웃었다.

"그렇다. 아우, 그럼 옥향각 안에서는 천하무적이지."


"열 살 때 기녀로 팔렸느냐?"

김산이 묻자 화선이 시선을 내린 채 대답했다.

"네, 나리."

목소리가 맑고 울림이 있다. 높지도 낮지도 않아서 귓속으로 착착 쌓이는 느낌이 든다. 기예에서 목소리도 다듬는 과정이 있다지만 천성으로 타고난 목청을 갖춰야 한다. 김산이 지그시 화선의 옆모습을 보았다. 그림처럼 곱다. 어느 쪽에서 보아도 가슴이 저리도록 고운 미색인 것이다. 삼관필과 비호수는 제각기 기녀를 끼고 앉아 술잔을 들고 있었지만 굳은 몸이 아직 풀리지 않았다. 겉은 자연스러웠지만 김산의 눈은 속일 수가 없다. 앞쪽 무희들이 악공들의 음악에 맞춰 춤을 끝냈으므로 잠깐 열기가 가라앉았다. 이곳은 별방으로 셋을 위한 무대가 마련되어 있는 것이다. 그때 화선이 머리를 돌려 김산을 보았다.

"나리, 소녀가 춤을 출 차례입니다."

"그러냐?"

"초선의 춤을 춰도 되겠습니까?"

"좋다."

머리를 끄덕였던 김산이 화선을 보았다.

"잠깐 기다리거라."

그리고는 독음으로 삼관필에게 말했다.

"네가 옥태한테 가서 어음을 주고 금화 2백 냥을 바꿔오너라."

삼관필이 김산에게 머리를 숙여 보이더니 방을 나가자 이번에는 김산이 비호수에게 말했다. 물론 독음(獨音)이다.

"너는 1층 다실에 가서 사빈이라는 자를 데려오너라. 그자는 지금 칡차를 마시는 중이다."

비호수가 일어서자 김산이 말을 이었다.

"복건성 오채두가 할 말이 있다고 하면 따라올 것이다."

둘이 연달아 방을 나갔을 때 화선이 김산에게 물었다.

"나리, 그동안 악공들이 음악을 연주하게 할까요?"

김산이 머리를 끄덕였더니 화선의 손짓을 받은 악공들이 연주를 시작했다.

"사흘째라고 들었는데 익숙하구나."

화선에게 김산이 말했다.

"악공과 무희를 다루는 방법까지 배웠느냐?"

"예, 나리."

"또 무엇을 배웠느냐?"

"노래와 춤, 시와 문장을 익혔습니다."

"또 있느냐?"

"관상과 대화법을 배웠습니다."

"흠, 다른 것은?"

"남녀의 방중술을 배웠습니다."

김산과 시선이 마주치자 화선이 아래를 보았다. 다시 김산이 물었다.

"방중술은 말을 듣고 책을 읽어서 배울 수 있는 것이 아니지 않느냐?"

"예, 수백 번 실연을 했습니다."

김산은 화선이 진심으로 이야기하는 것을 알고 있었으므로 입가에 쓴 웃음이 떠올랐다.

"수백 번이라면 상대도 여럿이었겠다."

"아닙니다. 여스승이 손가락을 넣고 실습을 시켜 주셨습니다."

이것도 진실이었으므로 김산이 가볍게 헛기침을 했다. 그때 삼관필이 무겁게 보이는 비단 자루를 들고 들어섰고 뒤를 따라 비호수가 사빈을 데려왔다. 주춤거리며 들어선 사빈이 상석에 앉은 김산을 보더니 건성으로 머리를 끄덕여 인사를 했다.

"채두께서 부르셨소?"

사빈은 옥향각에서 손님 행세를 하고 있었지만 한 번도 기녀와 함께 술을 마신 적이 없는 손님이다. 그럴 돈도 없을 뿐만 아니라 감찰대 군관이 옥향각에서 술을 마신다면 당장에 목이 달아난다. 옥향각은 장군급이나 되어야 들락일 수가 있는 곳이다. 그때 김산이 말했다.

"네가 내 신분을 의심하고 있지 않느냐? 그래서 불렀다."

"무슨 말씀이신지?"

사빈의 이맛살이 찌푸려졌다. 요성과 다투고 나서 겨우 수습한 터라 눈동자가 흔들렸다.

"저는 그런 적이 없습니다. 오해하셨소."

"그런데 왜 하인을 감찰대에 보냈느냐?"

김산이 묻자 사빈의 흐린 눈동자가 더욱 흐려졌다.


주지육림(酒池肉林)이라는 말이 있다. 술로 호수(池)를 이루고 고기로 숲을 이루는 것처럼 쌓아놓고 마시고 먹는다는 뜻인데 고대 중국의 하(夏)나라 걸왕과 은(殷)나라 주왕이 주색에 빠져 방탕한 생활을 하다가 멸망한 고사에서 나온 말이다. 지금 김산의 앞에 놓인 요리상이 그렇다. 산해진미라는 말도 부족하다. 김산도 앞에 놓인 요리상을 보고 잠시 말을 잃을 정도였다. 온갖 고기는 다 있었는데 그 하나하나의 요리가 지극정성을 다한 것이어서 마치 정교하게 만든 장인의 작품을 보는 것 같다. 세 사람 앞에 놓인 상이 여섯 개였는데 요리가 놓인 그릇 수가 2백여 개였다. 하인들을 지휘하여 요리를 날아온 지배인 요성이 말했다.

"주방장이 30명에 조수가 2백여 명입니다. 나리."

요성의 얼굴이 자부심으로 덮였다.

"매일 마차 150대 물량의 식재료가 들어오는데 재료 값만 황금 3백 냥이 듭니다. 나리."

"과연 임안의 부(富)가 명불허전(名不虛傳)이다."

마침내 김산도 감탄했다. 그때 요성의 시선이 말석에 앉은 사빈에게로 옮겨졌다. 사빈은 흐린 눈으로 앞쪽 요리상만 바라보고 있을 뿐이다. 그것을 본 김산이 웃음 띤 얼굴로 말했다.

"사빈이 곧 다실로 내려가 감찰대원을 돌려보낼 것이다."

요성이 눈만 껌벅였고 김산의 말이 이어졌다.

"하인 우병을 시켜 옥향각에 수상한 자가 나타났다는 신고를 했거든, 그래서 그것이 착오였다는 말을 하려는 것이다."

"예, 소인의 착오였습니다."

정색한 사빈이 말을 이었다.

"지배인한테도 소인이 사과를 해야 될 것 같습니다."

"그럼 나가서 감찰대를 기다리도록 해라."

"예, 나리."

허리를 굽혀 보인 사빈이 나갔을 때 김산이 요성을 향해 웃었다.

"사빈도 옥태처럼 믿어도 될 것이야."


화선의 춤은 선녀 같은 자태에 맞지 않았다. 선홍빛 비단에 금박을 입힌 옷차림은 요녀(妖女)였다. 그리고 음악에 맞춰 간드러지게 몸을 비틀면서 꿈틀거리는 자태는 음녀(淫女)였다. 김산 또한 엉덩이를 흔들고 다리를 꼬는 화선의 몸을 바라보는 사이에 뜨거운 불기운이 스치는 느낌을 받는다. 그러니 삼관필과 비호수는 오죽하겠는가? 둘 다 얼굴이 상기되었고 몸을 비틀고 있다. 쓴웃음을 지은 김산이 손가락을 찻잔에 집어넣었다가 삼관필과 비호수의 얼굴을 향해 손톱 끝으로 물방울을 튕겼다. 아무도 눈치채지 못한 작은 행동이다. 그 순간 물방울에 맞은 둘이 제각기 진저리를 치면서 자세를 바로 세웠다. 그리고는 둘 다 김산을 향해 머리를 숙였다. 감사의 표시다. 자신들이 끌려 들어간 것을 아는 것이다. 이윽고 춤이 끝났을 때 김산이 화선을 칭찬했다.

"너한테 그 춤을 가르친 분은 무공의 고수였겠다. 그렇지 않으냐?"

"그렇습니다."

가쁜 숨을 고르면서 화선이 놀란 듯 눈을 크게 떴다.

"어떻게 아십니까?"

"네 춤은 눈동자 없는 눈만 그려놓고 끝났다. 마지막에 눈동자를 넣는 일을 빼놓았다. 그런 생각이 들지 않느냐?"

그때 화선이 어깨를 늘어뜨렸다.

"네, 초선의 한을 풀 수는 없다고 스승님이 말씀하셨습니다."

머리를 끄덕인 김산이 삼관필이 바꿔온 금화를 한주먹 가득 쥐어서 빈 접시 위에 놓고 화선에게 말했다.

"이 금화를 악공과 무희에게 나눠 주어라."

화선의 얼굴이 밝아졌고 악공과 무희 사이에서 탄성이 터졌다.

다음날 오전, 금군태위 위소형이 휘하 도사로부터 보고를 받는다.

"어젯밤 옥향각에서 복건성에서 온 오채두라는 자가 연회를 베풀었는데 황금 수백 냥이 악공과 무희한테 뿌려졌다고 합니다."

위소형은 듣기만 했다. 그런 일은 비일비재했기 때문이다. 그런 졸부는 쌔고 쌨다. 사천성의 비단장사 한 놈은 유곽에서 비단을 판 돈 금화 2천 냥을 이틀 밤낮에 소진해놓고 사흘째 되는 날 마구간에서 목을 매었다. 도사가 말을 이었다.

"옥향각에 파견한 군관 사빈이 수상하다고 감찰대에 하인을 보내 신고를 했다가 정작 감찰대원이 도착했더니 오해했다면서 돌려보냈다고 합니다."

"……."

"그래서 따로 감찰관을 보내 조사한 결과 오채두란 위인은 병부상서 장광국 대감의 세 번째 부인 소청의 외사촌임이 밝혀졌습니다."

"……."

"오채두는 복건성에서 무역업을 하는데 무역선이 14척이나 되는 거부라고 합니다. 이번 임안행은 남방의 하물을 팔 수 있는지 알아보려고 왔다는 것입니다."

"배가 14척이면 얼마나 부자인 거냐?"

위소형이 그때서야 관심을 보였다. 30대 후반의 비대한 체격에 키가 작아서 앉아 있는 것을 좋아했다. 10보 이상 걷기를 싫어하는 터라 언제나 가마를 탄다. 위소형의 시선을 받은 도사가 대답했다.

"예, 임안의 사 대인보다는 두 배 이상 부자인 것 같습니다. 사 대인이 무역선 6척을 갖고 있지 않습니까?"

"허."

위소형의 붉은 얼굴이 더 붉어졌고 가는 눈 속의 눈동자가 반짝였다. 사재봉은 거부로 매달 위소형의 숙부인 황군태감 위황에게 금화 한 상자씩을 바치는 것이다. 위소형이 도사에게 말했다.

"그, 오채두라는 거부에게 내가 옥향각에서 주연을 베풀어 초대하겠다고 전해라. 시간은 내일 밤으로 정하지."

그리고는 덧붙였다.

"임안에서 장사를 하려면 친지가 필요하다는 것을 오채두쯤 되는 거상이라면 잘 알 것이다."

그 시간에 김산은 옥향각의 객실에서 비호수로부터 보고를 받는다.

"왕륜은 비단과 자기 도매상으로 큰돈을 벌어 유곽 10여 곳을 소유한 갑부입니다. 근래 10여 년 간에 재산이 급성장해서 신흥 갑부 측에 들지만 기존의 대상, 거부들로부터는 유곽 뚜쟁이라는 별명으로 불리며 멸시를 당합니다. 왕륜이 젊었을 때 유곽에서 기녀를 대주는 뚜쟁이 노릇을 했기 때문이지요."

비호수가 말을 잇는다.

"왕륜은 재산을 황금으로 바꿔 쌓아둔다는 소문이 났습니다. 지금도 인색해서 동전 한 닢에도 벌벌 떨고 하인과 기녀들의 등골을 빼먹는다는 악질이지만 권부에는 돈을 아끼지 않아서 배경이 든든합니다. 그리고 저택에는 무공 고수 20여 인이 철통같이 경비를 하고 있어서 쥐새끼 한 마리도 범접하지 못한다고 합니다."

"그렇다면 임안의 유흥비는 먼저 왕륜한테서 받아내기로 하자."

김산이 빌려준 돈을 받아내자는 것처럼 태연하게 말했다.

"금자를 실어가려면 마차가 필요하지 않겠느냐?"

비호수는 눈만 껌벅이고 있다.


"뭐? 연습을 시켜?"

곡지명이 길길이 뛰다시피 화를 냈지만 앞에선 요성은 시선만 내린 채 당황하지 않았다. 다른 때 같다면 허둥대었을 것이다. 눈을 치켜뜬 곡지명이 손에 쥔 채찍으로 요성을 후려칠 듯이 추켜 들었다가 내렸다. 곡지명은 60대 중반으로 그야말로 임안의 토호이며 거상 축에 든다. 7대째 무역업을 해온 터라 바다에 떠 있는 무역선이 8척, 거대한 창고가 3곳이며 옥향각은 곡씨 가문의 위용을 뽐내기 위해서 만들었다고 해도 과언이 아니다. 옥향각은 객실 수가 5백여 개인 여관에다 기녀 3백여 명을 보유한 방 1백여 개짜리 유곽까지 갖추고 있어서 가히 조그만 도읍 같다. 하인과 하녀, 주방장과 심부름꾼, 마부까지 합하면 종업원이 1천8백, 마구간에는 4백여 필의 말까지 세마용으로 갖추고 있는 것이다.

"이런 건방진 놈, 네가 뭔데 화선을 끌어낸단 말이냐?"

채찍으로 요성의 얼굴을 가리키며 소리쳤던 곡지명이 버럭 소리쳤다.

"옥태를 불러라! 내, 이놈의 말을 들어보고 두 놈 다 주리를 틀 것이다."

종자 하나가 꽁지가 빠질 듯이 내달려가더니 곧 유곽의 하인 우두머리인 옥태를 데려왔다. 곡지명이 옥태를 보더니 어깨를 부풀렸다. 이곳은 옥향각 여관 3층의 별실이다. 복도 끝쪽에 붙여져 있는데다 앞에 병풍까지 가로막혀서 일반인들은 안에 별실이 있는 줄 모른다. 그러나 이중으로 된 방문을 열고 들어가면 곡지명의 별천지가 나온다. 정원이 있는데다 작은 연못까지 만들어졌고 방이 8개, 넓은 청에 세워진 아름드리 기둥 6개는 모두 두꺼운 금박을 입혔다. 기둥의 금만 긁어도 1천 냥어치는 된다는 것이다. 이곳에서 곡지명이 무역, 창고, 유곽 관리를 하는 것이다.

"대인, 부르셨습니까?"

옥태가 허리를 굽히고 인사를 하자 곡지명이 소리쳐 묻는다.

"네놈이 화선을 내 주었느냐? 이놈, 여관 집사가 화선을 내 달란다고 그냥 내줘? 너희 두 놈을 당장 요절을 내야겠다. 이놈."

"대인, 고정하시지요."

이번에는 옥태도 당황하지 않고 말했으므로 곡지명의 부아가 더 솟았다. 곡지명이 위에 선 호위역 마송에게 지시했다.

"마송, 이놈을 묶어라."

"대인, 오늘 밤에 오 대인이 또 오십니다."

옥태의 말에 곡지명이 소리쳤다.

"이놈 보게? 그럼 또 화선을 내주겠다는 말이냐? 오 대인이건 이 대인이건 어떤 놈이건 화선은 못 나간다. 이놈아!"

"오 대인이 금 1천 냥을 낸다고 했습니다. 대인."

"이놈을 묶어라!"

곡지명의 말에 마송이 달려들어 옥태를 잡았다. 마송은 30대 중반쯤으로 남방의 극락도 문중의 최고수다. 극락도란 칼과 암기를 주무기로 사용하는 무공으로 주로 해적단들이 단련해서 잔인하고 악랄한 것이 특징이다. 곡지명이 옥태를 잡아 누르는 마송에게 다시 소리쳤다.

"저놈, 요성도 잡아 묶어라. 내 이놈들을 목을 베어 기강을 세울 테다."

그러자 마송의 눈짓을 받은 경호원 둘이 달려들었다. 곡지명은 항상 마송과 경호단의 경호를 받고 있는 것이다.

"요성과 옥태가 감금되었습니다."

시내에서 돌아온 김산에게 삼관필이 보고했다. 오후 유시(6시) 무렵, 김산은 여관 객실 안으로 들어선 참이다. 자리에 앉은 김산에게 삼관필이 자초지종을 설명해주었다.

"곡지명이 각하를 벼르고 있을 것입니다."

보고를 마친 삼관필이 그렇게 덧붙이자 김산이 머리를 끄덕였다.

"기다리고 있었다."

삼관필의 시선을 받은 김산이 말을 이었다.

"아끼던 화선을 돈도 안 받고 손님에게 내놓았으니 펄펄 뛰는 것이 당연하다. 머리 올리는 값인 금화 수천 냥이 날아간 셈이 될 테니까."

"곡지명의 호위에 마송이란 자가 있는데 극락도의 최고수라고 들었습니다."

"여관에 들어오면서 사내들이 힐끗거리는 것을 보았다."

김산의 얼굴에 웃음이 떠올랐다.

"여관 3층 끝쪽이 곡지명의 별관인 것 같다. 그곳에서 살기가 넘치고 있다."

바로 위층인 것이다. 여관은 넓어서 이 층만 해도 사각형 구조에 방이 2백여 개인 것이다. 한쪽 면이 1백여 보 정도이니 4면이면 4백보다. 김산이 말을 이었다.

"내가 먼저 곡지명을 만나야겠다."


"나를 만나겠다구?"

눈을 치켜떴던 곡지명이 곧 웃었다.

"그자가 간이 부었군. 내가 함부로 만날 수 있는 사람이 아니다."

지방에서 돈푼 꽤나 있다는 상인, 토호가 임안에 와서 호기를 부리는 경우가 많다. 친척이 요직에 있다고 나대는 위인들도 그렇다. 곡지명은 황실에도 끈이 닿아있는 신분인 것이다. 남송 제1의 실력자인 황군태감 위황도 언제든지 만나고 있다. 곡지명이 전갈을 가져온 하인을 꾸짖었다.

"내가 바쁘다고 해라."

"예, 대인."

납작 엎드렸던 하인이 방을 나갔을 때 곡지명이 마송에게 지시했다.

"이곳에 어떤 놈도 근접시키지 마라."

"예, 대인."

마송이 서둘러 청을 나갔을 때 곡지명은 입맛을 다셨다.

"앞으로는 손님을 가려서 받아야겠군. 병부상서 셋째 부인의 친척까지 모셔야 된다면 이 곡지명의 체면이 말이 아니지."

그때 청 안으로 하인 하나가 또 들어섰다. 허둥거리고 있었으므로 곡지명이 혀를 찼다.

"이놈들이 불난 집에서 왔나? 무슨 일이냐?"

"예, 대인."

앞쪽에 납작 엎드린 하인이 곡지명을 보았다.

"금군태위 위 대감댁에서 전갈이 왔사온데 오늘 밤에 옥향각에서 손님을 모시고 잔치를 베풀겠다고 합니다."

"옳지."

곡지명의 얼굴에 웃음이 떠올랐다. 수염을 손바닥으로 쓸면서 곡지명이 말을 이었다.

"그런 일로 허둥거리는 것은 백번을 해도 좋다. 그래, 손님은 어떤 분이시냐?"

"예, 이곳에서 묵고 계신 오채두라고 하십니다."

숨을 들이켠 곡지명이 시선만 주었으므로 하인이 말을 이었다.

"위 대감께서는 특상급 잔치를 연다고 하셨습니다. 술시에 오실 것입니다."


"네놈이 누구를 희롱하느냐?"

삼관필이 버럭 소리치자 하인은 허리를 더 굽혔다.

"조금 전에는 대인께서 급한 용무 때문에 그렇게 말씀하신 것입니다. 그래서 대인께서는 직접 이곳으로 방문하시겠다고 하십니다."

"이제는 우리 채두께서 바쁘시다. 만날 여유가 없으시다."

어깨를 편 삼관필이 벌레를 쫓듯이 손짓을 했다.

"물러가라."

그때 삼관필의 귀에 김산의 독음이 들렸다.

"내가 찾아간다고 해라."

그러자 삼관필이 하인에게 말했다.

"우리 나리께서 찾아가신다고 전해라."


잠시 후에 김산은 여관 3층의 별실에 세워진 곡지명의 처소에 들어섰다.

"어이구, 어서 오십시오."

곡지명이 반색을 하면서 맞았고 김산도 얼굴을 펴고 웃었다.

"대인께서 초대해주셔서 영광이오."

"채두 나리를 모시게 되어서 제가 영광입니다."

곡지명이 김산을 안내하여 자리를 잡고 앉는다. 김산은 삼관필과 동행이었는데 곡지명은 위세를 부리느라고 마송과 경호역 10여 명을 청 좌우에 배열시켰으므로 마치 관청의 모습 같다. 자리를 잡고 앉았을 때 김산이 웃음 띤 얼굴로 곡지명에게 말했다.

"과연 천하의 부(富)가 임안에 몰려 있다는 말이 맞습니다. 곡대인의 별실이 마치 천상의 궁 같습니다."

"과찬이십니다."

곡지명이 정색하고 사양했지만 자부심으로 두 눈이 번들거렸다.

"저는 다른 거상과 비하면 가난한 편이올시다."

"겸손하십니다."

김산이 덕담을 이어가다가 삼관필에게 눈짓을 했다. 그러자 삼관필이 소매에서 어음을 꺼내 곡지명에게 내밀었다.

"아니, 이것이 뭡니까?"

곡지명이 묻자 삼관필이 대답했다.

"어제 이곳의 기녀 화선을 부른 값입니다. 황금 3천 냥 어음입니다."

그 순간 곡지명이 숨을 들이켰다. 화선을 보물처럼 아끼고 있었지만 지금까지 머리 올리는 값을 제시한 거부(巨富) 중 가장 높은 금액이 사채업자 곽가의 황금 1,700냥이었기 때문이다. 그런데 오채두는 화선을 침실로 데리고 가지도 않고 3천 냥을 낸 것이다.

"아니, 받을 수가 없습니다."

당황한 곡지명이 두 손을 저었다.

"제가 대인께 오늘 다시 화선을 선보이도록 해주십시오. 그래야 받겠습니다."

정식으로 화선을 데려가라는 말이다. 그때 김산이 정중하게 말했다.

"그럼 먼저 어음을 받으시지요. 그래야 저도 대인의 호의를 받겠습니다."

곡지명을 만나고 숙소로 돌아온 김산이 차를 마시고 있을 때 요성과 옥태가 나란히 들어섰다. 사시(오후 4시) 무렵이다.

"나리, 덕분으로 풀려났사옵니다."

요성과 옥태가 나란히 무릎을 꿇고 엎드려 감복했다.

"은혜가 백골난망이올시다."

요성과 옥태는 풀려났지만 아직도 얼굴에 분한 기색이 가득 차 있다. 김산이 쓴웃음을 짓고 말했다.

"내색하지 말고 오늘 접대를 잘하거라, 곧 좋은 일이 있을 것이다."

"나리께 목숨을 바치겠습니다."

요성이 말했고 옥태도 따라 허리를 굽혔다. 이제는 옥태도 심복이 된 것이다. 그때 옥태가 주위를 둘러보더니 목소리를 낮췄다.

"나리, 위소형이 주연을 베푼다고 생색은 냈지만 사람을 보내 금 1백 냥어치의 준비를 하라고 했습니다. 곡지명이 따로 지시를 내려서 5백 냥어치 주연 준비를 시켰습지요."

김산은 쓴웃음만 지었고 옥태의 말이 이어졌다.

"곡지명은 나리께서 주신 3천 냥 어음을 받고는 희색이 만면하여 나리를 최상급 귀빈으로 모시라고 했습니다."

"임안은 황금이면 다 되는 세상이구나."

김산이 말하자 요성이 대답했다.

"다른 곳도 마찬가지올시다만 임안은 더욱 그렇습니다."

유시(오후 6시) 무렵이 되었을 때 대경사(大京寺) 건너편에 위치한 왕륜의 대저택 안채 뒷마당에 마차 4대가 나란히 세워졌다. 안채 뒷마당은 외인 출입이 금지된 곳으로 왕륜의 두 아들도 허락을 받아야 들어온다.

"자, 실어라."

뒷마루에 선 왕륜이 지시하자 경호원과 하인 20여 명이 안채에서 내온 자루를 마차에 싣기 시작했다. 모두 가죽 자루였고 안에 돌덩이가 든 것처럼 무겁게 들리고 내렸는데 금방 마차 네 대에 가득 찼다. 마차에는 말 네 마리씩이 매어져 있었고 마부가 딸려져 있다. 이윽고 자루를 다 실은 경호장 위창이 말했다.

"나리, 다 실었습니다. 출발시킬까요?"

"그래, 가자."

머리를 끄덕인 왕륜이 둘러선 하인, 경호원에게 말했다.

"자, 안채 문을 잠그고 외인 출입을 금지시켜라."

마차 4대가 안채를 빠져나가 중문을 넘어서 보이지 않았을 때 하인을 지휘하던 집사가 투덜거렸다.

"문단속을 하고 외인 출입을 금지시킬 필요가 있나? 안채 지하에 쌓아 두었던 금 자루를 다 내갔는데 말여."

가죽 자루에는 금화가 담겨져 있었던 것이다. 왕륜이 모아둔 재산이다.

"나는 무겁기만 해서 혼났네, 도대체 자루 하나에 금화가 몇 냥이나 들어있는 게야?"

하인 하나가 묻자 경비원이 아는 체를 했다.

"지난번에 내가 가죽 자루에 5천 냥을 채운 적이 있어. 모두 그만 했으니 그쯤 들었을 게야."

"마차 한 대에 50자루씩 실었으니 도대체 몇 냥이나 될꼬?"

다른 하나가 물었지만 얼른 계산이 안 되는지 대답 소리는 들리지 않았다.


위소형이 옥향각에 도착했을 때는 어둠이 덮여서 사방에 휘황하게 등불이 밝혀져 있을 무렵이다. 옥향각은 밤이 되면 눈이 부실 정도로 화려해진다. 멀리서도 지붕에 매달린 등불이 번쩍이며 온갖 색깔의 등불이 휘황하게 빛나는 것이다. 황군태감 위황의 조카이며 금군태위 위소형의 위세를 누를 고관은 없다고 해도 과언이 아니다.

"어서 오십시오. 태감."

현관 앞에서 곡지명이 위소형을 맞는다. 여관과 유곽의 집사격인 요성과 옥태가 허리를 굽혀 인사를 했고 매파 10여 명이 나란히 서서 맞아들였으니 마치 황제를 맞아들이는 내궁 시녀들 같다.

"오채두는 어디 계신가?"

현관으로 들어선 위소형이 두리번거리며 누구를 찾는 시늉을 했다. 비록 제가 초대를 했지만 오채두가 맞으러 나올 줄 알았던 모양이다.

"예, 지금 객실에서 유곽으로 가시는 중입니다. 대감."

요성이 대신 대답하자 위소형은 헛기침을 했다. 그때 옥태가 거들었다.

"채두 나리께서 대감께 부담을 드리면 안 된다고 금화 1천 냥을 더 내셨습니다. 대감."

"으음."

다시 위소형이 헛기침을 내었는데 시선을 마주치지는 않는다. 옆에 선 곡지명이 딴전을 피웠지만 속으로는 고소했을 것이다. 기껏 초대를 한답시고 생색을 내면서 금화 1백 냥을 보낸 것은 곧 옥향각 측에서 알아서 준비하라는 표시인 것이다. 그래서 곡지명이 5백 냥을 더 냈는데 속이 편할 것인가? 그때 오채두가 선뜻 1천 냥을 보냈으니 곡지명의 오채두에 대한 존경심은 더 깊어졌다. 유곽 2층의 별실에 자리 잡고 앉았을 때 곡지명이 물러가면서 인사를 했다.

"대감, 대감 안채로 여기시고 쉬고 가십시오. 소인 물러갑니다."

"어, 고맙소."

제 숙부 위황과 거래가 있는 곡지명인 줄 아는 터라 위소형이 함부로 못 하는 것이다. 곡지명이 방을 나가자 위소형이 수행해온 도사 조관성에게 말했다.

"오채두가 재물이 많은 모양이다."

"그런데 좀 늦습니다. 대감."

조관성이 가는 눈으로 사방을 흘기듯이 보면서 말했다.

"대감께서 초대를 했더라도 최소한 먼저와 기다리고 있어야 예의 아닙니까? 더구나 같은 여관에서 투숙하고 있으면서 말입니다."

그러자 귀가 얇은 위소형이 숨을 들이켰다. 자존심이 상한 것이다. 그때 유곽 집사 옥태가 들어오더니 위소형에게 말했다.

"대감, 오채두 나리께서 오셨습니다."

"으음."

위소형이 상체를 세웠을 때 안으로 오채두와 수행원이 들어섰다. 오채두를 본 순간 위소형은 숨을 들이켰다. 시선이 마주치면서 온몸에 찬 기운이 스치고 지나는 느낌을 받은 것이다. 저도 모르게 자리에서 일어선 위소형이 두 손을 모으고 오채두를 보았다.

"금군태위 위소형입니다."

"사골에서 온 오명서라고 합니다."

두 손을 모은 오채두의 얼굴에 웃음이 떠올랐다. 40대쯤으로 귀골이다. 건장한 체격, 밝은 눈빛에서 범상치 않은 기운이 풍겨 나오고 있다. 그때 도사 조관성이 땅바닥에 무릎을 꿇고 엎드렸으므로 위소형이 숨을 들이켰다. 호가호위라고 위소형의 위세를 업고 사는 조관성이 이런 행동을 한 것은 처음이었기 때문이다.

"오채두 어르신을 뵙습니다."

조관성이 나긋나긋한 목소리로 말했다.

"소인은 도사 조관성이라고 합니다."

"반갑소."

웃음 띤 얼굴로 말한 김산은 조관성의 입에서 풍겨지는 구취를 맡았다. 악취가 맡아졌다. 이놈은 마약을 먹는다. 마약을 먹으면 기력이 배가되고 감각이 예민해져서 세밀한 기교를 펼칠 수가 있다. 그러나 장복하게 되면 독성이 쌓여서 온몸이 썩는다. 위소형과 인사를 마치고 나란히 앉았을 때 곧 산해진미와 함께 악공, 무희들이 몰려 들어왔다. 화려한 차림의 무희들이 인사를 하자 위소형의 얼굴에 웃음이 떠올랐다.

"어, 그년들, 모두 절색이다."

손님은 김산과 위소형 둘이었고 말석에 앉은 도사 조관성은 들러리 겸 하인 부리는 역할이다. 곧 기녀 셋이 들어왔는데 앞장을 선 기녀가 바로 화선이다. 기녀들을 따라온 옥태가 허리를 굽신하더니 말했다.

"화선이는 오채두님께서 꽃을 사셨습니다. 그리고 명주는 어제 하북성에서 온 새 얼굴이며 유진이는 옥향각의 보배올시다."

기녀들 소개가 끝나자 화선은 김산의 옆으로, 명주라는 기녀는 위소형 옆에, 유진은 조관성의 옆에 자리 잡았다. 그러나 명주, 유진이 빼어난 미인이기는 했지만 화선에 비할 수 있겠는가? 화선이 달이라면 명주는 호롱불, 유진은 반딧불이다.

"으음."

화선의 자태를 본 위소형의 얼굴이 곧 누렇게 굳어졌다가 숨이 막힌 것처럼 잠시 후에 붉게 상기되었다. 화선의 미모에 정신이 나갔다가 제 옆에 앉은 명주와 비교해 보고 나서 분이 화산이 터지려는 것처럼 이글거리고 있는 상황인 것이다.

"그럼 소인은 물러가옵니다."

옥태가 허리를 굽히고 나서 몸을 돌렸는데 누가 잡을까 봐 바람이 흘러가는 것처럼 사라져 버렸다.

"이, 이놈을."

위소형의 본색이 이제는 그대로 드러났다. 이렇게 대번에 드러나는 경우는 조관성도 보지 못했다. 눈을 치켜뜬 위소형이 이를 갈면서 말했다.

"이, 이놈들이 나를 어떻게 보고……."

그때서야 조관성이 정신을 차리고는 눈동자의 초점을 잡았다. 지금까지 화선의 자태에 혼이 나간 것처럼 바라보고 있었던 것이다. 분홍 망사옷을 입은 화선은 금방 구름에서 내려온 선녀 같았기 때문이다. 조관성이 위소형의 옆에 앉은 명주를 보고 나서 저절로 말이 뱉어졌다.

"어허, 천하절색 옆에 있으니 모두 시든 꽃으로 보이는구나."

그때 김산이 웃음 띤 얼굴로 위소형에게 말했다.

"대감, 내 옆의 화선은 어제 내가 곡대인에게 금 3천 냥을 주고 산 후에 손도 잡아보지 않았소."

화선의 시선이 김산에게로 옮겨졌다. 김산은 말을 이었다.

"내가 화선을 드리리다."

놀란 위소형이 숨을 들이켰고 화선의 얼굴은 백지장처럼 하얗게 굳어졌다. 김산이 화선의 옆 얼굴을 보더니 자리에서 일어서며 위소형에게 말했다.

"대감, 나하고 자리를 바꾸면 되겠습니다. 자, 일어나시지요."


"무엇이? 화선을 위소형에게 줘?"

놀란 곡지명이 되물었다가 길게 숨을 뱉었다.

"금 3천 냥을 주고 산 화선이를 그 돼지 같은 태위 놈에게 주다니, 오채두의 그릇을 알 수가 없구나."

"대인, 오채두는 악공과 무희, 그리고 주방 하인들한테도 금화를 나눠주었습니다."

옥태가 말했고 옆에 선 요성이 거들었다.

"대인, 조금 전에 복건성에서 오채두 휘하의 무역선 물주들이 70여 명이나 도착했습니다. 2층의 방값 선금으로 금화 5백 냥을 내었습니다."

"어허."

감동한 곡지명이 커다랗게 머리를 끄덕였다.

"내가 이제야 거상(巨商)을 만났다. 그분들을 모두 이 층으로 모시고 다른 손님들은 1층으로 옮기시도록 해라."

조금 전에 무역선 물주 행세를 하고 옥향각 여관에 투숙한 75명은 모두 어사총감 휘하의 고수(高手)였으니 이제 임안에 자리를 잡은 셈이다. 어사총감 휘하의 감독관 채화진이 남장을 한 채 그들을 지휘했는데 삼관필과 비호수가 안내역을 맡았다.

"금화가 모두 1백만 냥입니다."

삼관필이 말하자 채화진은 숨을 들이켰다. 눈을 크게 뜬 모습이 놀란 표정이다.

"아니, 1백만 냥이나, 그것을 어떻게 빼내 왔단 말인가?"

"소인하고 비호수, 그리고 비장 넷이 각하를 도와 드렸을 뿐입니다."

쓴웃음을 지은 삼관필이 채화진을 보았다. 삼관필은 지금 마악 방에 투숙한 채화진에게 찾아온 참이다.

"아니, 도대체 재물을 다 빼 왔다면 임안이 떠들썩할 텐데, 어찌 된 일인가?"

"한 명도 죽이지 않았기 때문이오."

삼관필이 웃음 띤 얼굴로 말을 이었다.

"각하께서 먼저 왕륜의 저택에 침투하시어 왕륜을 가두고 왕륜으로 변신을 하셨지요."

"그야 감쪽같으시겠지."

"그다음에 경호장 위창을 가두고 소인을 위창으로 변신시켜 주셨소이다."

"이제 알겠군."

"비호수와 비장 넷은 마부 행세를 하고 마차 네 대를 끌고 와 금자를 싣고 나갔지요. 지금 금자는 비호수가 지키고 있으니 감독관께서 수하들을 끌고 저하고 같이 가서 날라 와야겠습니다."

"과연."

채화진이 흰 이를 드러내며 웃었다.

"복건성 오채두 휘하의 물주들이 거금을 가져온 것이 되겠군. 하지만 소문은 내지 말아야지, 금자는 각각 향료나 장신구 자루로 위장시켜 가져오기로 하지."

오래 같이 일한 터라 손발이 맞는 것이다.


감동한 위소형은 대취했다. 옆에 앉은 화선의 코를 한번 보고 한 잔, 입술을 보고 나서도 한 잔, 손을 한 번 잡고 나서는 두 잔, 목소리를 듣더니 석 잔, 이렇게 독주를 마시더니 작은 키가 창피해서 일어나지도 않던 인간이 일어나 춤까지 추었다.

"대인은 호걸이시오."

김산의 손을 쥔 위소형이 반쯤 꼬부라진 혀로 말했다.

"내가 앞으로 대인을 모시겠소."

도사 조관성은 이미 만취해서 엎드려 있었는데 이런 일은 처음이다. 그때 위소형이 비틀거리더니 넘어졌으므로 김산이 머리부터 들어 올렸다.

"대감, 괜찮으시오?"

"아이구, 괜찮습니다."

몸을 일으킨 위소형이 자리로 돌아가더니 두 손을 모으고 김산에게 정중하게 인사를 했다.

"대인의 후의는 깊게 가슴에 새겨 넣겠습니다."

화선을 금지옥엽처럼 아낀 것만은 아니다. 온갖 기예, 학문, 노래와 춤, 남녀 간의 합방술뿐만 아니라 무공까지 가르쳐 경지에 오르게 한 것이다. 절세의 미모를 갖춘 바탕이 있었기 때문에 그런 교육을 시켰고 그것이 상승효과를 내어서 화선을 천하제일녀(天下第一女)로 탄생시켰다. 해시(오후 10시) 무렵이 되었을 때 옥향각주 곡지명은 태위 위소형이 떠난다는 보고를 받았다. 별채에 돌아가 있던 곡지명은 마송의 보고를 받고 쓴웃음을 지었다.

"그 난장이 돼지가 오늘 밤 천상의 신선과를 따 먹겠구나."

"나리."

무표정한 얼굴로 마송이 말을 이었다.

"위 태위는 가마에 혼자 타고 갔습니다."

"뭐야?"

잘못 알아들은 곡지명이 다시 물었다.

"그럼 화선이는 말에 태워 따르게 한 거냐?"

"화선은 이곳에 남아있습니다."

놀란 곡지명이 이맛살을 찌푸렸다.

"아니, 그놈이 이곳 여관에서 화선이하고 일을 치르고 갔단 말이냐? 돼지 같은 놈 같으니, 이건 화선이를 모욕하는 짓이야. 과연 돼지에게 진주를 주었구나."

"그것이 아니옵고."

짜증이 난 마송의 이맛살이 찌푸려졌다.

"위 태위는 화선을 건드리지 않고 돌아갔습니다. 나리."

"뭐이? 건드리지 않았다구?"

다시 놀란 곡지명이 숨을 들이켰다가 딸꾹질이 나왔다. 곡지명의 사고로는 이해가 되지 않는 상황이다. 화선을 보면 80 먹은 노인도 양기가 회생하여 방사를 즐길 수가 있을 것이었다. 실제로 화선은 그럴 능력도 갖추고 있다. 그런데 미추를 가리지 않는 그 돼지 같은 태위 놈이 화선을 건드리지 않고 갔다니, 화선이 거부했다는 말인가? 곡지명의 시선이 다시 마송에게로 옮겨졌다. 마송이 곡지명의 시선을 받고 대답했다.

"소인이 알아보았습니다. 화선이 위 태위를 거부한 것이 아닙니다. 위 태위가 그냥 두고 갔습니다. 그래서 소인도 이상하게 생각하고 있습니다."

그때 경호원 하나가 다가와 허리를 굽히고 말했다.

"기녀 화선이 찾아왔소이다."

다시 놀란 곡지명이 숨을 들이켰다.


"오, 어서 오너라."

곡지명의 얼굴이 전혀 딴 사람처럼 변했다. 목소리도 뼈가 없는 것처럼 흐늘흐늘해졌고 반쯤 벌려진 입 끝에서 금방이라도 침이 흘러내릴 것 같다. 그리고 보면 곡지명의 의지는 눈빛으로 철판을 뚫을 만큼 대단하다. 이런 미색 화선을 10년 동안 키우면서 손도 잡지 않은 것을 보면 그렇다. 철저한 상인 정신으로 대를 이어왔기 때문인지도 모른다. 은근슬쩍 몇 번 손을 대고 나서 화선을 처녀로 얼마든지 위장할 수도 있었던 것이다.

"여기 앉거라."

곡지명이 옆쪽 의자를 손바닥으로 두드리며 말했지만 화선은 앞쪽에 앉았다. 어느새 마송은 경호원들을 데리고 방을 나갔으므로 둘뿐이다. 곡지명이 불빛을 받아 번들거리는 눈으로 화선을 보았다.

"그래, 이야기 들었다. 위 태위가 그냥 갔다던데, 널 데리러 온다더냐?"

"아닙니다."

화선이 정색하고 곡지명을 보았다.

"처음에는 저를 욕심내었지만 나중에 단념했습니다."

"단념하다니? 무슨 말인지 모르겠다."

"오채두 나리께 심복하게 되어서 그런 것 같습니다. 나리."

"심복해? 그 돼지가 심복하는 인물이 있다더냐? 그놈은 제 숙부인 황군 태감 말도 안 듣는 놈인데?"

"심복하는 것을 느꼈습니다."

"술이 많이 취했더냐?"

"아닙니다. 나중에는 멀쩡해졌습니다."

곡지명이 헛기침을 하더니 숨을 골랐다. 조금 진정이 된 곡지명이 지그시 화선을 보았다.

"그래, 나한테 찾아온 이유를 듣자. 네가 돼지가 채두 나리께 심복했다는 말을 전하려고 온 것 같지는 않고."

"……."

"무엇이냐?"

"저를 오늘 밤 채두 나리께 보내 주십시오."

한마디씩 차분하게 말한 화선이 곡지명을 보았다.

"저, 이런 수모를 견딜 수가 없습니다."

순간 곡지명은 심장이 덜컹 내려앉는 느낌을 받는다. 화선의 두 눈에서 두 줄기 눈물이 흘러내렸기 때문이다. 눈물방울은 작은 진주 같다. 물기를 머금은 검은 눈동자를 보자 곡지명은 가슴이 미어지는 것 같다.

"나리, 저는 짐승이 아닙니다. 이리저리 주인이 바뀌는 수모를 견디지 못하겠습니다. 저를 처음 산 채두께 보내주십시오."

"오냐."

화선의 구슬픈 표정과 차분했지만 비장하기까지 한 목소리는 곡지명의 애간장을 다 녹였다. 불끈 오채두에 대한 원망이 일어났다. 왜 화선을 울리는가? 왜 그 돼지에게 넘겼느냐 말이다. 어깨를 부풀렸다가 내린 곡지명이 설렁줄을 당겼다. 숨 한 번 쉬고 뱉은 후에 마송이 나타나자 곡지명이 지시했다.

"오채두께 내가 뵈러 간다고 전해라."

# 3장
# 처절한 패배

방으로 들어선 곡지명이 웃음 띤 얼굴로 김산을 보았다.

"대인, 늦은 시각에 잠깐 들렀습니다."

"앉으시지요."

김산이 자리를 권했지만 곡지명이 사양하고는 은근한 목소리로 말했다.

"나리, 화선이 별채에서 기다리고 있습니다. 화선이 이 방으로 온다는 것을 제가 별채에 술상을 차려줄 테니 별채에서 기다리라고 했습니다."

곡지명이 옆에선 옥태에게로 머리를 돌렸다.

"뭘 하느냐? 대인을 모시고 가지 않고?"

이제 사양할 수도 없는 상황이 되었으므로 김산이 자리에서 일어섰다.

내실로 들어섰던 왕보는 깜짝 놀랐다. 아비 왕륜이 보료에 기대앉아 있었기 때문이다.

"아니, 아버님."

당황한 왕보가 말을 더듬었다. 안채 출입을 금한다는 왕륜의 지시를 어기고 몰래 들어왔기 때문이다.

"언, 언제 돌아오셨습니까?"

"돌아오다니?"

이맛살을 찌푸린 왕륜이 둘째 아들 왕보를 쏘아보았다.

"그게 무슨 말이냐? 난 자다가 금방 일어났다."

머리를 흔들어 보인 왕륜이 입을 쩍 벌리고 하품을 했다.

"어, 실컷 잔 것 같은데 왜 이리 피곤한고?"

"아버님."

앞에 무릎을 꿇고 앉은 왕보가 왕륜을 보았다.

"마차로 실어가신 금화는 어디에 두셨습니까? 저는 안 오시길래 걱정하고 있었습니다."

"뭐? 마차로 금화를 실어가?"

왕륜이 눈을 가늘게 뜨고 왕보를 보았다.

"이놈아, 마차로 금을 실어갈 일이 어디 있단 말이냐? 이놈이 실성을 했구나."

"아버님, 소자가 대홍각에 있는 동안에 지하 창고에 쌓아둔 금화 자루를 다 싣고 나갔다는 것을 알고 있습니다. 소자한테까지 비밀로 하실 일입니까?"

"듣기 싫다! 이 미친놈아! 이놈이 요즘 주색에 빠져 지내더니 정신이 나간 모양이다. 도대체 누가 그런 말을 하더냐!"

이제 왕륜이 길길이 뛰었다.

"경비장을 불러라! 그런 말을 한 놈을 찾아야겠다! 어떤 놈이 내 지하 금고에 눈독을 들이고 있는 모양이구나!"

별채로 김산이 들어서자 화선은 자리에서 일어섰다. 별채는 유곽 3층에 따로 꾸며졌는데 청과 침실이 딸린 커다란 방이다. 붉은 기둥에 달린 양초가 별채를 환하게 비추고 있다.

"네 첫 남자는 곡절이 많구나."

웃음 띤 얼굴로 말한 김산이 술상이 차려진 상석에 앉았다.

"하룻밤에 두 번이나 바뀌지 않느냐?"

"하지만 제 마음은 변치 않았습니다."

화선의 맑은 눈이 똑바로 김산을 향해져 있다. 눈처럼 흰 비단옷으로 갈아입은 화선의 자태는 인간 세상의 존재 같지가 않았으므로 김산의 얼굴에 다시 웃음이 떠올랐다.

"네 몸에 깨끗한 피가 흐르고 있구나."

김산이 지그시 화선을 응시했다. 화선의 진기(眞氣)를 읽을 수가 있는 것이다.

"너한테서 분출되는 정기가 마악 피어난 꽃 같다."

"소녀도 그것을 느낍니다."

김산의 시선을 받은 채로 화선이 말을 이었다.

"미루지 마세요, 나리."

"미룰 생각은 없다."

술잔을 든 김산이 잔에 술을 채웠다. 술은 호골주다. 호랑이 뼈를 10년 동안 술에 담가 녹여낸 것이다. 한 모금 술을 삼킨 김산이 화선을 보았다.

"내가 너를 위소형에게 주었다고 믿었느냐?"

"아닙니다."

김산의 잔에 술을 따르면서 화선이 대답했다.

"하지만 저를 안으실 생각도 없으셨지요."

"과연 그렇다."

방 안에는 둘 뿐이었지만 화선은 상기된 볼을 손바닥으로 덮어 식히려는 시늉을 했다. 그러나 시선은 떼지 않는다.

"저한테 색기(色氣)가 부족했나요?"

"넘쳐나고 있다."

"그런데 왜 저를……."

"가여워서 그렇다."

숨을 죽인 화선을 향해 김산이 말을 이었다.

"남녀의 교합은 이기고 지는 승부가 아니다. 또는 색욕을 배설하는 짐승처럼 되어서도 안 된다. 너는 기녀로 훈련되었기 때문에 교합을 승부와 색욕으로만 본다."

"그럼 무엇입니까?"

"정(情)이지."

다시 한 모금에 술을 삼킨 김산이 지그시 화선을 보았다.

"네 피는 깨끗하지만 정이 없다. 정이 없는 교합은 하는 동안에는 극락 구경을 하지만 정액이 분출되고 나면 허망해진다."

"정말입니까?"

이제는 화선이 김산의 말에 빨려들었다.

"어떻게 허망해진단 말씀입니까?"

"그것까지는 배울 리가 없지."

쓴웃음을 지은 김산이 잔을 내밀자 화선이 술을 채운다. 몸이 부딪치면서 화선의 체취가 맡아졌다. 말랑한 촉감도 느껴진다. 김산이 다시 화선을 응시하고 말했다.

"함께 엉켜 뒹굴다가 끝내고 나서 허망해지면 되겠느냐?"

"그렇지 않으려면 정을 가져야 합니까?"

화선의 두 눈이 반짝이고 있다.

"그 정은 어떻게 쌓아야 되나요?"


"입을 닥쳐라."

어깨를 웅크린 왕륜이 이사이로 말하더니 부릅뜬 눈으로 앞에 선 셋을 둘러보았다. 내실의 청 안이다. 자시(12시)가 넘은 시간이어서 주위는 조용하다. 그러나 모두 숨을 죽이고 있는 것이다. 왕륜의 시선이 왼쪽의 큰아들 왕구, 둘째 아들 왕보, 그리고 경호장 위창을 훑고 지나갔다.

"이 소문이 밖으로 나가면 안 된다. 그럼 우리는 한 달도 못되어서 망한다."

셋은 모두 시선을 내렸다. 왕륜은 위창을 끌고 지하 금고를 훑어보고 온 것이다. 금화가 가득 쌓여있던 지하 금고는 은화 몇십 자루만 남았을 뿐 텅 비었다. 금화 1백만 냥을 강탈당한 것이다. 아니, 강탈당한 것이 아니다. 주인 왕륜이 경호장 위창과 함께 금화 자루를 다 들고 나간 것이다. 위창도 잠에서 깨어나 어떻게 된 영문인지도 모르는 것이다. 한바탕 소란이 지난 터라 모두 늘어져 있다. 왕륜과 위창 행세를 한 두 놈이 부하들을 데리고 와서 지하 금고의 금화를 몽땅 털어간 사건이다. 다시 왕륜이 말을 이었다.

"소문이 나면 돈 빌려준 놈들은 우리가 망할 줄 알고 돈을 내놓지 않을 것이고 우리한테 받을 것이 있는 놈들은 악착같이 덤벼들 것이다. 외상 거래는 되지 않고 거래선은 떠나간다. 그러니 이번 사건은 일어나지 않았다. 알았느냐?"

"예, 하지만."

큰아들 왕구의 시선이 왕보와 위창을 스치고 지나갔다. 왕륜과 사이가 좋지 않아서 분가해서 살지만 바로 이웃집이다. 왕구가 왕륜에게 말했다.

"아버님, 그놈들을 찾아야 합니다. 마차 네 대에 금화 자루 2백 개가 실렸으니 흔적이 남아있을 것입니다."

왕륜의 시선을 받은 왕구가 눈을 치켜뜨고 말을 잇는다.

"마침 이 일에 적당한 인물이 있습니다. 아버님, 서둘러 그분께 일을 맡겨야 되겠습니다."


김산이 모향각의 지붕 위에 앉아 사방을 둘러보고 있다. 임안 도심의 서쪽 서릉의 언덕 위에 세워진 모향각은 4층 건물이다. 오래된 여관이어서 가까운 곳 손님이나 돈 없는 여행자가 들르는 곳으로 전락되었지만 임안에서 가장 오래된 여관 중의 하나다. 김산의 시선이 동쪽으로 옮겨졌다. 축시(오전 2시) 무렵, 사방은 짙은 어둠이 내려앉아 있었지만 임안성 내의 불빛은 더욱 반짝이고 있다. 중국 대륙의 제1도시인 것이다. 그때 앞쪽 어둠을 뚫고 잿빛 그림자가 접근해 왔다. 그림자는 허공에 떴다가 가라앉기를 반복하면서 점점 윤곽이 분명해졌다. 마침내 그림자는 20여 보 앞쪽 민가의 지붕 위에서 이쪽을 향해 도약했다. 그러나 이곳은 언덕 위인 데다 4층 지붕 위다. 잿빛 인간은 1층 지붕의 처마 위에 발을 딛고 나서 다시 한 번 도약했다. 그리고는 김산의 옆쪽 지붕 위에 착지했다.

"다 끝냈습니다."

착지한 잿빛 옷차림의 인물은 채화진이다. 채화진의 얼굴 윤곽이 뚜렷하게 드러났다. 김산의 시선을 받은 채화진이 말을 이었다.

"마차 3대분은 서항산 폐광에 넣었고 1대분 25만 냥은 비장들에게 나눠 주었습니다."

비장들이란 옥향각 여관에 투숙한 오채두 휘하의 75명을 말한다. 모두 복건성 오채두의 물주 노릇을 하는 터라 제각기 금 자루를 나눠준 것이다.

"각하, 왜 별채에 계시지 않았습니까?"

옆쪽에 앉은 채화진이 묻자 김산의 얼굴에 웃음이 번져졌다.

"정(情)이 움직여야 합방을 할 마음이 일어난다고 했더니 알아듣더군."

"기녀에게는 생소한 말이었겠습니다."

"기녀답지가 않았어."

"화선은 임안 제일의 절색이라는 소문이 났습니다. 모든 남자들이 노소고하(老小高下)를 막론하고 하룻밤 방사를 위한다면 무슨 짓이건 서슴지 않을 것입니다. 그 기회를 왜 놓치십니까?"

김산이 채화진이 말하는 동안 잠자코 시선을 주었다. 채화진은 김산의 시선을 배겨내지 못하고 말을 마쳤을 때는 얼굴이 상기되었다. 그때 김산이 팔을 뻗쳐 채화진의 허리를 당겨 안았다. 채화진이 허물어지듯 김산의 품에 안기더니 가슴에 얼굴을 붙였다.

"저를 의식하셨습니까?"

"정(情)이란 바로 이런 것이야."

김산이 얼굴을 붙여 채화진의 입술을 빨았다. 곧 채화진의 입이 열리더니 말랑한 혀와 함께 달콤한 물기가 삼켜졌다. 김산이 채화진의 허리끈을 풀면서 말했다.

"정이 쌓인 상태에서 교합을 해야 진정한 쾌락을 맛볼 수가 있다고 했다."

"나리, 이곳에서······."

허리를 비틀던 채화진이 곧 손을 뻗어 김산의 바지 끈을 풀었다. 지붕 위의 경사진 기왓장 위에서 둘은 곧 한몸이 되었다. 밤새 한 마리가 머리 위로 서둘러 날아갔고 밤바람이 둘의 벗은 몸을 스치고 지나갔다.


왕구는 어렸을 때부터 아버지 왕륜을 따라 온갖 상담을 했고 수많은 무인(武人)들을 겪은 터라 안면이 넓고 도량이 크다. 동생 왕보가 왕륜의 총애를 받아 분가를 하지 않고 살면서 재산 상속을 노렸지만 대범하게 놔두고 있는 것도 그의 성격 때문이다. 장신에 육중한 체격의 왕보는 당년 43세, 남방의 영산도 방장 박공지한테서 10여 년간 무술 수업을 받은 터라 제 앞가림은 한다. 서공각의 대기실에서 차를 마시고 있던 왕구가 들어서는 사내를 보더니 자리에서 일어섰다.

"대형께서 오셨습니다."

"아우를 5년 만에 보는가?"

웃음 띤 얼굴로 대답한 사내가 왕구와 두 손을 마주 잡는다. 절친한 사이의 인사다. 40대 후반쯤 되어 보이는 사내는 왕구도 장신이지만 그보다 반 뼘은 더 컸다. 6척이 넘는 키다. 거기에다 형형한 눈빛, 굳게 다문 입술,

맑은 목소리에서는 원기가 뿜어져 나오는 것 같다. 다탁을 사이에 두고 마주 보고 앉았을 때 왕구가 두 손을 모으고 말했다.

"대형, 왕씨 가문의 7대째 이어져 내려오던 가업이 제 대에서 끊기게 되었습니다. 도와주시지요."

"내가 여기오면서 들었는데 지하 금고가 다 털렸는가?"

왕구가 숨을 들이켰지만 곧 어깨를 늘어뜨렸다.


"알고 계셨군요."

"자네가 입단속을 시켰지만 이미 저택 안 사람들은 다 아네. 아직 밖으로 새나가지는 않았으니 다행이지."

낙심한 왕구가 사내를 보았다.

"대형. 이 난국을 풀어 주십시오. 이러다가는 소문으로 망하겠습니다."

"그렇다면."

사내의 눈빛이 강해졌다.

"나한테 맡겨 주겠는가?"

"그래서 모신 것이 아닙니까?"

"마침 내가 임안 나들이를 한때에 이런 일이 일어나다니, 왕씨 가문과 내가 인연이 있는 것 같네."

"과연 그렇습니다. 대형께서 이 일을 처리해주시면 그 은혜는 몇십 배로 갚아 드리리다."

정성을 다해 말한 왕구의 얼굴은 붉게 상기되었다. 자리를 고쳐앉은 사내가 은근한 목소리로 물었다.

"아우. 강도에게 강탈당한 재물은 얼마나 되는가?"

"황금 1백만 냥이오."

그 순간 놀란 사내의 입이 벌어졌고 눈동자가 흔들렸다. 처음으로 균형을 잃은 모습을 보인 것이다.

사내의 이름은 여평조. 사천성 북천(北川) 태생으로 왕구와는 의형제를 맺은 사이였는데 암습의 대가(大家)다. 10대 중반 때부터 소림, 무당, 점창, 화산파 무술을 습득하더니 30대 초반에 들어와서는 10여 년 동안의 무술을 통합하여 스스로 여가(如家)를 세우고 호북성 가대산 동굴에 들어가 5년여 동안 무술을 집대성시켰다. 그러더니 홀연 남방으로 떠나 암기를 습득했는데 뱀굴에 들어가 두 달 동안 뱀을 먹고 뱀에 물리면서 독을 받았다고 했다. 그러나 세상에 이름을 알리기 싫어했고 명예는 물론 관직도 사양하여 사천성 두문동에서 10여 명의 제자와 숨어 생활하고 있다. 왕구와 인연을 맺은 것은 영산도 방장 박공지가 여평조에게 소개시켜 주었기 때문이다. 붙임성이 많은 왕구는 여평조에게 여러 번 경제적인 도움을 주었다. 만나지는 못해도 매년 수레로 양식을 실어 주었고 인편에 금화 수십 냥씩을 보내 생활에 도움이 되도록 한 것이다. 왕구의 이야기를 들은 여평조가 보기 좋은 수염을 손바닥으로 쓸며 말했다.

"하나도 아니고 둘의 모습을 본인과 똑같이 연출하다니, 보통 놈이 아니네."

"두 놈의 변신술이 대단한 것 같습니다."

"마차 네 대가 감쪽같이 사라지다니, 임안이 넓다지만 틀림없이 어딘가에 있을 것이야."

자리에서 일어선 여평조가 웃음 띤 얼굴로 왕구를 보았다.

"그동안의 신세도 갚아야겠지만 이놈들의 수단에 호기심이 일어나네, 내가 잡아 보겠네."

"대형께서 나서주신다니 천군만마를 얻은 것 같습니다."

왕구가 허리를 꺾어 절을 했다가 몸을 세웠을 때 여평조는 사라져서 보이지 않았다.


"술상을 치워라."

싸늘하게 말한 소청이 몸을 일으켰다가 현기증이 일어나 비틀거렸다. 그러나 곧 자세를 갖추고 발을 떼었다. 밤 해시(10시)가 되어가고 있다. 청을 나온 소청이 뒤를 따르는 시녀들에게 말했다.

"옥기만 따르고 모두 물러가라."

시녀들이 몸을 돌렸고 10여 년간 동생처럼 데리고 있는 옥기만 소청을 따라 침실로 들어왔다. 넓고 화려한 침실이다. 오늘 밤 장광국이 올 것을 예상하고 사향을 태웠기 때문에 침실 안은 향냄새가 가득 배어 있다. 침상 옆의 보료에 앉은 소청이 길게 숨을 뱉으며 옥기에게 말했다.

"그놈이 삼정각의 기녀한테 빠졌다던데 지금 그년하고 같이 있는 것 같다."

"내일 알아보지요."

박색 축에 드는 옥기가 옆에 앉으며 대답했다. 오늘 저녁 온다고 했던 병부상서 장광국이 오지 않았던 것이다. 한두 번 있었던 일도 아니지만 소청의 심사는 뒤틀렸다. 장광국은 제4 부인까지 거느리고 있었는데도 끝없이 오입질을 계속하는 것이다. 하긴 첫째와 둘째는 늙어서 달거리도 끊긴 노파들이니 같은 침대를 쓰는 부인은 둘인 셈이다. 머리를 든 소청이 새침

한 표정으로 창밖을 보았다. 6월이다. 열린 창에서 바깥 정원의 꽃향기가 흘러들어왔다. 거의 한 달 만에 오는 장광국을 맞으려고 단장한 소청의 옆 얼굴이 그림처럼 곱다. 올해 나이 스물넷, 장광국의 제3 부인이 된 지 햇수로 3년이다. 임안 남쪽으로 1백 리쯤 떨어진 양서현의 비정 딸이었던 소청은 몸종인 옥기와 함께 시장에 나왔다가 병부상서 장광국의 눈에 띄었던 것이다. 지방시찰을 마치고 임안으로 돌아가던 장광국은 소청의 미색을 보자 눈이 뒤집혔다. 그 자리에서 소청의 내력을 파악한 장광국은 사람을 보내 소청의 아비 소덕중의 허락을 받았던 것이다. 지금 소덕중은 딸 소청이 장광국의 제3 부인이 된 덕분으로 강서(江西)성에서 현령이 되어있다. 꽃향기가 더 진하게 맡아지자 소청은 머리를 돌려 옥기를 보았다. 그 순간 소청은 입을 딱 벌렸다. 옥기가 엎드려 있었는데 그 옆에 사내 하나가 앉아있는 것이다.

"누, 누구냐?"

소청이 겨우 물었더니 사내의 얼굴에 웃음이 떠올랐다.

"복건성에 사는 네 외사촌이다. 오채두라고 하지."

"내 외사촌?"

눈을 가늘게 뜬 소청이 머리를 저었다.

"10년쯤 전에 강도질을 하다가 죽었어. 거짓말 하지 마."

"여기 살아있지 않나?"

사내가 웃음 띤 얼굴로 소청을 보았다.

"잘 보거라. 내 얼굴을."

"어릴 적에 봤지만 당신처럼 멀끔한 얼굴이 아냐. 쥐처럼 생겼어."

"할 수 없군."

머리를 끄덕인 사내가 지그시 소청을 보았다. 이제는 얼굴에서 웃음기가 사라져 있다.

"그럼 내가 네 새 외사촌이 되어야겠다."

자리에서 일어선 김산이 소청에게 다가가 섰다. 숨을 죽인 소청이 김산을 올려다보았다. 방안에 잠깐 정적이 덮였다. 김산은 소청의 눈에 열기가 띠어져 있는 것을 본다. 얼굴이 상기되었고 심장 박동이 빨라졌다. 소청은 대담한 성품이었다. 성(性)에 대한 욕망이 컸고 지금 한창 색욕이 부푸는 시기이기도 한 것이다. 넘치는 색욕을 주체하지 못해서 혼자서 수음을 하는 것이 버릇이 된 소청이다. 다가선 김산이 소청의 어깨에 손을 얹었다. 옷에 가려졌지만 소청의 몸은 뜨거웠다. 그때 소청이 김산을 올려다보면서 물었다.

"당신은 누구야?"

"네 외사촌 오라비."

김산이 다시 웃음 띤 얼굴로 말했다.

"앞으로 이곳에 자주 오려면 그러는 게 낫지 않겠느냐?"

"그럼 본명을 말해."

이제 소청의 얼굴은 붉게 상기 되었고 입에서는 더운 숨결이 뱉어졌다. 김산의 의중을 아는 것이다. 김산이 이제 두 손으로 소청의 어깨를 부드럽게 눌렀다. 열기가 옷을 통해 소청의 몸으로 전해졌다. 욕정의 열기다. 소청의 눈동자가 번들거렸다. 김산이 대답했다.

"오채두다."

"정말 오채두야?"

"그렇다니까?"

김산이 허리를 굽히더니 소청의 몸을 번쩍 안아 들었다. 소청이 두 손으로 김산의 목을 감는다.

"날 어떻게 하려는 거야?"

소청이 떨리는 목소리로 묻자 김산이 침대로 다가가며 대답했다.

"너를 극락으로 보내주마. 장광국 같은 늙은이한테서는 맛보지 못한 욕정을 터지도록 채워주마."

소청의 눈이 흐려졌다. 침대 위에 소청을 내려 놓았을 때는 초점도 멀어졌다.


"아이구, 나 죽어. 여보."

두 다리를 솟구쳤던 소청이 이제 세 번째 절정으로 솟아오른다. 벌거벗은 알몸이 땀에 젖에 물에 빠진 것 같다.

"아이구, 여보. 여보."

악을 쓰던 소청이 턱을 치켜들더니 온몸을 빈틈없이 김산에게 매달렸다. 그리고는 폭발했다. 이번에는 정말 죽는 것처럼 입을 딱 벌린 채 숨도 쉬지 않는다. 그러더니 긴 신음과 함께 늘어졌다. 오래 숨을 참았던 터라 가슴이 풀무처럼 움직이며 숨소리가 거칠다.

"여보, 여보."

온몸을 늘어뜨린 소청이 훌쩍이며 울기 시작했다. 김산도 소청의 몸 위에 엎드린 채 한동안 움직이지 않았다. 지금까지 정액을 분출하지 않았다. 진기(眞氣)를 내뿜지 않은 것이다. 그래서 다시 시작할 수가 있다. 소청을 밤이 새도록, 지금 세 번 절정에 올랐으니 열두 번까지 올릴 수가 있다. 그러나 소청은 여섯 번이 되면 머리 혈관이 터져 죽을 것이다. 가장 황홀한 순간에 머릿속의 피가 분출되어 죽는다. 남자들이 꿈꾸는 죽음이지만 소청도 그렇게 만들어 줄 수가 있다. 김산은 오늘은 이 정도로 끝내기로 마음먹었다. 이것만으로도 소청은 내일 한낮까지 제대로 거동하기도 힘들 것이었다.

"여보."

그때서야 정신을 차린 소청이 늘어졌던 팔을 올려 김산의 목을 감아 안았다. 아름답다. 소청을 내려다보면서 김산도 감동한다. 갸름한 얼굴, 새침한 표정의 소청은 얼음 속에 핀 연꽃 같다. 차가운 표정이 달아오르며 불덩이가 되는 것도 자극적이다. 소청이 눈동자의 초점을 잡더니 물었다.

"여보, 그럼 내 오라버니 행세를 하고 자주 올 거지?"

"그래."

김산이 그때서야 몸을 빼 옆으로 눕는다. 거대한 남근이 빠져나가자 소청이 신음과 함께 아쉬운 탄성을 뱉는다.

"오라버니 물건은 너무 커."

소청이 붉어진 얼굴로 웃으며 말했다.

"병부상서 물건의 두 배는 될 것 같아."

그러더니 김산의 가슴에 안겨왔다.

"난 기운이 하나도 없어 오라버니. 아직도 거기가 화끈거려."

왼쪽 벽 앞의 보료에는 몸종 옥기가 아직도 기절한 채 쓰러져 있다. 소청은 옥기를 까맣게 잊어버리고 있는 것이다.


탈해는 임안 지리에 훤한 데다 발이 넓었다. 한때 임안 경비군 소속 밀정대를 지휘하고 있었던 터라 사람을 부리는 수단도 능통했다. 40대 초반으로 준수한 용모의 탈해가 여평조의 심복이 된 것은 부모의 은인이었기 때문이다. 탈해가 공무 중에 죄를 짓고 감옥에 갇혔을 때 굶어 죽어가는 부모를 여평조가 일 년 반 동안이나 양식과 의복, 집까지 내주고 살려냈던 것이다. 그것이 10년 전이었는데 감옥에서 나온 탈해가 여평조의 심복이 된 것도 당연했다. 탈해가 저녁 무렵이 되었을 때 밖에서 돌아와 여평조에게 보고했다.

"임안에 이백만이나 되는 인간이 있으니 인간을 보다가는 몇십 년이 걸립니다. 그래서 저는 금자를 보기로 했습니다."

여평조가 잠자코 시선만 주었다. 이곳은 임안 서쪽 변두리의 저택이다. 왕구가 소유한 20여 채 저택 중 하나로 50여 칸의 대저택이어서 여평조는 부하들과 함께 이곳에서 숙식을 한다. 청 안에는 여평조와 탈해, 그리고 또 하나의 심복 곽무경까지 셋이 둘러앉아 있다. 탈해가 말을 이었다.

"금자가 흘러가고 멈추고, 들어오고 나가는 것은 바로 소문이 납니다. 더구나 외지인이 가져온 금자는 금방 눈에 띄지요."

"그, 도적놈들이 가져간 금자 말인가?"

곽무경이 토를 달았다.

"그렇다면 바로 잡을 수가 있겠구나. 금방 눈에 띈다니 말이야."

곽무경과 탈해는 사이가 좋지 않다.

머리를 든 탈해가 곽무경을 보았다. 두 눈이 번들거리고 있다.

"너같이 무식한 놈한테는 음식이나 여자만 보이겠지."

그때 여평조가 말했다.

"탈해, 계속해라."

탈해가 여평조에게로 몸을 돌렸다.

"임안의 여관과 유곽 중 비싸고 좋은 곳만 조사했더니 셋이 눈에 띄었습니다. 하나가 서역에서 온 모함이란 상인인데 수행원이 50여 명, 봉춘각의 객실 30여 개를 빌려 하루에 금자 1백 냥 정도를 씁니다. 허나 향료와 후추를 팔아 황금 7만 냥을 벌었으니 그럴만하지요."

이제는 곽무경도 입을 다물고 있다.

"두 번째는 사천의 곽대평으로 비단 1만 동을 가져와 황금 12만 냥을 받았습니다. 홍루각에서 수하 80여 명과 체류하고 있으나 구두쇠라 하루 쓰는 금화가 20냥 정도입니다."

그때 여평조가 헛기침을 했다. 답답하다는 시늉이다.

"마지막 세 번째를 듣자."

"예, 복건성의 오채두라는 거상이 70여 명의 물주를 데리고 옥향각에 묵고 있습니다. 하루에 쓰는 금화가 3백 냥이며 옥향각주 곡지명이 아꼈던 기녀 화선을 황금 3천 냥을 주고 샀으며 악공, 무희, 곡예사에다 하인들에게 뿌린 금화가 1천 냥이 넘습니다."

이제 여평조는 입을 다물었고 탈해의 말이 이어졌다.

"오채두는 병부상서 장광국의 셋째 부인 소청의 외사촌 오빠가 된다고 합니다. 거기에다 오채두는 금군태위 위소형과 의형제를 맺었습니다."

"네가 보았느냐?"

"예, 보았소."

"어떻더냐?"

"채두라고 으스대고 있었지만 칼은 겨우 휘두르는 정도로 보였습니다. 걸음에 원기가 부족했고 어깨를 흔드는 자세가 어색해서 시중 불량배 수준이었소.”

“네가 사람을 잘 보는 놈이니 믿겠다.”

머리를 끄덕였던 여평조가 둘을 번갈아 보았다.

“그럼 오채두란 위인은 왕씨 저택의 지하 금고를 털어갈 만한 그릇이
아니라는 말이군.”

“그렇습니다.”

탈해가 대답했을 때 곽무경이 말했다.

“그놈이 소청의 외사촌인지는 확인해야 되지 않겠습니까?”


곽무경은 남방일도선파 고수로 그동안 수많은 악행을 저질렀다. 올해
47세가 되었지만 고아로 자란 데다 여자하고 인연도 없어서 아직 혈혈단
신이다. 성격이 독하고 비뚤어졌지만 무공이 출중하여 지금까지 수백 번
접전을 치렀지만 마음으로 패한 상대는 여평조뿐이다. 곽무경이 옥향각
의 지붕 위에 닿았을 때는 자시(12시) 무렵이다. 늦은 밤이었지만 옥향각
안에서 울리는 소음이 밤하늘로 펴져 나가고 있다. 악기의 소리에서부터
기녀들의 간드러진 웃음소리까지 귀를 울린다. 지붕 위에 납작 엎드린 곽
무경의 시선이 왼쪽 여관으로 옮겨졌다. 여관 2층은 복건성 오채두가 데
려온 물주들이 차지하고 있는 것이다. 그리고 오채두의 방은 2층 맨 오른
쪽 방이다. 밤새 두 마리가 날갯짓을 하면서 다가왔다가 속력을 내어 도망
쳤다.

“이런 젠장.”

곽무경이 마음속으로 투덜거렸다. 방심하고 숨을 내뿜는 바람에 새가
눈치를 챈 것이다. 곽무경은 자신이 요즘 오만해졌다고 자책했다.

"지붕 위에 어떤 놈이 있군."

75명 물주 중 하나인 염공이 앞에 앉은 백간에게 말했다.

"새가 놀라 도망친 소리를 못 들었나?"

"난 귀가 밝지 못해서."

백간이 멋쩍은 표정으로 말하더니 몸을 일으켰다. 둘은 옥향각 좌측을 맡은 경비조다. 옥향각 주변은 밤낮으로 4개 조 8명이 경비를 맡고 있었는데 눈에 띄지는 않았다. 지금 둘도 방 안에서 감시를 하고 있는것이다.

"이봐, 본채 우측 지붕이야."

따라 일어선 염공이 독음으로 말을 이었다.

"좌우에서 협공하기로 하세."

"다른 조에 알려 주는 것이 낫지 않을까?"

백간이 묻자 염공은 머리를 저었다.

"지금 신호하면 놈이 알아챌 테니 공격 직전에 신호를 보내기로 하지."


복도로 나온 백간이 손으로 위쪽을 가리켰다. 백간의 손가락이 가리킨 곳은 이 층 위쪽의 창문이다. 창문은 반쯤 열려 있었는데 그곳으로 나가면 본채 지붕의 좌측 끝으로 올라갈 수가 있다. 백간이 그곳으로 나간다는 표시였으므로 염공은 머리를 끄덕였다. 염공은 첨성파 고수로 몽골제국에 투신한 후에 5백인장으로 승진한 강골(强骨)이다. 서부군에 소속되었다가 어사총감 휘하의 원정대에 선출되면서 사기가 충천한 상태. 백간은 무당파 고수로 살인죄를 짓고 복역하다가 차출된 경우였는데 힘이 장사였고 검을 잘 썼다. 정면 대결에서는 일당백이라고 알려졌다. 가볍게 다리를 굴러 천장으로 뛰어오른 백간이 창문에 엉덩이를 걸치더니 다음 순간 바깔 어둠 속으로 사라졌다. 염공은 소리 없이 복도를 내달려 이 층 끝에 닿았다. 몸을 솟구친 염공이 계단 위쪽의 공간으로 날아올랐다. 이제 눈앞은 짙은 어둠이 덮였고 본채의 지붕이 가로로 펼쳐졌다. 백간은 이미 좌측 끝에 붙어있을 것이다.

곽무경은 지붕 위쪽으로 솟아오른 머리통을 보고는 쓴웃음을 지었다. 둘이다. 숨 한 번 잘못 쉬는 바람에 경비조에게 발각되었다. 몸을 웅크렸던 곽무경이 다음 순간 옆으로 뛰었다. 선수를 치는 수밖에 없다.

"엇!"

놀란 상대가 허리를 굽히더니 곽무경이 한 발짝 앞으로 다가온 순간 등에 멘 칼을 뽑아 후려쳤다. 전광석화처럼 빠르다. 칼 빛이 번쩍였고 눈을 치켜뜬 상대의 눈에 자신감이 넘쳤다.

"휙!"

바람을 가르는 소리가 그렇게 났다. 이것은 곧 칼날이 허공을 갈랐다는 것을 의미한다.

"털썩!"

지붕의 기왓장을 깨뜨리면서 인체가 쓰러졌다. 바로 칼을 휘둘렀던 백간이다.

"텅, 텅텅텅텅."

바윗덩이 하나가 기와를 깨뜨리면서 아래로 굴러떨어졌다. 백간의 잘린 머리통이다.

"이야앗!"

그때 벽력같은 외침이 일면서 인체 하나가 덮쳐왔다. 엄청난 압력이 느

꺼지면서 곽무경의 온몸이 납작 눌렸다.

"으윽."

놀란 곽무경이 몸을 세웠지만 두 다리가 지붕을 뚫고 내려갔다.

"와르릉."

지붕 한쪽이 무너지는 소리다. 곽무경은 손을 휘둘러 압력을 제거한 다음 몸을 솟구쳤다. 그 순간 인체 하나가 덮쳐왔다. 두 손에 쥔 장검이 번쩍이고 있다.

"이놈!"

사내의 외침이 밤하늘을 울렸다. 조금 전의 기합을 듣고 이쪽저쪽에서 경비조가 솟아오르더니 이번의 외침으로 다 알려졌을 것이다. 사내의 칼빛이 눈앞으로 닥쳐왔다. 첨성파의 가전인 무장검법이다. 칼을 가로와 세로로 비껴들고 상대의 몸을 난도질을 하는 무자비한 검법, 저 검법을 본 지 오래되었다.


염공은 눈앞의 사내를 향해 무장검법의 3초식을 사용했다. 무장검법이란 첨성파 제3대 방장인 무장법사(無長法士)가 일으킨 검법으로 강력한 검기로 먼저 상대를 제압하고 나서 신체를 난도질하는 것이다. 제3초식은 가장 격렬한 검법으로 두 자루 검이 36회씩 가격하는 터라 제대로 걸리면 몸이 만두 속 고기처럼 짓이겨진다.

"이얏!"

이미 뒤쪽에 다른 경비조들이 솟아오르고 있는 중이다. 염공은 백간의 처참한 최후를 목도한 터라 분기가 충천한 상태였다. 공력을 모은 무장검법이 괴인의 온몸을 덮어씌웠다. 이제 놈은 빠져나갈 길이 없다. 먼저 놈에게 검풍으로 거대한 압력을 넣었지만 지붕에서 겨우 빠져나온 상태다. 칼바람이 괴인의 몸 위로 덮쳐졌다.

"이얏!"

마지막 기합, 이제 놈의 몸은 다진 고기가 될 것이다.

"짜캉! 짱! 짱!"

그 순간 날카로운 쇳소리가 밤하늘에 진동했다. 칼이 몇 토막으로 갈라져 흩어지면서 빛줄기가 가셔졌다. 놀란 염공이 숨을 들이켰을 때 한 줄기 검광이 번쩍였다.


"단 일합으로 염공의 몸통을 두 쪽으로 갈랐습니다."

경비조장 아한이 삼관필에게 보고했다. 아한이 현장을 목격한 것이다. 얼굴이 하얗게 굳어진 아한이 말을 이었다.

"놈의 검술은 마치 마술 같았습니다. 형체가 보이지 않았고 염공의 검기를 덮어쓰면서도 연기처럼 빠져나가는 것이었소."

마당에는 경비조 뿐만 아니라 10여 명의 지원병력이 나와 있었는데 조심스럽게 움직였다. 소동을 일으키지 않으려는 배려다. 그래서 하인들이나 손님들은 아직 영문을 몰랐고 여관은 조용했다. 염공과 백간의 시신은 마구간 옆에 수습해놓은 것이다. 그때 비호수가 다가왔다.

"대감께 전령을 보냈습니다. 형님."

"이게 무슨 변이란 말인가?"

그때서야 삼관필이 탄식했다.

"멀쩡하게 눈을 뜨고서 이런 꼴을 당하다니, 내가 대감의 명성을 더럽혔다."

"소인이 책임을 지고 자결하겠소."

아한이 결심한 듯 말하자 비호수가 혀를 찼다.

"일을 더 크게 벌일 셈이냐? 그럼 대감께 더 누를 끼치는 셈이다."

다시 정신을 수습한 삼관필이 비호수와 아한을 번갈아 보았다.

"경비를 더욱 철저히 하고 대감이 오실 때까지 대기하도록."

황궁 정탐을 나갔던 김산과 채화진이 돌아온 것은 잠시 후였다. 축시(오전 2시) 무렵이어서 유곽의 소음은 잦아들고 있었는데 마당은 인적이 끊겼다. 그러나 이 층 객실의 70여 명 물주들은 모두 눈을 치켜뜬 채 긴장하고 있다. 괴한에게 경비조 둘이 참살당한 것은 예삿일이 아닌 것이다. 정체가 탄로 난 것도 예상하고 있어야 된다. 김산은 먼저 마구간 옆에 수습해놓은 염공과 백간의 시체를 보았다.

"모두 단칼에 베었구나."

두 시신을 내려다보면서 김산이 합장했다.

"다행이다. 절명하면서 고통은 받지 않았을 것이다."

"대감."

옆에 서 있던 채화진이 입을 열었다.

"숱한 시신을 보았지만 이렇게 목과 몸통을 깨끗이 절단한 검력은 처음 보았습니다."

김산은 시신만 보았고 채화진의 말이 이어졌다.

"남방의 사교 중 일파가 검풍을 크게 일으켜 통나무를 벤다던데 그 일파인지도 모르겠습니다."

"칼을 토막으로 잘랐다고 했느냐?"

불쑥 김산이 묻자 삼관필이 곧 헝겊에 싸놓은 칼 조각을 들고 와 펼쳤다.

"칼 조각을 주워 놓았습니다."

김산이 칼 조각을 들여다보더니 머리를 들었다.

"칼바람 한 번에 칼 두 자루가 조각조각 부서졌구나."

"그렇습니다. 뒤쪽에 서 있던 경비조원들이 보았다고 합니다."

"강한 놈이다."

김산이 길게 숨을 뱉었다.

"서둘러야겠다. 이놈이 어디에서 왔는지, 누구인지를 밝혀내지 못한다면 임안 원정은 실패하게 될 것이다."


다음날 오전 옥향각의 다실은 어제와 다름없이 손님들로 붐비었다. 상인과 관리, 투숙객이 섞인 다실 안의 분위기는 활기에 찼다. 웃음소리도 들렸고 상인 한 무리는 가격 흥정으로 목소리를 높이고 있다. 전과 다름없이 금군 소속의 장교, 총군 소속의 정보원까지 제각기 상인, 투숙객 차림을 하고 앉아 있었고 유곽의 뚜쟁이들이 자리 사이를 돌면서 손님 끌기에 여념이 없다. 어젯밤 지붕 위에서 처참한 시신 두 구가 떨어진 것을 아무도 모르는 것이다.

"오늘은 서장사가 조용하군."

다실 지배인 곡영이 하인 채부에게 말했다. 곡영의 시선이 벽 쪽 자리에 앉아있는 서장사를 스치고 지나갔다. 서장사는 옥향각에서 3백 보쯤 떨어진 비단 도매상 주인이다. 60대 중반쯤이었으나 검은 머리에 당당한 체구여서 40대로 보이는데 이곳에 올 때마다 하인을 꾸짖거나 차 맛 타박을 하지만 악의는 없다. 그리고 서장사는 옥향각주 곡대인과 40년 지기 친구 사이인 것이다. 그때 우두커니 앉아있던 서장사가 주위를 둘러보더니 곡영과 시선이 마주쳤다. 깜짝 놀란 곡영이 머리를 돌렸지만 이미 늦었다.

"지배인, 나 좀 보세."

서장사가 소리쳐 부르자 주위의 시선이 모여졌다.

"예, 서장사 나리."

곡영이 서둘러 다가가서자 서장사가 목소리를 낮추고 말했다.

"저기, 왼쪽 기둥 옆에 앉은 흰 두건을 쓴 상인이 인피가면을 썼네."

놀란 곡영의 시선이 그쪽으로 돌려졌다. 흰 두건을 쓴 상인이 앞에 앉은 두 사내에게 열심히 말하고 있었는데 곡영은 인피가면을 썼는지 어쩐지 알 수가 없다. 40대쯤에 수염이 좋고 건장한 체격이다.

"나리, 저는 잘 모르겠습니다. 그리고……."

바짝 다가선 곡영이 목소리를 더 낮췄다.

"인피가면을 쓰건 돈피가면을 쓰건 저한테는 상관이……."

"저놈은 수상한 놈이야. 저기 금군 장교한테 말하고 오게. 도둑의 무리가 분명해. 내가 보장을 하지, 서둘러."

"예, 그럽지요."

서장사의 지시인데 안 할 수도 없다. 문제가 생기면 서장사 핑계를 대면 될 터였다. 몸을 돌린 곡영이 서둘러 상인 복색을 하고 있는 금군 장교에게 다가갔다. 반년이 넘도록 매일 만나는 터라 이런 단골도 없지만 찻값을 내지 않으니 곡영에게는 비렁뱅이나 마찬가지다.

"장 형, 저쪽 서장사께서 저기 흰 두건을 쓴 상인이 인피가면을 쓰고 있으니 조사를 해보라시네. 도둑의 무리라고 하셔."

곡영이 입술만 달싹이며 말하자 장교가 이맛살을 찌푸렸다.

"누구 말인가?"

머리를 돌린 곡영은 흰 두건을 쓴 상인이 어느새 사라져 있는 것을 보았다. 앞에 앉은 두 사내도 마찬가지다.

"지배인이 금군 장교한테 가는 사이에 셋이 일제히 일어나 밖으로 나갔어."

서장사가 곡영과 금군 장교를 번갈아 보면서 말했다. 주름진 얼굴을 든 서장사가 금군 장교를 보았다.

"그놈들은 일당이야. 그리고 내 말을 들은 것이네."

"이렇게 소란스런 다실에서 이십 보나 떨어진 거리에 있는 우리들의 말을 듣다니요?"

"이 사람이 무공에는 백치구만."

그때 둘의 이야기를 듣던 금군 장교가 말했다.

"나리, 그자가 인피가면을 쓴 것을 어떻게 아셨습니까?"

"턱밑의 피부가 달랐어. 옷깃으로 감추고 있었지만 내 앞을 지날 때 보니까 가죽 붙여진 곳까지 보였네."

"그렇군요."

머리를 끄덕인 금군 장교가 서둘러 몸을 돌렸다. 보고를 하러 가는 것이다.

"나리 때문에 이곳이 금군으로 가득 차게 되었습니다."

입맛을 다신 곡영이 투덜거렸지만 어쩔 수 없는 일이다. 이제 곧 금군들이 몰려들어 다실은 물론 유곽과 여관까지 수색할 것이니 한동안 시달려야 한다.

　다실을 나온 서장사가 옥향각 아래쪽으로 3백 보쯤 떨어진 성운사 입구로 들어섰을 때는 사시(10시) 무렵이었다. 아직 이른 시간이어서 절 마당은 비었고 안쪽 작은 대웅전 바닥을 청소하는 중 하나만 보였다. 시내 복판에 있는 작은 절은 주로 소원성취를 비는 상인, 여행객들이 들른다. 그래서 여관, 유곽 근처에 작은 절들이 많이 세워졌는데 절이 아니라 무당집 같고 중들은 돈 먹는 무당 같다. 서장사가 대웅전 옆쪽을 돌아 뒷마당으로 들어서자 사내 하나가 기다리고 있다가 맞는다.

　"대감, 준비되었습니다."

　서장사는 머리만 끄덕이더니 손바닥으로 얼굴을 덮는 것 같다가 떼었다. 그 순간 서장사의 얼굴이 40대쯤의 서생으로 변했다. 서장사는 김산이었던 것이다. 그리고 앞에 선 비호수가 흰 두건을 쓴 상인이었다. 다른 얼굴이 된 김산이 흰 겉옷을 벗으면서 말했다.

　"곧 금군이 옥향각을 가득 채울 테니 당분간 놈들의 공격은 주춤할 것이다. 그사이에 놈들을 잡아야 한다."

　"옳지, 저놈이다. 마침내 나왔구나."

　곽무경이 옥향각을 나오는 사내를 보더니 웃음 띤 얼굴로 말했다. 오시(12시) 무렵, 옥향각은 여관과 유곽, 다실과 마방까지 금군이 쫙 깔려서 수상한 자를 검문하는 중이다. 그것은 다실에서 인피가면을 쓴 자를 발견했다는 것이다. 임안은 화려한 도시지만 남송의 수도로서 북방의 몽골제국과 전쟁 중인 상황이다. 투숙객이나 종업원들은 갑작스런 검문에 놀라지는 않았다. 자주 있는 일인 것이다.

"저놈을 쫓아라."

곽무경이 턱으로 아래쪽을 가리켰고 부하들이 소리 없이 계단을 내려갔다. 오늘 아침부터 꼬박 두 시진(4시간)을 기다린 보람이 있는 것이다. 곽무경이 기다리고 있던 인물은 복건성의 오채두였다. 오채두의 인상착의는 알고 있었으므로 옥향각 건너편의 태진장 여관 이 층 다실에서 기다리고 있었던 것이다. 오채두는 수행원 넷을 데리고 있었는데 당당했다. 둘은 앞장서서 길을 텄고 둘은 뒤를 따른다. 절도가 있고 모두 무공의 고수들이다. 눈에 띄지 않게 모두 무명옷에 상인처럼 두건을 썼지만 장검을 찼고 옷 속에는 갖가지 무기를 감추고 있다. 이윽고 곽무경도 몸을 일으켰다. 오채두를 보았으니 가만있을 수는 없다. 어젯밤 오채두의 수하 둘을 죽였으므로 모두 긴장하고 있을 것은 당연했다. 그래서 오늘은 밖에서 기다리고 있었던 것이다. 그러다가 금군 병력들이 진입하는 것을 보고 서둘러 부하를 보내 여평조에게 보고를 한 참이다.


황군태감 위황은 두꺼운 입술을 꾹 다문 채 앞에 선 요문기를 보았다. 청 안은 숨소리도 들리지 않는다. 이곳은 임안 황성 내성 안의 금당(金堂)이다. 금당은 황군태감 위황의 청인 것이다. 바로 뒤쪽으로 백 보쯤 거리에 황제의 정청이 있었으니 금당은 위황의 권위를 상징하는 장소다.

"시국이 혼란스럽다. 요문기, 그대가 맡도록 하라."

위황이 말하자 요문기가 머리를 들었다. 굵은 눈썹, 맑은 눈, 턱수염을 길렀는데 40대 초반쯤 되는 얼굴이다. 장신에 관인이 입는 황색 옷에 검정 띠를 둘렀다.

"예, 맡겠습니다."

요문기가 대답하자 위황이 이를 드러내고 웃었다.

"좋다. 그럼 너를 정3품 근위장군에 봉하고 직접 내 명령을 받는 것으로 하겠다."

위황이 머리를 돌려 옆에 선 병부상서 장광국을 보았다.

"장 상서가 임명장을 주도록 하게."

"예, 태감."

위황은 황제의 지시를 받을 필요도 없는 것이다. 황제 이종은 정사에 무능했다. 정권은 환관, 위황에 의해 전횡되고 있다. 그때 요문기가 위황에게 말했다.

"태감 저하, 먼저 조직 내부를 수습하고 북방으로 진출하겠습니다."

"당연히 그래야지, 너에게 전권을 맡긴다."

위황이 길게 숨을 뱉었다.

"천인회는 다시 태어나야 한다."

요문기가 정식으로 천인회 수장으로 임명된 것이다. 정3품 근위장군에 임명되었으니 무당산을 벗어나 7년 동안 개문도위라는 정6품 한직에 머물던 요문기에게는 파격 승진이다.


"곽무경은 어디 있느냐?"

여평조가 묻자 부하가 잠깐동안 눈만 껌벅였다. 당황한 것 같다.

"저는 이곳에 오신 줄 알았습니다."

부하가 대답하자 여평조의 이맛살이 찌푸려졌다.

"아니, 이놈아. 네가 모르면 누가 안단 말이냐?"

오후 미시(2시) 무렵이다. 자리에서 일어선 여평조가 탈해에게 말했다.

"옥향각에 금군이 진입했다는 보고를 보내고 연락이 끊겼다. 내가 나가볼 테니 넌 이곳에서 기다려라."

"아니, 대형, 제가 나가 보는 것이……."

"내가 나가보겠다."

입맛을 다신 여평조가 발을 뗐다.

"곽무경은 너무 기고만장한 것이 탈이다."


술잔을 쥔 곽무경이 옆쪽으로 머리를 돌렸다. 식당 안은 떠들썩했고 오가는 종업원, 손님들이 많아서 이쪽이 눈에 띌 리는 없다. 오채두는 손님을 만나고 있었는데 물품 흥정을 하는 중이다. 식탁 위에 옻칠을 한 상자가 놓여졌고 안에는 인삼이 들어있다. 앞쪽에 앉은 두 사내가 고려에서 인삼을 가져온 것 같다. 오채두의 수행원 둘은 뒤쪽 자리에, 둘은 앞과 옆을 지키고 앉아서 빈틈이 없었지만 곽무경에게는 둘의 이야기도 들린다. 다른 소음을 다 걷어내어서 바로 옆에 있는 것처럼 들리는 것이다.

"그럼 인삼 한 뿌리에 금 50냥으로 합시다."

오채두가 말하자 앞쪽 사내의 목소리가 커졌다.

"금 65냥을 주지 않으면 하북성의 홍태사한테 가겠습니다. 65냥 이하로는 절대로 안 됩니다."

가격은 한 뿌리에 85냥에서 65냥까지 내려왔으니 오채두의 흥정 수단이 좋은 편이었다.

"요즘은 고려인삼이 많이 들어오고 있는 것을 아실 텐데, 그리고 하북성 홍태사는 지난달 인삼을 1백 상자나 샀습니다. 뿌리당 60냥을 주고 샀는데 지금은 가격이 더 내렸소.”

오채두가 말했을 때 곽무경은 앞에 놓인 술잔을 집어 한 모금에 삼켰다. 그리고는 앞쪽에 앉은 부하에게 목소리를 낮추고 말했다.

“흥정에는 도사로군.”

조금씩 오채두에 대한 의심이 엷어지면서 맥이 풀렸으므로 곽무경의 의자에 등을 붙였다. 오채두가 왕륜의 지하 금고를 털어간 범인은 아닌 것 같다. 그렇다면 부하 둘은 괜히 죽인 셈인가? 그때 앞을 지나던 종업원이 쟁반을 쥔 채 앞으로 넘어졌다.

“어엇!”

놀란 주위에서 외침을 뱉었다. 종업원이 쥔 쟁반에는 술과 요리가 가득 담겨 있었기 때문이다. 종업원은 곧장 곽무경을 향해 엎어졌는데 그릇이 모두 곽무경을 향해 쏟아졌다. 접시가 다섯 개, 탕도 있고 국수 그릇도 있다. 뒤집어써야 할 상황이다. 그 짧은 순간 결심한 곽무경이 손을 휘둘렀다. 그 순간이다. 종업원이 쥔 쟁반이 그릇과 함께 뒤쪽으로 날아가 벽에 부딪히더니 산산조각이 났다. 그러나 종업원은 그대로 넘어지는 바람에 식탁 모서리에 이마를 찧고 뒹굴었다. 곽무경은 이미 손을 움츠리고 있었지만 손짓을 본 자가 여럿 되었다.

“이런.”

입맛을 다신 곽무경이 자리에서 일어섰다. 곽무경은 물 한 방울 묻지 않았다.

“네놈이군.”

그 순간 곽무경의 귀에 사내의 말이 울렸다. 웃음기가 섞여진 목소리다. 숨을 들이켠 곽무경의 시선이 오채두에게로 옮겨졌다. 오채두는 이쪽에 옆모습을 보인 채로 사내들을 설득하는 중이다.

"자, 50냥으로 결정을 하십시다. 시간을 끌수록 손해가 나는 쪽은 당신이오."

오채두의 목소리가 들린다. 어깨를 늘어뜨린 곽무경이 한 발짝 발을 떼었을 때다.

"네가 쟁반을 후려친 장법이 바로 파암공(破岩功)이렷다. 어젯밤에 네가 쥐었던 칼에 파암공이 옮겨갔구나."

"어느 놈이냐?"

얼굴이 하얗게 굳어진 곽무경이 다시 오채두를 보았지만 웃음 띤 목소리가 들렸다.

"잘 생각하셨소. 50냥도 잘 받은 값이오."

"이놈 어디 있느냐?"

곽무경이 독음으로 내뱉었다. 독음을 듣는 귀는 바로 금방 독음으로 곽무경의 귀에 말을 보낸 자다.

"이놈, 당당하게 나서라!"

식당 안은 손님이 많았고 소란스럽다. 뒤쪽 벽에 부딪혀 부서진 음식들 때문에 잠깐 조용해졌다가 원상태로 돌아간 지 오래다. 눈을 치켜뜬 곽무경이 사방을 돌아보았지만 의심이 가는 인물은 찾아내지 못했다.

"대형, 왜 그러십니까?"

따라 일어섰던 부하가 곽무경을 보고는 주저하며 묻는다. 곽무경의 행동이 이상했기 때문이다.

"벌레 같은 놈."

낮지만 차갑고 한마디씩 칼로 잘라 던지는 것 같은 말이 다시 귀에 파고들었다.

"먼저 네 앞의 부하가 어떻게 되는지 보아라."

사내의 독음이 귀에 파고든 다음 순간 곽무경은 저도 모르게 입을 쩍 벌렸다. 눈앞에 선 부하의 얼굴이 일그러지더니 눈을 부릅떴기 때문이다. 독을 마셨는가?

"으윽."

입을 딱 벌리면서 단말마의 신음을 뱉은 부하가 그 자리에 허물어지듯 주저앉았는데 곽무경은 저도 모르게 한 걸음 뒤로 물러섰다.

"아악!"

비명은 바로 옆쪽 식탁의 손님들한테서 울렸다. 두 사내가 동시에 비명을 지른 것이다. 곽무경은 허리에 찬 칼을 쥐었지만 잠깐 넋이 나갔기 때문에 방심했다. 눈앞의 부하는 처참한 모습으로 죽어가고 있다. 얼굴이 시뻘겋게 되어 녹아내리고 있는 것이다. 이제 눈도, 코도, 입도 없어졌고 해골이 드러나고 있다. 살이 녹아 밑으로 흘러내리는 것이다.

"으아아악!"

이제는 주위 식탁의 10여 명의 일제히 비명을 뱉었고 식당 안은 수라장이 되었다. 그런데도 부하는 식당 바닥에 주저앉은 채 살아있다. 녹아 없어진 얼굴을 쥐어뜯고 있었는데 손에 붉은 살점이 떼어지고 있다. 곽무경은 몸을 돌렸다. 본능적으로 이 자리를 피하려는 것이다.


"상독(相毒)을 먹었군."

머리는 해골이 된 끔찍한 시체를 내려다보면서 금군의 초포관 후성천이 말했다. 식당은 이제 텅 비었고 종업원들만 군데군데 서 있을 뿐이다. 사건이 일어난 지 한식경(30분)밖에 되지 않아서 옆쪽 식탁에 놓인 국에서는 김이 피어오르고 있다.

"그런데 앞에 앉아있던 자가 주인인 것 같다구?"

후성천이 묻자 종업원 사내 하나가 대답했다.

"예, 대형이라고 불렀소이다."

"그럼 부하로군."

혼잣말을 한 후성천이 옆에 선 장교를 보았다.

"이자 살점 몇 조각 싸 갖고 가자. 독약을 어느 곳에서 제조했는지 알아봐야겠다."

그리고는 다른 장교들에게 지시했다.

"손님들이 다 도망갔으니 증인 찾을 것도 없다. 상독을 먹여 죽일 정도면 독한 놈들이다."

그때 후성천이 숨을 들이켰다. 웃음소리가 들렸기 때문이다. 그것도 독음이어서 후성천만 들었다.

"누구냐?"

후성천이 이사이로 묻자 독음이 쏟아졌다.

"천홍장 여관의 2층 매화방에 죽은 놈 대형이 있다. 그리고 그놈의 대형이 또 있으니 가 보아라."

"난 네놈한테 관심이 있는데?"

후성천의 말에 사내가 혀 두드리는 소리를 내었다.

"이놈, 무공 자랑 하려느냐? 아직도 객기를 버리지 못했구나. 나이도 50 가깝게 된 놈이."

그러더니 귀가 맑아졌다. 놈이 독음을 끊은 것이다.

후성천은 금군(金軍) 초포군에서 25년을 보냈으니 온갖 범죄에 대해서 도통한 위인이다. 장교에서 비장, 별장을 거쳐 초포관(官)이 되는 동안 별의별 상전도 다 겪었지만 후성천의 능력이 출중했기 때문에 비위가 맞지 않더라도 내치지 못했다. 범죄 색출, 사인 분석에 출중했을 뿐만 아니라 무공의 고수여서 뇌물만 잘 썼다면 금군태위가 되고도 남았을 것이다. 후성천이 손바닥으로 넓은 얼굴을 쓸면서 천홍장 여관의 마당에 서서 이 층을 올려다보고 있다. 오후 신시(4시) 무렵, 마당은 오가는 종업원, 손님들로 떠들썩했는데 방금 강서성에서 한 무리의 상단이 도착했기 때문이다.

"나리, 이 층 매화방에서 둘이 이야기를 나누고 있습니다."

옆으로 다가선 장교가 숨소리만 한 목청으로 말했다. 40대쯤의 나이 든 장교다. 정탐만 전문으로 하는 장교로 후성천의 심복이다. 장교가 말을 이었다.

"소인이 기척을 내었는데도 목소리를 줄이지 않는 것을 보면 평범한 상인이거나 함정을 파고 있거나 둘 중 하나올시다."

"이놈아, 그런 말은 애도 하겠다."

쓴웃음을 지은 후성천이 힐끗 이 층을 보고 나서 말했다.

"네 뒤를 지나는 상인도 죄인이거나 죄를 짓지 않았거나 둘 중 하나다."

발을 뗀 후성천이 현관으로 다가갔다. 뒤를 호위장교 둘이 따른다. 둘은 무공의 고수다. 후성천까지 상인 복색이어서 여관 투숙객처럼 보인다. 뒤로 처진 정탐장교 구진이 마당 끝의 마구간 앞에 섰다. 이제는 망보기가 된 것이다. 시키지 않아도 손발이 맞는다.

천홍장 여관 건너편의 아름드리 은행나무 가지 위에 선 김산이 이 층 객실을 바라보았다.

"후성천이 들어가는군."

김산이 말하자 옆에 선 채화진이 웃었다. 나뭇잎 사이로 들어온 햇살을 받아 흰 이가 반짝였다. "

"나리, 방안에 몇 명이 있습니까?"

"둘이다."

쓴웃음을 지은 김산이 주위를 둘러보는 시늉을 했다.

"이번에는 강적을 만났다. 지금까지 만난 수많은 고수들하고는 전혀 다른 종족이다."

"왜 그렇습니까?"

채화진의 정색한 얼굴로 김산을 보았다.

"무공이 높습니까?"

"교활한 놈이다."

눈을 치켜뜬 김산이 숨을 깊게 들이마시고는 탄식했다.

"이런, 기습을 당했구나."


"아앗!"

옆에서 따르던 장교 우백이 외침을 뱉더니 펄쩍 뛰어올랐다. 후성천은 한 걸음 뒤로 물러섰지만 이미 상황을 짐작할 수 있었다. 복도 옆으로 꺾어졌던 장교 사마동이 당한 것이다. 피비린내. 뛰어오른 우백이 반동으로 옆쪽 벽을 차면서 복도 안으로 뛰어들었고 후성천은 두 손을 편 채로 뒤를 따랐다. '복사장'이다. 손바닥으로 칼바람을 막은 후에 몸통을 치면

백발백중이다. 몸을 던지며 달려드는 터라 '동반사장'이라고도 부른다.

"이런."

외침은 다시 우백의 입에서 터졌다. 뒤를 따라 복도를 꺾어 들어간 후 성천은 목이 잘린 사마동의 시신을 보았다. 앞쪽 매화방의 문은 활짝 열려 있었는데 보나 마나 방안은 비어있을 것이었다.


"네가 미행을 달고 온 것이야."

지붕에서 뛰어내린 탈해가 주위를 둘러보며 말했다. 이곳은 천홍장에서 5백여 보쯤 떨어진 시장 안이다. 지붕을 건너뛰어서 골목에 내린 다음 이곳까지 서둘러 피해온 터라 탈해의 호흡은 가쁘다.

"죽인 놈은 장교였어."

서둘러 발을 떼면서 곽무경이 말했다. 곽무경의 호흡도 가쁘다. 시장 안이라 오가는 행인이 많아서 어깨도 부딪혔고 앞도 막혔다. 상인들의 호객하는 외침과 흥정소리가 귀에 가득 밀려들었다.

"장교가 식당에서부터 따라왔을 리는 없어."

행인들을 헤쳐나가면서 곽무경이 말을 이었다.

"다른 놈이야. 다른 놈이 금군을 시킨 것이라구."

"그, 독음으로 말을 넣었다는 놈인가?"

"비차를 상독으로 죽인 놈이지."

"그런데 그놈이 왜?"

앞을 막은 행인을 비켜간 탈해가 곽무경을 보았다.

"왜 직접 나서지 않고 금군을 시켰단 말인가?"

"그걸 내가 아나?"

짜증이 난 곽무경이 손등으로 이마의 땀을 닦았다. 옥향각에서 복건성 오채두의 수하 둘을 처단 했을 때까지는 곽무경의 세상이었다. 그런데 오채두를 미행하여 식당에 갔을 때부터 일이 어긋났다. 웬 괴수를 만나 수하 비차가 상독으로 얼굴이 녹아 죽고 겨우 여관으로 도망쳐왔더니 갑자기 금군 초포대 장교들이 방 앞까지 찾아왔던 것이다. 곽무경은 앞장선 장교 하나를 죽이고는 도망쳐 나오는 길이다.

"서둘러."

시장을 빠져나왔을 때 탈해가 앞장서면서 말했다. 아직 낮이어서 냅다 달릴 수는 없는 노릇이다. 둘은 바쁜 일이 있는 상인처럼 서둘러 발을 떼었다. 탈해가 앞장을 섰고 곽무경이 뒤를 따른다. 그때 둘의 뒤에 독음이 울렸다.

"너희들은 미행당하고 있다."

둘의 얼굴이 똑같이 굳어졌다. 대형 여평조의 목소리였기 때문이다.

"둘이 따른다. 그러니 선각사 안으로 들어가도록 해라."

선각사는 시내의 사찰 중 하나로 3백 보 정도 앞쪽에 있다. 온몸에서 식은땀을 쏟은 곽무경이 입안에 고인 침을 삼키고 나서 독음으로 말했다.

"대형, 죄송합니다. 제가 방심했습니다."

"상대는 금군 초포관 후성천이다."

후성천의 명성을 들은 터라 곽무경과 탈해의 걸음이 흔들렸다. 그때 여평조의 목소리에 웃음기가 띠어졌다.

"또 있군."

"누, 누구입니까?"

"이번에도 관군이다. 천장성 요문기가 나타나다니, 6품 말직으로 연명하던 자가 웬일인가?"

"요, 요문기라니요?"

"너희들은 몰라도 된다."

여평조의 목소리가 다시 차가워졌다.

"선각사 대웅전 뒤쪽 요사채에서 대기하도록."


"번번이 폐를 끼치는군."

시장을 빠져나왔을 때 후성천이 독음으로 말했다.

"하지만 내가 그대는 꼭 만나봐야 할 테니까 명심하고 있도록."

"그런가?"

사내의 목소리에 웃음기가 띠어졌다.

"내가 민심을 들었더니 남송의 금군 중 가장 청렴하고 유능한 장수가 초포관 후성천이더군. 그래서 돕는다고 생각하라."

"허, 그런가?"

대답은 심드렁하게 했지만 후성천이 반걸음쯤 뒤를 따르는 우백에게 눈짓을 했다. 우백이 머리를 돌리더니 뒤쪽을 확인했다. 장교 10여 명이 제각기 변복을 한 차림으로 따르고 있다.


김산이 바람에 흔들리는 나뭇가지 옆에 서서 아래쪽을 보았다. 잎이 무성한 은행나무 사이에 박힌 몸은 바로 옆에서도 보이지 않는다. 암회색 바지저고리 차림이어서 나무 동체가 김산의 몸을 빨아들인 것 같다.

"선각사로 세 무리가 모인다."

김산이 옆에 붙어선 채화진에게 말했다. 채화진의 시선을 받은 김산이 말을 이었다.

"천홍장에서 도망쳐 나온 두 놈과 놈들을 쫓는 초포관 한 무리와 그 뒤를 또 한 무리의 자객단이 따른다."

"아니, 자객단이라니요?"

채화진의 눈 흰창이 커졌다.

"어느 자객단 말입니까?"

"10여 명인데 고수들이야."

쓴웃음을 지은 김산이 아래쪽에서 시선을 떼었다. 둘이 붙어선 은행나무는 길가의 관청 창고 안마당에 세워졌지만 높이가 20장이나 되어서 근처는 다 내려다보인다. 호부의 농기구를 쌓아둔 창고여서 마당을 오가는 관리는 두어 명뿐이었고 담장 가에는 수십 그루의 은행나무가 고목(古木)으로 자라고 있다. 그러나 15장 높이에서 나무에 붙어 서 있었지만 채화진에게는 구분이 되지 않는다. 왼쪽 길에는 수백의 행인이 오갔고 2백 보쯤 거리의 선각사는 지붕만 보일 뿐이다. 주위를 둘러본 김산이 입술도 달싹이지 않고 말했다.

"선각사에서 승부를 내자는 신호로군."

"어떻게, 누구하고 말씀이십니까?"

"뒤를 따르는 자객단은 초포관 무리에게 적대적이 아니야."

채화진이 숨을 죽였고 김산의 표정이 어두워졌다.

"나도 예상하지 못했다. 나는 지금 선각사로 들어간 일당 두 놈을 초포사를 시켜 생포하든지 처단시키려고 했던 것이 갑자기 자객단이 나타났다."

"……."

"그리고 저 두 놈을 이끄는 수괴놈이 이 근처에 있는 것 같다."

놀란 채화진이 김산을 보았다.

"대감, 그것이 누구입니까?"

"목소리만 들었는데 대단한 고수다."

김산의 시선이 다시 아래쪽으로 옮겨졌다.

"자객단의 우두머리도 무공을 측량할 수가 없구나, 과연 중원에는 사람도 많고 인재도 많다."

채화진은 김산의 얼굴에 떠오른 웃음을 보았다. 마치 재물을 많이 모은 것 같은 표정이다.


"요 형."

부르는 소리에 요문기는 쓴웃음을 지었다. 이미 심상치 않은 기색을 깨닫고는 긴장하고 있던 참이다. 이제 1백여 보 앞쪽에는 초포관 후성천과 한 무리의 초포장교들이 선각사를 향해 다가가고 있다. 요문기가 어깨를 치켜 올렸지만 대답하지는 않았다. 그때 목소리가 이어졌다.

"산동성 곡어 낚시를 아시오?"

요문기가 걸음을 늦췄다. 저절로 어금니가 물렸고 눈이 치켜떠 졌다. 그리고는 독음을 허공에 쏘았다.

"내가 중간 단계인가?"

"그렇소."

바로 대답이 돌아왔으므로 요문기가 다시 물었다.

"넌 낚시꾼이냐?"

"같이 잡읍시다."

목소리가 가까워졌으므로 요문기가 숨을 골랐다. 뒤를 따르던 장주와 배가순이 요문기의 기색을 그때야 알아차리고는 바짝 붙었다. 그때 요문기가 손짓으로 둘을 말리고는 다시 물었다. 걸음을 늦추었을 뿐 선각사를 향해 다가가고 있다.

"내 앞은 초포관 후성천이 있다. 그리고 그 앞은 괴인 둘이다. 그렇다면 먼저 네 신분부터 밝혀라."

"나는 여평조, 오랜만에 도성에 나왔소."

"여평조."

놀란 듯 요문기의 목소리가 높아졌다.

"남방에서 죽었다더니, 이곳에는 무슨 일인가?"

"우리 머리 위에 괴수 한 놈이 떠 있소. 나는 아무래도 그놈이 왕륜 영감의 지하금고에서 1백만 냥의 금괴를 꺼내간 놈 같소."

"아니, 도대체……."

"초포관 후성천이 앞쪽 두 사내를 쫓을 것이 아니라 그놈을 잡아야 하오."

그때 요문기는 선각사 앞에 닿았고 후성천은 이미 안으로 들어간 후다. 걸음을 멈춘 요문기가 주위를 둘러보며 말했다.

"어디, 사연을 듣자."

독음이어서 함께 멈춰선 수하들은 요문기의 굳어진 얼굴만 보았다.


채화진이 몸을 돌려 김산을 보았다.

"대감, 그럼 다녀오겠습니다."

김산이 머리만 끄덕이자 채화진은 몸을 날려 마당으로 내려앉았다. 마치 나뭇잎이 떨어지는 것처럼 가벼운 몸놀림이다. 마당에는 사람이 없었고 채화진은 미끄러지듯이 반쯤 열린 창고의 쪽문을 통해 바깥 인도로 나갔다. 채화진은 옥향각으로 돌아가 삼관필과 비호수를 데려오려는 것이다. 일각(15분)이면 돌아올 수가 있다. 채화진의 모습이 사라졌을 때 김산은 숨을 들이켰다. 진기(眞氣)를 채운 후로 감각은 더욱 증폭되었지만 인파가 들끓는 한낮에는 제한을 받는다. 조금 전까지 머리 위로 오가는 독음의 기운을 느꼈지만 지금은 끊겼다. 그것이 자객단 수괴와 두 놈을 이끄는 괴인과의 대화인 것은 알았다. 이제 자객단 무리도 선각사 안으로 들어갔는지 인파 속에서 보이지 않는다. 두 놈과 초포관 무리, 그리고 자객단까지 모두 선각사가 삼킨 꼴이다. 은행나무에서 선각사까지는 2백여 보, 김산은 더 가깝게 다가가 살피려고 마음먹었다.

진기를 품어 올려 지붕과 지붕을 건너뛰는 김산의 모습은 행인들의 눈에는 보이지 않았다. 설령 보았다고 해도 잠깐 허공에서 펄럭이는 헝겊 조각으로 착각했을 것이다. 그만큼 빨랐고 자연스러웠기 때문이다. 김산이 선각사 담장 오른쪽의 민가 기와지붕 위에 내렸을 때 숨 두 번 내쉬고 난 후다. 이곳은 사방이 탁 트였기 때문에 선각사도 환하게 보였지만 김산도 노출될 수밖에 없다. 그때 김산은 대웅전 뒷마당으로 진입해오는 초포군을 보았다. 모두 8명, 그리고나서 옆쪽 담장에 붙어선 두 사내를 보았다. 천홍장 매화방에서 나온 두 사내, 이놈들이 꼬리를 끌고 왔다. 그렇다면 초포군이 끌고 온 자객단은? 김산의 시선이 대웅전 뒤쪽으로 옮겨졌을 때다.

"쉭!"

허공을 가르는 소리와 함께 김산은 몸을 솟구쳤다. 기습이다. 허공으로 2장이나 뛰어오른 김산의 얼굴에 저절로 쓴웃음이 떠올려졌다. 방심한 것이다. 아니, 오만했다. 이렇게 노출된 곳에 오는 것이 아니었다. 그때였다.

"쉭! 쉭! 쉭!"

다시 날카로운 소음이 울렸으므로 김산은 몸을 뒤집었다. 철궁이다. 화살을 쟁여놓고 방아쇠를 당겨 쏘는 이 철궁은 호레즘에서 겪었다.

"음."

그 순간 김산의 입에서 놀란 외침이 뱉어졌다. 철시 하나가 어깨에 박힌 것이다. 이것이 웬일이란 말인가? 김산의 얼굴이 낙담으로 붉어졌고 그 순간 솟아올랐던 몸이 떨어져 내렸다. 김산이 뛰어오른 사이에 철시 세 대가 연속적으로 발사된 셈이다.

"으아악!"

김산이 발이 민가 마당에 닿은 순간이다. 외침 소리와 함께 허공으로 솟아오른 사내가 보였다. 바로 곽무경, 김산의 휘하 장교 염공과 백간은 단칼에 죽인 사내, 이놈으로부터 사건이 시작되었다. 선각사 마당에서 뛰어오른 곽무경이 담장을 넘어 민가 마당에 서 있는 김산에게로 떨어져 내리는 것이다.

"에에익!"

솟아올랐다가 떨어지는 바로 그 순간 곽무경의 칼날이 옆으로 후려쳐졌다. 파암공을 실은 칼날의 위력은 엄청나다. 칼날에 폭풍을 실은 것 같다. 회오리바람이 일어나면서 민가 마당의 나무가 왼쪽에서부터 무를 베듯이 절단되었다. 그 중심에 서 있던 김산도 함께 절단되었어야 할 터, 자욱한 먼지가 일어나는 땅바닥에 두 발을 디딘 곽무경의 두 눈이 번들거렸

다. 칼을 후려친 순간 김산은 움직이지 않았던 것이다. 그러나 눈을 치켜
뜬 곽무경의 앞에 김산의 시체는 놓여있지 않다. 그 순간이다. 곽무경은
눈을 치켜떴다. 오른쪽 어깨에 뜨끔한 충격을 받았기 때문이다. 고통은 없
다. 머리를 돌린 곽무경은 숨을 들이켰다. 오른쪽 소매가 잘려나갔다.

"윽."

놀란 곽무경의 입에서 신음이 터졌다. 고통이 밀려왔기 때문이다. 오른
쪽 소매와 함께 팔이 어깨로부터 절단된 것이다.


김산은 다시 민가 지붕 위로 뛰어올랐지만 숨도 가눌 겨를도 없이 몸을
날려 선각사 마당으로 옮겨갔다. 수세에서 공세로 전환한 것이다. 어깨에
박힌 철시 끝에는 독이 묻혀 있었지만 김산에게는 독성(毒性)이 오히려 원
기를 증진시켜 왔다.

"우와아!"

함성을 지르며 덮쳐온 것은 초포군이다. 이곳까지 초포관 후성천을 데
려온 김산이다. 쓴웃음을 지은 김산이 후성천을 찾았지만 보이지 않았다.
후성천이 곽무경 일당과 연합했단 말인가?

"비켜라!"

김산이 버럭 소리치자 덮쳐오던 초포군이 일제히 발을 멈췄다. 모두 몸
이 굳어진 것 같다. 그것은 김산의 기합에 진기가 차 있었기 때문이다. 귀
로 파고든 진기가 잠깐 전신의 기능을 마비시켰던 것이다. 그것은 초포군
이 주춤한 순간이었고 그사이에 김산이 다시 뛰어올랐다. 괴수를 찾아야
했기 때문이다. 조무래기는 놈들이 앞가림으로 내놓았다. 어디에 숨었는
가? 괴수는 과연 몇인가?

"나오너라!"

김산이 다시 버럭 소리친 순간이다.

"식! 식! 식! 식!"

네 번의 소음이 울렸고

"색! 색!."

두 번의 소음, 그리 동시에

"야앗!"

사내의 굵은 외침이 울렸다. 김산은 허공에서 그것을 모두 들었다. 3장이나 솟아오른 터라 발밑의 초포군, 그리고 대웅전을 돌아다니는 자객단 무리도 보였다. 그리고 김산의 얼굴에 웃음이 떠올랐다. 이제 괴수들이 드러났다. 셋, 후성천과 자객단 수괴, 그리고 지금까지 얼굴을 보이지 않았던 곽무경의 수괴다. 셋이 세 방향에서 이쪽으로 날아오고 있다. 김산은 몸을 회전시키며 손으로 암기들을 쳐내었다. 철시 두 대는 쳐냈다. 그런데 처음에 던져진 것이 무엇이란 말인가? 번쩍이는 섬광만 보았을 뿐이다.

"윽."

갑자기 가슴에 통증을 느낀 김산이 허공에서 떨어지면서 신음했다. 이것인가? 이것이 무엇인가? 그때 셋이 3방에서 덮쳐왔다.

"이놈!"

그렇게 외친 사내는 여평조, 가장 적극적이다. 여평조는 아직도 손에 철궁을 쥐고 있었는데 철시는 두 번 발사했다. 그때 땅에 닿은 김산이 입을 딱 벌린 채 셋을 둘러보았다. 그러나 눈은 웃는다.

"잘 되었다."

김산이 말한 순간 셋이 일제히 덮쳐왔다. 여평조가 10보 앞에서 철시를 세 발이나 쏘았으며 후성천은 뛰어오르면서 장검을 내려쳤다. 또 하나, 자객단 괴수는 바로 새 천인회장이 된 요문기다. 손에 쥐고 있던 백침을 한 줌 뿌렸는데 햇살을 받은 백침이 섬광처럼 보였다. 그 섬광이 이것이다.

"으으윽."

그 순간 김산의 입에서 다시 신음이 터졌다. 그때서야 온몸에서 통증이 느껴진 것이다. 조금 전에 던져진 백침 수십 개가 몸을 파고들고 있다. 몸을 비틀어 후성천의 장검을 피한 김산이 그때서야 허리에 찬 칼을 빼면서 바짝 앞으로 덮쳐온 여평조의 허리를 베었다.

"억!"

김산의 검광을 본 순간 여평조가 몸을 비틀었지만 예상이 빗나갔다. 검날이 전혀 엉뚱하게 위에서 내려쳐진 것이다.

"아악!"

여평조의 입에서 끔찍한 비명이 울렸다. 얼굴 한쪽과 한쪽 팔이 반듯이 잘려나간 것이다. 그 다음 순간 김산은 허공으로 솟았다. 온몸에서 피가 흘러내리면서 통증이 심해졌다. 백침에 무슨 장치가 있었는가? 패배다.

# 4장
## 환생

"잡아라!"

뒤에서 외침이 들리고 있다. 그러나 김산은 돌아보지 않고 몸을 날렸다. 비스듬히 몸을 기울인 채 도약하는 김산의 모습은 마치 떨어지는 유성과 같다. 지붕과 지붕을 건너뛰어 도심에서 멀어지는 김산의 모습을 본 행인은 드물었다. 인파가 바글대는 도심이었어도 그렇다. 바람처럼 흘러간 터라 시선이 옮겨지는 것보다 더 빨리 사라졌기 때문이다.

"저건 사람이 아니다."

요문기가 마침내 경공을 접으면서 말했다. 지친 요문기의 입에서 폭풍같은 숨결이 쏟아졌다. 뒤를 따르던 후성천은 입을 딱 벌린 채 말도 뱉지 못했다. 어느덧 둘은 임안 성 밖의 황야에 서 있었는데 이미 김산의 자취는 보이지 않았다.

"저놈이 누구인가?"

요문기가 다시 입을 열었을 때 후성천이 다가와 섰다. 둘은 김산의 모습을 보았다. 40대의 선비 행색이었고 체격이 건장하다는 것만 머릿속에 박혀졌다.

"놈은 중상을 입었소."

요문기가 말했다.

"내가 던진 백침 수십 개가 몸에 박혔으니 한시진 안에 몸이 썩어 문드러지면서 죽을 것이오."

그때 후성천이 입을 열었다.

"그대가 이번에 천인회의 새 두령이 되셨다고 들었소."

"부족한 몸이나 조정에서 난세에 필요하다니 사양할 수가 없었소."

요문기가 숨을 가라앉히면서 대답했다. 천인회는 황군태감 위황이 후원하는 비밀결사 단체지만 남송(南宋)제국을 위하는 대의에서는 금군이나 같다. 후성천은 요문기와 연합할 수밖에 없었던 것이다. 이제 둘은 황야의 풀숲 위에 나란히 앉아 운기를 회복하면서 말을 나눈다.

"내가 쫓았던 두 사내 중 하나와 그 수괴는 중상을 입은 것 같소."

후성천이 말하자 요문기가 쓴웃음을 지었다.

"사내 하나는 팔 하나가 어깨에서부터 잘렸고 그 수괴는 얼굴의 반과 팔 하나가 떼어져 나갔는데 둘 다 죽었을 것이오."

"……."

"칼날에 원기가 실려져서 베어진 자리가 부풀어 터지게 될 것이오."

요문기가 주위를 둘러보면서 말을 이었다.

"허나 그 수괴가 쏜 철시 하나가 그 괴인의 가슴에 적중한 것이 내 백침을 피하지 못하게 한 것 같소."

원기를 회복한 요문기가 자리에서 일어섰다.

"내 백침이 한 개라도 박히면 죽는 마당에 수십 개를 박았으니 이젠 그 괴인도 끝장이오."

요문기의 얼굴에 웃음까지 떠올라 있다.


동굴 속에 누운 김산이 천장을 보았다. 짙은 어둠 속이었지만 천장에 붙은 수백 개의 종유석 무리가 보인다. 천장은 높다. 2백 자(60m)가 넘었고 폭은 250여 자, 길이는 수천 보에 이르렀는데 수백만 년 전부터 만들어진 종유석 동굴이다. 그러나 깊은 산 속에 위치한 데다 동굴 입구가 어느 곳에도 없었기 때문에 수백만 년 동안 단 하나의 생명체도 존재하지 않은 곳이었다. 김산의 입에서 더운 열기가 뱉어졌다. 온몸에 퍼진 독이 동굴 바닥에 깔린 진액을 들이키자 혼합되면서 열기가 뿜어지는 것이다. 철시에도 독이 칠해졌고 백침 47개에는 7가지 종류의 독을 섞어서 온몸이 썩어 문드러지게 해놓았다. 지금까지 겪은 극독 중 가장 잔인하게 독극물을 제조해 놓았다. 김산은 눈을 감았다. 진기를 순환시키고 있었지만 자주 끊겼다. 끊기는 순간에는 의식을 잃는 것이다. 온몸에 박힌 백침과 철시는 모두 빼놓았지만 독물은 다 번졌다. 그때 다시 김산의 의식이 끊겼다. 다섯 번째였고 동굴에 온 지 어느덧 이틀째가 되어가고 있다.


방으로 들어선 삼관필과 비호수가 채화진 앞에 앉았다. 이곳은 옥향각의 여관 2층, 채화진의 방 안이다. 미시(오후 2시) 무렵, 삼관필과 비호수는 어젯밤에 나가서 지금 돌아온 길이다.

"흔적을 찾지 못했습니다."

삼관필이 먼저 입을 열었다.

"선각사에서 결전이 있었던 것은 이제 주변 상인들한테까지 소문으로 퍼져 있습니다."

그것은 한식경(30분)쯤 후에 선각사로 돌아온 채화진이 가장 먼저 확인했다. 선각사 뒷마당은 초포군과 자객단 무리로 가득 차 있었고 괴수들은 보이지 않았다. 그러나 두 구의 시체가 거적에 덮여 있었는데 채화진은 시체를 옮길 때 거적이 벗겨지는 순간 두 구의 모습을 보았다. 처참한 시신이었다. 모두 한칼에 잘렸는데 김산이 아니면 아무도 흉내를 내지 못한 절단이었다. 무리들의 주고받는 이야기를 나무 위에서 들었는데 중상을 입은 괴인을 그들의 두령 둘이 추적해 갔다는 것이다. 믿기지 않는 말이었지만 김산이 보이지 않았으므로 채화진은 심장이 덜컥 내려앉았다. 그리고 나서 삼관필과 비호수에게만 알리고 지금까지 김산을 찾아다녔던 것이다. 채화진이 둘을 번갈아 보았다. 어사총감 김산의 보좌역인 채화진이다. 지금도 1만인장에 감찰대 태감의 직위를 보유하고 있으며 감독관이다.

"옥향각에서 철수하도록 하지."

채화진이 지시했다.

"각 조장에게 알려서 오늘 중으로 임안 남쪽 하중현으로 거처를 옮기도록."

"알겠습니다."

머리를 끄덕인 삼관필이 자리에서 일어섰다.

"이곳은 1개 조만 남겨두도록 하겠습니다."

채화진이 소리죽여 숨을 뱉었다. 이런 경우는 처음이다. 김산이 중상을 입고 도주했으니 적당들이 헛소문을 퍼뜨린 것이 아닐까?


"그놈을 아직 찾지 못했단 말인가?"

왕구가 묻자 탈해는 어금니부터 물었다. 알면 진즉 말했을 것이다.

"천인회와 초포군이 찾고 있지만 아직 행적이 묘연하다고 합니다."

"어허."

길게 숨을 뱉은 왕구가 지그시 탈해를 보았다. 왕구의 저택 청 안에는 10여 명의 위사가 서 있었지만 집안 분위기는 뒤숭숭했다. 왕륜의 지하 금고에 넣어둔 재물이 몽땅 털렸다는 소문이 이제 임안 성안에 좌악 퍼졌기 때문이다. 그러니 매일 빚쟁이들이 왕구의 집에까지 찾아왔고 왕륜은 집 안에서 머리를 싸매고 누워 식구도 만나지 않는다. 10여 곳의 유곽에서 들어오는 금화가 하루 1천 냥이 넘는데도 곧 망한다는 소문이 나서 외상 거래도 뚝 끊겼다. 그러니 현금 거래만 되었고 무역상들은 왕륜의 창고에 하물을 맡기지도 않는 것이다. 그때 밖에서 하인 하나가 서둘러 들어왔다.

"나리, 금군 초포관께서 오셨소."

"무엇이?"

놀란 왕구가 머리를 들었을 때 탈해가 혼잣말을 했다.

"선각사에서 만난 초포관인 모양이오."

"모시고 오너라."

자리에서 일어선 왕구가 맞을 채비를 했지만 곧 마당으로 관복 차림의 사내가 좌우에 도사와 군관을 거느리고 들어섰다. 금군 초포관이면 태위 휘하이긴 하나 죄지은 자에게는 악귀 같은 존재다. 실제 전장에서 뛰는 장수 역할인 터라 초포관이 유능하면 태평성대가 온다는 고사(古事)도 있다.

"어서 오십시오."

왕구가 달려나가 초포관을 맞았는데 탈해는 그가 선각사에서 괴인과 싸우던 당사자임을 알았다. 여평조와 초포관, 그리고 나중에 밝혀졌으나 천인회 장주 요문기 3인의 협공하는 장면이 지금도 탈해의 눈앞에 선명하게 떠오른다. 탈해가 머리를 숙여 예를 보였지만 초포관은 시선만 주고 권하는 의자에 앉았다.

"초포관 후성천이오."

턱을 조금 든 초포관이 통성명을 했다.

"예, 저는 왕구라고 합니다. 홍산 왕가(家)의 17대손으로서 시조 왕적은 전곡 현령을 지냈으며……."

왕구의 목소리가 음에 맞춰 구성지기 시작했을 때 후성천의 시선을 받은 도사가 소매에서 금화 한 줌을 꺼내 탁자 위에 쏟았다. 그 순간 왕구는 숨을 삼켰다.

"이 금화를 아시오?"

후성천이 묻자 왕구는 어깨를 부풀렸다.

"제 아비 왕륜의 지하 금고에 있었던 대당(大唐) 금화올시다."

왕구의 목소리가 떨렸다. 대당 금화는 정 8면체로 중앙에도 8각형 구멍이 뚫려있는 데다 둘레에 연호가 새겨져 있는 것이다. 왕구가 잃었던 자식을 찾은 것 같은 얼굴로 금화를 보더니 한 개를 집어 눈앞에 대었다. 얼굴이 붉게 상기되었고 금화를 쥔 손이 덜덜 떨렸다.

"맞습니다. 이것을 어디서 찾으셨습니까?"

"춘추각에서 북방으로 가는 대상이 여관비로 낸 금화요."

"대상이 말입니까?"

"그 대상은 비단 1백 필을 판 값으로 이 금화 5백 냥을 받았다고 했소."

"누, 누구한테서 말입니까?"

"강서성에서 온 상단이라고 했는데 지금쯤 강을 건너 호북성으로 들어 갔을 것이라고 하오."

"나리, 그럴 리가 없습니다. 그 대상이 도적의 무리일 것입니다."

눈을 치켜뜬 왕구의 시선이 탈해에게로 옮겨졌다.

"그 대상을 쫓으면 금화를……."

"도대체 강탈당한 금화가 얼마나 되오?"

불쑥 후성천이 물었으므로 왕구는 숨을 들이켰다가 내뿜었다. 이제 숨길 필요가 없다.

"1백만 냥입니다."


김산이 다시 눈을 떴다. 머릿속이 맑아져서 거울처럼 느껴졌다. 숨을 들이켜고 나서 온몸의 진기를 순환시킨 후에 입을 딱 벌리면 불덩이가 뱉어지고 있다. 어느덧 오늘로 열흘째, 열흘 동안 물 한 모금 마시지 않고 누워있었지만 몸은 축나지 않았다. 동굴 안의 공기는 수백만 년 동안 외부에 노출되지 않아서 이곳의 진기는 차갑고 무겁다. 쌓이고 쌓인 진기가 수백만 년 동안 아래로 축적되어 있었는데 지금 김산이 다 빨아 마시고 있는 것이다. 이 진기가 바로 양식이다. 차가운 진기를 빨아들였다가 체내에 순환시키고 나서 찌꺼기를 열과 함께 내뿜는 것이다. 그러다 보니 열흘 동안 이 거대한 동굴의 천장 부근은 열기로 뜨거워졌다. 김산이 내뿜은 열기 때문이다. 체내에 들어간 독도 어느덧 열기와 함께 배출되었고 다시 원기로 채워지고 있다. 김산은 눈을 감았다. 지난 28년의 세월이 주마등처럼 스치고 지나간다. 지금까지 무엇을 이루었는가? 지금까지 나는 어떻게 살았는가? 김산의 감은 눈에서 눈물이 흘러내렸다. 어머니, 숨을 가득 들이켠 김산이 입을 딱 벌리더니 천장을 향해 내뿜었다.

"우르르르."

입에서 뿜어나간 불길이 30자(9m)나 위쪽으로 뿜어나갔다. 이 동굴을 발견한 것 또한 어머니의 혼이 도왔기 때문이다. 진기로 충만된 몸이어서 몸에 급격히 퍼지는 산독(酸毒)을 겨우 막고 있었지만 백침이 박힌 수십 군데의 상처에서 산(酸)에 밀린 피가 뿜어져 나오고 있었던 것이다. 그때 바위산을 넘어가던 김산은 갑자기 피가 멈춘 것을 보았다. 그것은 바위틈에서 흘러나온 진기 때문이었다. 이 진기(眞氣)는 원시림에서 축적시킨 진기보다 수만 배 강하고 독한 진기였던 것이다. 수백만 년 동안 인간과 생물의 접근을 허용치 않고 축적시킨 원액이다. 그 원액이 동굴바닥에 깔려있다가 실낱만큼 빠져나가고 있었던 것이다. 그 실낱의 진기를 마신 주변의 나무는 수천 년씩 묵은 고목들이었다. 김산은 그 구멍을 찾아 머리통만 한 구멍을 만들고 다시 몸통이 들어갈 만한 틈을 만들고는 안으로 들어와 쓰러졌던 것이다. 그렇게 열흘이 지났다. 그리고 거대한 동굴은 이제 열기로 덮여졌다. 원액을 다 빨아들인 김산이 내뿜은 열기 때문이다.

가부좌 자세로 앉은 김산은 눈을 감았다. 그 순간 눈앞에 선각사에서 펼쳐졌던 공방(攻防)이 떠올랐다. 가득 숨을 들이켠 김산은 몸의 기운이 팽창되는 것을 느꼈다. 다시 길게 숨을 내뿜으면서 김산은 자신이 펼쳤던 무공과 상대의 수단을 맞추었다. 세상에 초절정 고수는 없다. 자꾸 발전되는 것이 세상인 터라 승자 위에 승자가 쌓여진다. 지금까지 천하무적이었던 김산이다. 눈 깜박하는 사이에 철시와 백침을 맞았으니 방심했다기보다 패한 것이 맞다. 그 철시를 쏜 장본인은 베었지만 백침을 던진 하나는 손을 쓰지 못했다. 빠르고 독한 수단을 쓰는 자였다. 또 하나, 금군 초포관 후성천은 자신의 무공을 다 내쏟지 않았다. 5할 정도만 내보인 것 같다. 만일 그자가 전력으로 막았다면 빠져나오지 못했을 것 같다. 김산이 다시 깊게 숨을 삼키고는 한동안 진기를 온몸으로 돌렸다. 그렇다 이 진기를 내 몸에 박아 다시 태어나리라. 이것도 하늘이 준 기회가 아니겠는가?

춘추각을 떠난 대상단은 50여 명, 그중 물주 일행이 8명에 마부가 17명, 말은 65필에 경호무사가 30여 명이다. 말에는 비단과 귀물 중의 귀물인 고려인삼 1백여 상자가 실려 있었는데 마차를 쓰지 않고 모두 말에 짐을 실은 것은 가는 길에 험로가 많기 때문이다. 대상단은 강서, 호남, 귀주를 거쳐 서쪽의 사천성이 목적지다. 북상하여 서역으로 들어가면 사천에서보다 다섯 배는 더 벌겠지만 그쪽은 이제 몽골제국 영토이다. 그 좋았던 서역 장사가 막혔어도 원래 대상단의 발원지가 남송인 것이다. 대상단의 사업은 전혀 위축되지 않았다. 임안을 떠난 대상단이 강서성의 우복현에 도착했을 때는 나흘 후였다. 사흘 만에 3백여 리를 주파했으니 어지간한 기마군 이동이나 같다.

"자, 오늘은 편히 쉬도록."

오늘은 유시(오후 6시) 무렵에 숙소에 도착한 터라 상단의 물주 오대인이 차인에게 지시했다. 편히 쉬라는 말은 술 한잔 마시고 놀아도 된다는 뜻이다. 여관방 안이다.

"예에, 그럽지요."

차인이 허리를 굽혔다가 펴자 의자에 앉은 오대인이 눈으로 옆에 놓인 전대를 가리켰다.

"금화 닷 냥만 쓰게."

"예, 대인, 실컷 마시겠습니다."

전대에서 금화를 꺼낸 차인이 방을 나갔을 때 옆방으로 통하는 샛문이 열리더니 사내 하나가 들어섰다. 경호원 행색의 사내는 바로 비호수다.

"형님, 바로 옆쪽 여관에 묵었습니다."

"오늘 밤 짐을 뒤지겠지."

턱에 붙인 수염을 조심스럽게 손바닥으로 쓸면서 말한 오대인이 바로 삼관필이다. 입맛을 다신 삼관필이 말을 이었다.

"대감의 행방을 모르는 터에 임안에서 멀리 떨어질수록 가슴이 조인다."

"하지만 일단 뿌리는 뽑아야겠습니다."

비호수의 얼굴이 굳어졌다. 이곳까지 미행해온 일당은 바로 왕구가 고용한 무림인들로 밝혀졌다. 선각사에서 김산과 결전을 벌린 세 무리 중 하나, 그러나 그 무리는 수괴와 또 하나의 두목까지 잃고 남은 두목의 지휘를 받고 있지만 필사적이다. 그쪽도 원한이 있는 데다 금 1백만 냥까지 빼앗긴 장본인인 것이다.

"감독관은?"

삼관필이 목소리를 낮추고 묻자 비호수가 주위를 둘러보는 시늉을 했다.

"어디 계시겠지요."

"뒤를 봐주는 무리가 있을 것이야."

탈해가 말하자 앞에 선 세 사내가 시선만 주었다. 이제는 탈해가 여평조의 남은 부하들을 지휘하게 되었지만 아직 군율이 잡히지 않았다. 세 사내는 그중 두목격으로 각각 7, 8명씩의 부하를 거느리고 있다. 병력은 25인, 모두 하루 금화 3냥씩을 받는 용병들이니 어중이떠중이가 다 모였다.

"그러니 지금은 원군이 오기를 기다리는 수밖에 없어."

탈해가 말하자 두목 하나가 물었다.

"원군은 어디서 옵니까?"

"초포군, 그리고 황제의 비밀조직 천인회 고수들이 될 것이다."

"천인회까지 말입니까?"

"그렇다."

호흡을 가눈 탈해가 말을 이었다.

"놈들이 이곳까지 급행해왔지만 우리가 뒤쫓는 것을 눈치채지 못했을 리가 없어. 준비를 철저히 해놓고 부딪치겠다."

왕구의 독촉을 받고 춘추각을 떠난 대상단을 쫓았지만 탈해는 비명횡사한 곽무경과 여평조의 전철을 밟을 생각은 없는 것이다. 그래서 쫓는 도중에도 왕구에게 부하를 계속해서 보내 지원군을 재촉했다. 대상단이 실제 지하 금고를 털어간 강도단이건 아니건 간에 매사는 불여튼튼인 것이다. 그때 두목 하나가 말했다.

"오늘은 경호대와 마부까지 술과 고기를 먹인다면서 들떠 있습니다. 이것도 함정일까요?"

세 두목의 시선을 받은 탈해가 쓴웃음을 지었다.

"그렇다면 같은 상단 행색의 우리도 가만있을 수는 없지. 내가 낼 테니 수하들에게 술과 고기를 먹이도록 해라."

채화진은 수하에 유주상 하나만 거느렸는데 둘이 삼관필의 뒤를 맡은 셈이 되었다.

"나리, 저놈들이 대감을 상대한 놈들 같지는 않습니다."

여관을 나온 유주상이 채화진의 옆으로 다가서며 말했다. 둘은 행인들로 북적대는 거리를 걷는다. 저녁 무렵이어서 현청 거리는 인파로 가득 차 있다. 채화진이 머리만 끄덕였다. 둘은 각각 서생과 시종으로 변장을 한 채 탈해 일행이 묵은 여관 아래층의 식당에서 저녁을 사 먹고 나온 길이다.

"배후가 있겠지요?"

답답한 듯 유주상이 묻자 채화진이 입술도 달싹이지 않고 말했다.

"아마 우리 뒤를 보고 있을지도 모르겠다."


그 말을 들은 요문기의 얼굴에 쓴웃음이 떠올랐다. 요문기는 중원 무림에 널리 알려지지는 않은 인물이다. 천성이 나서기를 싫어하는 성품인 데다 중원을 활보하는 각 문파, 각 교주, 각 방, 녹림, 수로 18채 등 수백 개 파벌을 경멸하는 터여서 아예 단체 소속 무림인들과 상종을 하지 않는 탓도 있다. 그래서 무림의 10대 정파소속 무림인 대부분이 요문기에 대해서 무지했다. 그러나 황군태감 위황쯤 되는 권력자는 사방에 귀가 있다고 봐야 된다. 그는 장중의 보물을 꺼내듯이 요문기를 중용했는데 그 수단이 교묘했다. 요문기의 의분을 일으킨 것이다. 대륙이 몽골 야만인의 수중에 들어가게 할 수는 없지 않겠느냐고 하자 요문기는 썩은 제국이지만 한인으로 충성을 다하겠다고 대답했다. 요문기가 앞쪽을 걷는 서생의 뒷모습을 눈으로 가리키며 수하 홍환에게 손짓으로 말했다.

"우측 서생놈은 여자다. 무공이 특출하니 뒤에서라도 독음을 하지 말라."

놀란 홍환이 숨을 들이켰다. 서생과 시종은 인파를 헤치면서 20보쯤 앞을 걷고 있다. 술시가 되어가고 있어서 거리는 술 손님으로 가득 찼다. 이곳이 여관, 유곽 거리인 것이다. 다시 요문기가 손짓으로 말을 이었다.

"저 여자의 정체가 밝혀지면 이 모든 일이 밝혀질 것이다."

홍환의 시선이 다시 여자에게로 옮겨졌다.


11일 만이다. 옥향각 지붕 위에 선 김산이 주위를 둘러보고는 곧 어깨를 늘어뜨렸다. 안에 수하 여섯 명이 남았다. 다 떠난 것이다. 그리고 그 수하들은 감시하는 무리가 10여 명이나 된다. 금군 초포관 휘하 정보원들이다. 모두 무공이 강해서 여섯 명은 우리 안에 갇힌 짐승 꼴이다. 다행인 것은 여섯 명이 감시당하고 있다는 사실을 알고 있다는 것이다. 그것이 무엇을 말하는가? 삼관필, 채화진이 연락원으로 남겨 두었다는 뜻이다. 여섯은 사지(死地)에 연락원으로 남겨놓은 결사대 역할이다. 이윽고 김산이 지붕에서 몸을 날렸다. 무려 20자나 떨어진 나뭇가지로 뛰어 건너더니 다시 이 층 난간으로 뛰었고 다음 순간 옆쪽 열린 창문 안으로 연기처럼 빨려 들어갔다. 술시(8시)가 넘어 있어서 어둠이 덮여졌지만 옥향각은 방마다 불이 환했고 난간에는 등불까지 걸려있는데도 아무도 눈치채지 못했다. 그만큼 빨랐고 운신이 교묘했기 때문이다.


"아앗!"

놀란 우공이 짧게 외침을 뱉었다가 곧 몸을 굳혔다. 어사총감 각하가 들어온 것이다. 김산은 진면목을 내보이고 있다.

"아앗, 각하."

우공이 털썩 무릎을 꿇었고 방 안에 있던 부하 둘도 황급히 엎드렸다. 우공은 5백인장으로 이번에 5인조 조장을 맡았다. 5백인장이면 5백 인을 거느려야 마땅하나 어사총감 휘하의 정예 수하로 뽑힌 50여 명 중에서 조장급을 맡은 것이다. 장래가 보장된 직책이다.

"나를 기다렸느냐?"

김산이 나직하게 물었더니 우공이 금방 눈물을 쏟았다. 20대 중반의 우공은 한인으로 화산파 출신이다. 이윽고 우공이 눈물로 범벅이 된 얼굴을 들고 김산을 보았다.

"기다리고 있었습니다. 감독관께서는……."

"짐을 챙겨라."

우공의 말을 자른 김산이 주위를 둘러보았다.

"옆방에 셋이 있구나. 그들까지 데리고 마구간으로 내려오너라."

"하지만 대감, 놈들의 감시가……."

"내가 치워주겠다. 마구간에서 말을 꺼내 곧장 집결 장소로 달리거라. 내가 뒤를 따를 테니."

그리고는 김산이 방을 나갔다.


머리를 든 채화진의 시선이 옆쪽 지붕으로 옮겨졌다. 자시(12시) 무렵이어서 유곽의 소음이 가라앉았고 거리에는 행인이 뜸해졌다. 별도 뜨지 않는 흐린 밤이다. 눅눅한 습기가 대기로 내려앉고 있다. 채화진은 심호흡을 했다. 옆쪽 지붕과의 거리는 50자(15m) 정도, 지붕 끝만 흐릿하게 보였는데 인기척이 난 것이다. 그러나 뭔가 보이지는 않는다. 기운도 전해지지 않는다. 그렇다면 인기척은 고의로 낸 것이 분명했다. 이렇게 자취를 보이지 않을 정도라면 실수를 할 리가 없는 것이다. 채화진의 얼굴에 쓴웃음이 번져졌다. 지금까지 수많은 고수를 겪었지만 김산 외에는 굴복한 인간이 없다.

"누구냐?"

입술도 열지 않고 독음으로 물었을 때 곧장 대답이 들렸다.

"무명인(無名人)."

"결국 돈과 권력을 바라고 튀어나온 주제에 무명인이라니? 가소로운 놈."

"너 같은 속물과는 다르다."

"드러내라."

귀찮다는 듯 채화진이 뱉듯이 말했을 때다. 바로 앞에 불쑥 괴인이 떠올랐다. 숨을 들이킨 채화진의 눈썹이 곤두섰다. 도무지 영문을 알 수 없었기 때문이다. 놈이 대기 속에 숨어 있었단 말인가? 지붕 위 사방 20자(6m) 주위는 기왓장으로 어둠뿐이다. 그때 사내가 이를 드러내고 웃었다.

"여인, 그대의 이름은?"

"이놈, 너부터 밝혀라."

채화진이 이사이로 말했다.

"네 묘비에 적어주마."

"나는 요문기, 들어보았는가?"

사내가 되묻자 채화진의 얼굴에 웃음이 떠올랐다.

"남방에서 수련하고 있다던 놈이 결국은 견디지 못하고 튀쳐나왔군.

네가 천장성 장주렷다?"

"과연."

괴인이 커다랗게 머리를 끄덕였다.

"이제는 나도 그대를 알겠다. 몽골제국 태자당 태위였다가 지금은 1만 인장 겸 어사총감 감독관이 되어있는 채화진."

그 순간 요문기가 눈을 치켜뜬 모습으로 소리 없이 웃었다.

"그렇구나, 이곳에 어사총감 김산 각하가 와 있구나. 이제 알았다."


요문기가 한 걸음 다가섰다. 밤바람에 옷자락이 가볍게 흔들리고 있다. 40대쯤의 얼굴은 준수하다. 곧은 코, 조금 두꺼운 입술, 맑은 두 눈은 단정한 차림과 잘 어울렸다. 그리고 장신이다. 무릎까지 닿는 도포를 입었고 허리에 장검을 찼는데 두 손을 늘어뜨리고 있어서 한가한 자세다. 그리고 무엇보다도 채화진은 요문기의 무공에 대한 지식이 없는 것이다. 요문기는 은둔자로만 알려져 있을 뿐 누구와 대적한 뒷이야기도 없는 인물이다. 쓴웃음을 지은 채화진이 호흡을 가누었다.

"요문기, 네가 배후였군, 내가 상대를 해주마."

"네가 김산보다 월등할까?"

요문기의 목소리는 억양이 없다. 흐린 날씨에다 어둠에 덮여 있었지만 채화진은 요문기의 움직임을 놓치지 않았다. 눈만 치켜뜬 채화진에게 요문기가 말을 이었다.

"지난번 선각사에서 우리 공격을 받았던 서생이 김산이라니 감개가 무량하구나."

채화진이 천천히 숨을 뱉었다. 요문기에 대한 분노가 끓어올랐기 때문에 기를 진정시키려는 것이다. 요문기가 빙그레 웃었다.

"그래, 김산의 무공은 출중했다. 천하무적이라는 소문대로였다. 그러나 바로 그것이 놈의 약점이었다. 여평조가 쏜 철시는 공력이 들어가지 않은 것이었다. 가까운 곳의 새를 잡을 정도밖에 안 되었다. 그런데 그 철시가 박힌 것이다."

"……."

"개구리창 이야기는 들어보았겠지?"

채화진의 이가 악물려졌다. 2백 년 전 강호 제일의 검객이었던 주성관은 14살 소년이 찌른 창에 심장이 뚫려 즉사했다. 주성관은 56세, 40여 년 동안 검기를 연마해서 온몸이 검망으로 둘러싸였다. 자면서도 다섯 겹 검망을 쳐놓아서 뚫고 들어갈 수가 없다고 했다. 그런데 14살짜리 소년이 내지른 창이 검망을 뚫고 심장을 관통한 것이다. 14살 아이를 보낸 하북성 모산파의 법사 광표는 전혀 검기를 닦지 않은 상대에게는 검망이 보이지 않는다는 것을 간파하고 있었던 것이다. 소년은 개구리를 잡는 것처럼 창을 내질렀는데 주성관의 검망은 전혀 방어하지 않았다. 그래서 전혀 다른 술법에 당한 경우를 개구리창이라고 하는 것이다. 다시 한 걸음 다가선 요문기의 옷자락이 조금 세게 흔들렸다.

"자, 그것까지 알려주었으니 방비를 해보거라. 채화진."

요문기의 옷자락이 더 거칠게 흔들리고 있다. 옆쪽 나뭇가지는 미동도 하지 않는데 요문기의 옷자락만 펄럭이는 것이다. 괴이한 현상이다. 그 순간 채화진이 몸을 날렸다. 허공으로 치솟아 오른 순간 두 손을 모았다가 몸이 허공의 정점에서 솟는 것을 멈췄을 때 힘껏 앞으로 뿌렸다.

"쉬익!"

보라, 어둠 속에서 한 줄기 빛이 두 손 사이에서 뻗어 나갔다. 바로 채화진이 필살기로 단련한 광도(光刀), 두 손 사이에서 빠져나간 것을 손잡이도 없고 칼날뿐인 두 자루의 비수다. 지금까지 단 한 번도 실수가 없었던 비기, 정면 대결에서는 오늘 처음 사용한다.

"아앗!"

다음 순간 요문기의 입에서 비명이 터져 나왔으므로 밑으로 하강하던 채화진의 심장이 세차게 뛰었다.

"앗!"

그러나 기왓장에 발이 닿는 순간 채화진은 이쪽으로 덮쳐오는 옷자락을 보았다. 요문기인가? 눈을 치켜떴던 채화진이 허리에 찬 검을 후려쳐 빼면서 2개 초식을 번갈아 내질렀다. 베고, 돌면서 찌른다. 한때 북공파의 후계자로 낙점이 될 만큼 출중했던 채화진의 검법이다. 궁보평벽, 악보상도의 수법을 교묘하게 배합한 채화진의 검풍에 덮쳐왔던 요문기의 겉옷이 세 조각으로 갈라졌다.

"으으음."

한 바퀴 돌아서 다시 지붕 위에 내려앉은 채화진의 귀에 신음이 울렸다. 어둠 속, 그러나 눈앞에는 아무것도 보이지 않는다. 처음 등장할 때도 홀연히 솟아올랐던 놈이다. 저절로 이를 악문 채화진이 이사이로 말했다.

"이놈, 비겁한 놈. 연막 속에 숨느냐?"

"이기면 되는 법."

옆에서 불쑥 들리는 목소리에 채화진이 몸을 솟구치면서 이번에는 4초식을 연거푸 휘둘렀다. 좌로 베고, 우로 찌르고 후려쳐 베었으며 우에서 좌로 비스듬히 갈랐다. 검법은 36가지 기본에서 수백 개로 파생되지만 기본은 같다.

"으으윽."

네 번째 갈랐을 때 채화진은 떨어지는 중이었는데 칼날에 반응이 닿더니 신음이 뱉어졌다. 기가 섞여진 검풍이어서 베어진 순간에는 기가 터지면서 신음이 뱉어지는 법이다.

"베었다."

채화진의 두 눈이 섬광처럼 반짝였고 심장 박동이 거칠게 한번 뛰었을 때다. 뒷머리에 충격을 받은 채화진의 머리가 앞으로 숙여졌다. 그리고 의식이 꺼져가는 마지막 순간에 목소리를 들었다.

"이겼다."

채화진의 의식이 끊겼지만 감은 눈에서 눈물 두 줄기가 흘러내렸다.


초포관 후성천이 들어서자 홍환이 자리에서 일어섰다. 우복현의 여관 옥성관의 밀실 안이다. 오전 진시(8시) 무렵이어서 여관은 아직 분주하지 않다.

"어서 오십시오."

머리를 숙여 보인 홍환이 웃음 띤 얼굴로 후성천을 보았다. 40대의 홍환은 천인회 소속이니 비공식 관인이나 같다. 더구나 황군태감 위황의 직접 통제를 받는 터라 천인회의 위세는 금군 초포군보다 낫다.

"무슨 일이오?"

앞쪽에 앉은 후성천이 묻자 홍환이 다시 눈웃음을 쳤다. 홍환은 천인회장 요문기의 보좌역이다.

"예, 근위장군의 지시를 받고 왔소이다. 전해드릴 말씀이 있어서요."

후성천은 이제 시선만 주었고 홍환의 말이 이어졌다.

"어젯밤에 장군께서 몽골국의 태자당 태위였으며 1만인장인 채화진을 생포하셨습니다."

놀란 후성천이 숨을 들이켰고 홍환의 목소리에 열기가 띠어졌다.

"채화진이 누군지 아시지요?"

"모를 리가 있소?"

헛기침을 한 후성천이 홍환을 노려보았다.

"지금 어디에 있소?"

"모처에 감금시켜 놓았습니다."

"초포관인 나에게 인계하는 것이 나을 것이오."

"채화진이 누군지 아직 모르시는군요."

홍환이 정색하고 말을 이었다.

"몽골국의 어사총감이며 대장군, 전 총독인 김산의 보좌역을 맡고 있습니다."

"……"

"지난번 선각사에서 우리 장군과 죽은 여평조가 협격해서 도망치게 한 괴인이 바로 김산이었던 것입니다."

이제는 후성천이 숨을 죽였다. 자신에게 독음을 보냈던 사내인 것이다. 그때 홍환이 말을 이었다.

"채화진이 보정각 여관에 묵고 있는 대상단의 뒤를 봐주고 있었습니다. 장군께서는 이제 초포관에서 보정각의 대상단을 일망타진 해주시기를 기대하고 계십니다."

"옆쪽 여관에 왕대인의 용병들도 있지 않소?"

"그렇습니다. 그들과 연합하여 일망타진하시라는 것입니다."

"······."

"우리 장군께서는 뒤를 맡겠다고 하셨습니다. 시기는 오늘 밤 자시 무렵이 적당하다고 하십니다."

후성천은 헛기침을 했다. 요문기는 비공식 조직의 수장이나 정3품 근위장군인 것이다. 같은 작전을 수행하고 있으니만치 지시를 받는 것이 당연하다. 후성천은 25년 초포군 경력을 지녔지만 정5품인 것이다.


"형님, 저것 좀 보십시오."

이 층 창가에 나란히 선 비호수가 삼관필에게 말했다.

"마당에 여섯 명이 있습니다. 그렇지요?"

"그렇구나."

삼관필이 옆쪽 여관 마당을 응시하며 머리를 끄덕였다. 마당에는 남녀노소 수십 명이 보였는데 하인도 있고 손님도 있다. 그중에서 임안에서 이곳까지 따라온 놈들이 여섯 보인다는 말이었다.

"방 8개를 잡고 25명이 있습니다. 그중 수괴는 2층 맨 끝방에 묵고 있습니다."

비호수가 말을 이었다.

"저것 보십시오. 이쪽을 의식하고 있는 것이 분명합니다. 이쪽으로 머리를 돌리는 놈이 없습니다."

"보좌관 나리는 아직 연락이 없는 것이 찜찜하다."

문득 말한 삼관필이 창가에서 몸을 비끼고는 비호수를 보았다.

"뒤가 비워진 느낌이야."

"보좌관 나리께선 무슨 궁리가 있으시겠지요. 곧 연락이 있을 것입니다."

비호수도 벽에 등을 붙이고 말했지만 얼굴이 어두워져 있다. 그들은 미끼 역할인 것이다. 낚싯대를 쥔 것이 채화진이었으나 한나절 동안 연락이 없으니 찜찜할 만했다.

눈을 뜬 채화진은 자신의 몸이 가죽끈으로 누에껍질처럼 감겨져 있는 것을 보았다. 입에도 수건으로 재갈이 물려져서 겨우 코로 숨을 쉴 수 있을 뿐이다. 방안이다. 마룻바닥에 눕혀진 자신의 몸이 짐짝처럼 느껴졌으므로 채화진의 얼굴은 수치심으로 일그러졌다. 다행히 방에는 혼자뿐이다. 주위는 조용했고 가끔 먼 쪽에서 인기척이 났다. 채화진은 이곳에 끌려오기 전까지를 돌이켜 보았다. 요문기에게 뒤통수를 맞은 후부터는 기억이 없다. 마룻바닥에 누운 채 손 하나 까닥할 수 없었지만 운기를 했더니 머리에 혈맥만 조금 뭉쳐져 있을 뿐 이상은 없다. 가죽끈은 신축성이 많아서 힘을 주면 더 조여진다. 그리고 요문기는 급소만 찾아 중점적으로 감아 놓아서 수축법의 천하제일인이라는 병소도 빠져나가지 못할 것이다. 그때 문밖에서 인기척이 들리더니 문이 열렸다. 시선을 돌린 채화진은 요문기가 들어서는 것을 보았다. 요문기는 흰 바지저고리로 갈아입었는데 손에 술병을 쥐었다. 시선이 마주치자 요문기가 빙그레 웃었는데 그 순간 채화진의 심장 박동이 빨라졌다. 예감이 불길했기 때문이다. 요문기가 한 손으로 수염을 쓸면서 발을 떼었다. 그런데 검은 눈동자가 번들거리고 있다. 그때 다가선 요문기가 채화진을 내려다보았다.

"넌 남자의 맛을 아는 년이야. 네 몸을 묶으면서 알게 되었다."

요문기가 부드러운 목소리로 말했지만 채화진은 힘껏 눈을 부릅떴다. 요문기의 말이 이어졌다.

"엉덩이를 보았더니 색욕이 강하고 쾌락의 강도가 강한 년이었다."

채화진이 수건이 물린 이사이로 으르렁거리는 소리를 내었다. 그때 요문기가 채화진의 앞에 앉았다.

"그래서 내가 너에게 성의 쾌락을 주기로 했다. 너는 지금까지 느껴보지도 못했던 극락 구경을 하게 될 것이다."

웃음 띤 얼굴로 말한 요문기가 술병을 들더니 채화진의 눈앞에서 흔들어 보였다. 술병 안에서 찰랑거리는 소리가 들렸다.

"이 안에는 향약을 탄 감로주가 들어있다. 향약이 무언지 들어보았을 것이다. 술 다섯 잔에 향약을 한 잔 타면 온몸이 뜨거워져서 남자에게 매달리게 되고 두 잔을 타면 짐승한테도 달려가게 된다. 세 잔을 타면 몽둥이라도 그곳에 집어넣어야 발광을 그치더구나. 그런데 너한테는 술 반, 향약 반의 비율로 만들었다."

요문기가 이를 드러내고 빙그레 웃었다.

"네 남자가 김산이 분명하기 때문이지. 자, 이걸 마시면 나에게 매달리게 될 거다. 그럼 내가 김산보다 몇 배나 더 너를 만족시켜주마."


요문기가 채화진의 입 앞에 댄 술잔을 기울이려는 순간이다.

"어."

요문기의 입에서 짧은 외침이 터졌다. 눈을 치켜뜬 요문기가 채화진의 입에 물린 수건을 뽑았다.

"이런."

술병을 내려놓은 요문기가 채화진의 머리를 두 손으로 잡았다. 채화진의 머리가 뒤로 꺾어지고 있었기 때문이다.

"독한 년."

채화진의 몸을 반듯이 눕히면서 요문기가 뱉듯이 말했다. 그리고는 채화진의 가슴을 두 손으로 누르기 시작했다. 운기를 모으고 규칙적으로 누르는 것이다.

"이런 개 같은."

10여 번을 반복했지만 채화진이 움직이지 않자 요문기는 이마에서 흘러내린 땀을 손으로 닦으면서 욕설을 뱉었다. 채화진은 스스로 숨통을 막아버린 것이다. 숨을 끊었다는 표현이 맞다. 심장도 정지되었고 몸 안에 흐르던 혈류도 움직이지 않는다. 이미 채화진의 얼굴은 퍼렇게 변색되기 시작했다. 스스로 숨통을 끊었기 때문에 경직이 급속도로 진행되고 있다.

"에이!"

버럭 소리친 요문기가 벌떡 일어섰다. 그 서슬에 발에 챈 술병이 엎어졌고 마약을 섞은 술 냄새가 진동을 했다.

방문을 박차고 나온 요문기가 마당에 선 부하들을 보았다. 교외의 산기슭에 세워진 외딴집이었는데 이곳이 천인회의 임시 본부다.

"안에 시체가 있으니 출입하지 마라."

요문기가 번들거리는 눈으로 부하들을 둘러보았다. 해시(오후 10시) 무렵이다. 긴장한 부하들이 시선만 주었고 요문기의 말이 이어졌다.

"자 현청으로 가자."

몸을 날린 요문기가 마당으로 뛰어내렸다. 현청 거리의 보정각은 이미 초포군과 왕구의 용병들에게 둘러싸여 있을 것이다. 이제 그곳만 마무리

하면 김산 무리는 일망타진이 된다.


해시 끝 무렵(11시)이 되었을 때 후성천이 옆에 선 부장(副將) 곽빈에게
말했다.

"왕구의 용병들은 다 들어갔겠지?"

"예. 기다리고 있을 것입니다."

곽빈이 후성천에게 다가섰다.

"나리. 시작하시지요."

"민간인이 다치지 않도록 해라."

주의를 준 후성천이 머리를 끄덕였다.

"가라."

잠자코 몸을 돌린 곽빈이 방을 나가자 후성천은 심호흡을 했다. 보정
각은 이미 물 샐 틈도 없이 포위된 데다 안에는 왕구의 부하들이 요소요
소에 진을 치고 있다. 안팎으로 협공을 당한 대상단은 빠져나갈 길이 없
다. 그때 보정각 쪽에서 불꽃 한 점이 솟아오르더니 폭죽이 터졌다. 흔히
있는 일이었지만 이번 폭죽은 신호다. 밤하늘을 솟아오른 폭죽이 폭발하
면서 10여 개의 붉은색 불똥으로 나뉘었다. 후성천이 둘러선 부하들에게
말했다.

"이제 안에 있는 놈들이 다 눈치를 챘을 것이다."


폭죽이 터진 순간 탈해는 여관 1층의 주점에 앉아 있었는데 주변에는
손님이 많았다. 술꾼들에게는 이 시간대가 가장 술이 잘 들어가는 것이다.

"가자."

탈해가 자리에서 벌떡 일어섰고 이쪽저쪽에서 술 마시는 시늉을 하던 부하들이 박차고 일어섰다.

"와앗!"

일 층 계단에서 함성이 들리더니 여자들의 비명 소리가 났다. 탈해의 부하들이 2층으로 달려 올라가는 것이다. 주점을 나온 탈해도 손에 장검을 쥐었다.

"으아악!"

이 층에서 비명 소리가 울렸다. 살육이 시작된 것이다.

"아악!"

마당에서도 뭔가 깨지는 소리와 함께 신음이 들렸다. 여관 안도 곧 놀란 외침과 비명, 기합소리와 부르고 답하는 소음으로 가득 찼다. 여자들이 비명을 질러대는 바람에 소란은 더 커졌다.

"자. 이 층으로!"

탈해가 소리치며 이 층으로 뛰어오르자 부하들이 뒤를 따른다. 이 층에는 대상단과 두목급 두 명이 묵고 있다. 1, 2진이 먼저 들어갔기 때문에 탈해는 마지막 숨통을 끊으려는 작정이다. 계단을 뛰어올라 2층 복도로 들어섰던 탈해는 이쪽으로 달려오는 부하들을 보았다. 두 눈을 치켜뜨고 있었다. 탈해의 심장박동이 빨라졌다.

"무슨 일이냐?"

탈해가 소리쳐 묻자 달려온 부하 하나가 헐떡이며 말했다.

"방들이 비었소."

"무엇이?"

어느덧 마당과 건물 안의 소란은 가라앉아 있었다. 더 이상 여자들의 비명도 들리지 않는다. 탈해가 끝쪽 방으로 다가갔고 부하가 말을 잇는다.

"알고 도망친 것 같습니다."

양쪽 방문은 모두 활짝 열려졌고 부하들이 둘러서 있다. 방으로 들어선 탈해의 얼굴이 일그러졌다. 방은 깨끗이 정돈되어 있었기 때문이다. 그때 방안으로 부하 하나가 뛰어들어왔다. 마당을 맡았던 부하였다.

"나리. 여섯을 베었습니다만."

탈해의 시선을 받은 부하가 외면했다.

"그런데 죽은 놈들이 대상단인 것 같지가 않습니다."

"말 떼는?"

탈해가 갈라진 목소리가 묻자 부하가 침부터 삼키고 대답했다.

"예. 말 떼는 마구간에 다 있습니다."

"도대체 언제 도망쳤단 말인가?"

눈을 부릅뜬 탈해가 버럭 소리를 쳤지만 대답이 나올 리가 없다. 그때 마당에서 왁자지껄 소란이 일어났다. 초포군이다. 초포군이 마무리를 지으려고 진입한 것이다. 탈해의 얼굴이 붉어졌다. 보정각 감시를 맡은 것도 자신이었기 때문이다.


"지금쯤 짐을 뒤지고 있을 것이오."

비호수가 쓴웃음을 짓고 말했지만 삼관필을 대답하지 않았다. 우복현 현청 거리에서 10리(2㎞) 정도 떨어진 사당 안이다. 토지신을 모신 사당 한 채와 무당이 살던 다섯 칸짜리 집이 한 채 외진 산비탈에 세워져 있었지만 토지신은 없어졌고 무당도 떠나 폐가가 되었다. 그곳에 삼관필과 비호수가 이끈 대원 40여 명이 모여있는 것이다.

"이제 갈 곳 없는 도망자 신세가 되었다."

삼관필이 혼잣소리처럼 말했지만 비호수는 들었다.

"형님. 무슨 말씀이시오?"

이맛살을 찌푸린 비호수가 둘밖에 없는 빈 사당을 둘러보는 시늉을 했다. 부하들을 모두 마당과 집안에 들어가 있다. 벌써 자시 끝 무렵(오전 1시)이 되어 있는 것이다. 말과 짐까지 모두 두고 몸만 빠져나온 터여서 도망자 신세는 맞다. 이것도 삼관필이 옆쪽 여관에 머물고 있던 탈해의 무리들을 파악하지 않았다면 꼼짝 못 하고 몰사를 당했을 것이다. 탈해 무리 뒤를 받치고 있는 추포군까지 협공을 해온다면 여관을 곧 도축장이 될 것이기 때문이다. 삼관필이 입을 열었다.

"엿새째 각하를 뵙지 못했으니 일이 난 것도 분명하다. 이제 한시바삐 카라코룸에 보고를 하는 수밖에 없어."

비호수가 어깨를 늘어뜨렸다. 자문관 채화진까지 만 하루 동안 보이지 않는 것이다. 거기에다 여관에서 습격당하기 전에 간발의 차이로 빠져나왔으니 기가 막힐 노릇이다. 선각사에서 김산이 당했다는 것이 이제는 사실로 믿어졌다. 채화진과 함께 놈들을 유인해서 몰사시키고자 했지만 오히려 역습을 당해 도망친 신세가 되었다. 채화진까지 실종되었다.

"이건 내 책임이야."

길게 숨을 뱉고 난 삼관필이 머리를 들고 비호수를 보았다.

"아우. 네가 대원들을 인솔하고 제국으로 복귀해라. 난 몇 명만 데리고 이곳에 남아서 각하와 자문관을 찾겠다."

"형님. 그럴 수는 없소."

비호수가 항의했지만 목소리가 약했다. 고집을 부릴 명분이 없기 때문이다.

　홍환의 보고를 받은 요문기가 쓴웃음을 지었다. 축시(오전 2시) 무렵, 둘은 보정각 건너편의 민가 담장 앞에 서 있다.

　"왕구의 용병들에게 주력군(主力軍) 역할을 맡긴 것이 잘못이지."

　요문기가 불을 환하게 밝힌 보정각을 보았다. 여관의 신고를 받은 현의 관리가 군사들을 이끌고 나와 있었는데 왕구의 용병들을 다 철수했고 뒤를 받쳤던 초포군도 현장에서 빠져나왔다. 초포군이어서 어느 곳에 나타나도 거칠 것이 없지만 설명이 귀찮았기 때문이다. 따라서 보정각 마당에는 대상단으로 오인해서 베어 죽인 여덟 구의 시체만 널려있을 뿐이다. 보정각 앞에 몰려선 구경꾼들을 둘러보면서 요문기가 말했다.

　"저 안에 놈들의 첩자가 있다. 찾아낼 수 있겠느냐?"

　요문기의 시선을 따라 구경꾼들을 둘러보던 홍환이 머리를 저었다.

　"모두 근처 주민 아닙니까?"

　대문 앞에는 30여 명의 구경꾼이 몰려 서 있었는데 그들에겐 등만 보였다. 그때 요문기가 쓴웃음을 지었다.

　"한 놈 있다."

　"어디 말씀이오?"

　"저기 있지 않느냐?"

　요문기의 시선을 따라본 홍환이 숨을 들이켰다. 어둠 속에서 두 눈이 번들거리고 있다.

　"아니. 나리 그럼 저놈이."

　"그렇다. 저놈을 눈여겨보아라."

요문기가 눈으로 가리킨 사내는 문을 지키고 서 있는 관군이었다. 창을 쥐고 선 군사는 안을 기웃거리는 구경꾼들을 창 자루를 눞혀 몰아내고 있다.

"저쪽에 천인회 무리들이 있군."

후성천이 눈으로 옆쪽을 가리켰다. 이곳은 보정각에서 아래쪽으로 1백 보쯤 떨어진 주루 앞이다. 주루 손님들도 다 빠져나갔기 때문에 후성천과 부관 둘만 주로 깃발 아래 서 있다. 부관들이 그쪽을 보았지만 어둠 속이라 보이지 않는다. 그때 부관 곽빈이 말했다.

"나리. 짐과 말은 다 놓고 도망쳤습니다. 다급하게 도망친 것입니다."

"놈들이 금자를 훔친 도적 떼인 것도 맞는 것 같다."

후성천이 보정각을 보면서 말을 이었다.

"이곳까지 냄새를 풍기면서 우리를 유인해온 것도 맞다."

"그러면 천인회가 유인작전을 간파한 것입니까?"

곽빈이 묻자 후성천이 쓴웃음을 지었다.

"요문기가 수십 년간 은둔생활을 하다가 이제야 진면목을 드러내는 모양이야."

"무공이 높습니까?"

부관 고청이 묻자 후성천이 머리를 기울였다.

"나도 모른다. 소문도 크게 나지 않은 인물이어서 측량을 할 수가 없다."

"몽골 어사총감 김산을 친 것은 사실인 것 같습니다. 나리."

곽빈의 말에 후성천이 머리를 끄덕였다.

"김산도 방심한 것 같다."

노인이 다가서자 사내 하나가 물었다.

"무슨 일이야?"

보정각 뒷문 아래쪽, 짙은 어둠에 덮인 골목 안에는 두 사내가 서 있었는데 각각 허리에 칼을 찼고 날렵한 차림이다.

"어떻게 된 일이냐?"

노인이 묻자 사내들은 서로의 얼굴을 보았다.

"영감. 늦었어. 어서 집에 가."

사내 하나가 말했을 때 노인이 손을 뻗었다. 그 순간이다. 노인의 손끝이 사내 하나의 팔에 닿는 것 같더니 곧 옆쪽 사내가 훌떡 쓰러졌다. 그때 팔을 잡힌 사내가 이사이로 말했다.

"예. 다 말씀 드립지요. 나리."


방우는 구경꾼들을 가로막고 서 있었지만 뒤쪽에 신경을 곤두세우고 있다. 수선거리는 목소리 대부분은 현에서 나온 관리와 장교들이었고 가끔 보정각 하인들이 거들었다. 창 자루를 고쳐 쥔 방우가 다섯 보쯤 앞에 선 구경꾼들을 보았다. 남녀노소 30명쯤 되는 구경꾼들의 시선은 보정각 안마당으로 쏠려져 있다.

"이봐. 저쪽에서 누가 들어간다."

옆쪽 군사가 소리치는 바람에 방우는 머리를 돌려 그쪽을 보았다. 중년 사내 하나가 마당으로 빠져 들어가고 있다.

"이봐!"

소리친 방우가 서둘러 그쪽으로 다가갔다. 짙은 어둠이 덮여 있었지만 마당에서 여러 개 모닥불을 피워놓아서 사내의 얼굴이 환하게 드러났다.

40대쯤의 수염이 긴 서생 차림이다.

"돌아가! 어서!"

다가선 방우가 창 자루를 늪혀 사내의 배를 밀었을 때다.

"너. 변장한 도둑무리지?"

손으로 창 자루를 쥔 서생이 웃음 띤 목소리로 물었다. 숨을 들이켠 방우가 시선만 주었을 때다.

"우리가 나타나기를 기다리고 있었던 것이냐?"

"이놈이."

그 순간 방우가 창 자루를 놓고 주먹으로 서생의 급소를 쳤지만 손바닥에 막혔다. 다음 순간 서생의 왼쪽 손이 방우의 뒷머리를 때렸고 이어서 한쪽 팔이 허리를 감아 안았다.

"어엇!"

옆쪽 군사의 놀란 외침이 울린 순간 방우의 허리를 감싸 안은 서생이 허공으로 뛰어올랐다. 바로 옆쪽이 민가 담장이었는데 담장 위로 발을 디뎠던 둘의 모습은 곧 어둠 속으로 사라졌다.

"어엇! 저놈 잡아라!"

뒤늦게 군사가 고함을 쳤고 안마당에서 대여섯 명의 장교와 군사가 뛰어 나왔지만 둘의 모습은 보이지 않았다.


"옳지. 잘했다."

홍환이 부하 장파를 치하했다. 보정각에서 민가 세 채를 건너뛴 장파가 공터의 우물가에 서 있는 것이다. 물론 장파는 입만 딱 벌리고 있는 방우의 어깨를 움켜쥐고 있다. 방우는 이제 말뚝처럼 굳어져서 건들거리고만 있을 뿐이다.

"이놈은 여관을 습격한 자를 잡으려고 놈들이 내세운 첨병이다."

홍환이 방우에게 다가가 손끝으로 턱을 치켜들었다.

"자. 회장께서 기다리신다. 데리고 가자."

그때였다. 장파가 숨을 들이켜면서 홍환의 옆을 보았다.

"부장 나리."

그 순간 홍환이 허공으로 1장이나 솟아올랐다. 옆에서 인기척이 든 순간 본능적으로 위기를 느꼈기 때문이다. 그 순간이다.

"으아악!"

낮고 처절한 비명이 터졌다. 허공에 솟았던 홍환은 온몸에 차가운 기운이 스치고 지나는 느낌을 받았다. 홍환은 벽력공을 수련한 화산파 10대 도인 중에 하나였다. 산에서 수련만 하고 세상일에는 무심할 수 없다면서 화산에서 뛰쳐나온 지 3년, 이제 몽골제국과 싸우는 남송 천인회의 요직에 적을 두었지만 실제로 전투에 참여한 적은 없다. 홍환도 떠올랐던 몸을 비틀어 옆쪽 민가의 창고로 비스듬히 날아갔다. 날면서 아래를 본 홍환의 눈이 번들거렸다. 우물가에는 아직도 군사 복장의 포로가 건들거리며 서 있었다. 그리고 그 옆에 머리통이 없는 장파의 몸이 엎어져 있는 것이다. 홍환의 다리가 민가의 창고 지붕 위에 닿았다. 놀랄만한 경공이다. 무려 10보 거리를 날았으니 비조(飛鳥)라고 별명이 붙을만했다. 발이 닿고 중심을 잡고 선 순간 홍환은 숨을 들이켰다. 갑자기 두 쪽 어깨에 선뜻한 느낌이 들었기 때문이다. 다음 순간 시선을 내린 홍환이 신음했다.

"으으음."

자신의 양쪽 팔이 없어진 것이다. 저고리 소매가 어깨에서부터 잘려나갔기 때문에 오직 두 다리만 몸통에 붙어져 있다.

"으아악!

그때서야 양쪽 어깨에 극심한 고통이 몰려온 홍환의 비명이 밤하늘에 울려 퍼졌다.


마당의 모닥불이 일렁거리면서 불꽃이 사방으로 튀었다.

"왜 이러는 거야? 바람도 없구만."

투덜거렸던 추기선이 불꽃을 피하고 나서 옆을 보다가 이맛살을 찌푸렸다. 조금 전까지 옆에 서 있던 동료 배가가 땅바닥에 엎어져 있었기 때문이다.

"이봐. 뭐 집어먹나?"

추기선이 우스갯소리를 하며 다가섰다가 뒤로 물러났다.

"으으악!"

다음 순간 이번에는 추기선의 비명이 터졌다. 몸통이 가로로 잘린 추기선의 몸이 잠깐 건들거리다가 상반신만 모닥불 안으로 떨어졌다.


"이런."

홍환의 몰골을 본 요문기의 안색이 하얗게 굳어졌다. 홍환은 우물가 옆 창고 아래쪽 벽에 기대 서 있었는데 처참했다. 두 팔이 떨어졌지만 찾지 못해서 머리와 몸통, 두 다리로만 이루어진 몸이 벽에 기대어 있는 것이다. 양쪽 어깨 구멍에서 솟아나온 피가 옆구리를 적시고 있다.

"누, 누가 이렇게……."

요문기가 더듬거렸다. 홍환을 찾아선 부하가 요문기에게 보고했을 때는 사건이 일어난 지 일각(15분)밖에 지나지 않았다. 옆쪽에 머리가 떼어진 홍환의 부하 장파의 시체만 남겨져 있을 뿐 어떤 흔적도 없다. 장파가 군사로 위장한 도적 한 놈을 데리고 간 것까지 보고를 받았던 터라 요문기는 도적 무리의 역습으로 보았다. 놈들은 군사로 위장한 미끼를 세워놓고 이쪽을 끌어들였다. 그러나 홍환을 이 꼴로 만들 정도면 가공할 무공의 소유자다. 요문기도 홍환을 이렇게 만들 수는 없었던 것이다.

"홍환. 낌새도 없었느냐?"

요문기가 다시 다그치듯 물었다. 홍환은 적의 그림자도 보지 못했다는 것이다. 죽은 장파가보았다고 했다. 홍환은 위기를 느낀 다음 순간에 떠올랐기 때문에 적을 볼 겨를이 없었다는 것이다. 그때 홍환이 벽에 등을 붙이고 주르르 주저앉자 요문기가 목덜미를 잡아 일으켰다. 그때 홍환이 말했다.

"빨랐습니다."

한마디 뱉은 홍환의 머리가 꺾였다. 숨이 끊어진 것이다.

"허. 이렇게 허망할 수가."

이사이로 말한 요문기가 몸을 일으켰다.


김산이 채화진의 시체를 내려다보고 있다. 몸은 이미 경직되었고 퍼렇게 변색되어 있다. 호흡이 끊어진 데다 혈류 운행이 중단되어 부패하기 시작한 것이다. 김산이 머리를 들고 하늘을 보았다. 밤하늘은 맑다. 별 무리가 금방이라도 떨어져 내릴 것처럼 하늘에서 흔들리고 있다. 밤바람이 불면서 나뭇잎이 흔들렸다. 숲 속에서 벌레 울음소리가 울리기 시작했다.

이곳은 채화진이 숨겼던 산기슭 외딴집에서 15리(5.8km) 정도 떨어진 깊은 산중이다. 사방이 숲으로 둘러싸인 산 중턱의 공터에서 김산은 채화진의 시체를 눕혀놓고 있다. 채화진의 죽은 지 세시진(6시간)이 지난 것 같다. 이윽고 하늘에서 시선을 뗀 김산이 심호흡을 하더니 운기를 조정했다. 가부좌를 틀고 앉아서 몸 안의 진기를 모으기 시작한 것이다.

이번에 수백 만년동안 생물의 접근을 허용치 않았던 동굴의 진기를 모두 빨아들인 김산이다. 원시림의 진기에다 동굴의 진기를 빨아들였으나 아직 그 내공의 진수를 본인도 측량하지 못했다. 김산이 머리를 숙여 채화진의 입에 입을 붙였다. 그리고는 두 손으로 채화진의 심장을 누르면서 입에 품은 진기를 내뿜기 시작했다. 곧 채화진의 심장에 진기가 닿았고 온몸으로 퍼져 나가는 것이 느껴졌다. 이윽고 김산도 내뿜었던 진기를 힘껏 빨아들였다. 그리고는 앞쪽 어둠 속으로 내뿜자 검은 기운이 뻗어 나갔다. 다시 가슴 가득히 진기를 들이마신 김산이 채화진의 입에 불어넣는다. 그리고 다시 빨아들이고 허공에다 내뿜기를 계속했다.

인시(오전 4시) 무렵. 산기슭 외딴집으로 돌아온 요문기가 아연한 모습으로 서 있다. 주위에는 따라온 10여 명의 수하가 서 있었지만 아무도 입을 열지 않는다. 외딴집은 묘지가 되어있었다. 집에 남아있던 부하 7명은 한 명도 빠짐없이 몰사했다. 그것도 일합에 몸통이 절단되어 처참하게 죽은 것이다. 눈을 치켜뜬 요문기는 숨을 들이켰다. 그러자 피비린내와 함께 고기 굽는 냄새가 폐 안으로 흡입되었다. 모닥불 안에서 시체가 타고 있었던 것이다. 오두막은 전소되어 타다남은 기둥 몇 개만 남았을 뿐이어서 안에 있던 채화진의 시체도 재가 되었을 것이다.

"어느 놈이란 말인가?"

요문기가 혼잣소리로 물었지만 이미 머릿속에 떠오른 인물이 있다. 김산이다.

"그놈이……."

이사이로 말한 요문기가 주위를 둘러보았다. 무의식적인 행동이다.

한 시진(2시간)이 지났다. 김산은 다시 한 번 채화진의 폐에서 독기를 빨아들이고는 길게 숨을 뱉었다. 입에서 뿜어 나오는 기운은 붉은색이다. 머리를 숙인 김산은 채화진의 안색이 흰색으로 변해 있는 것을 보았다. 그러나 숨은 멈춰져 있다. 다시 김산이 숨을 들이켜고는 채화진의 입안에 진기를 불어넣었다. 동녘이 밝아오고 있다. 인시 끝 무렵(오전 5시)이 되어 있었다.

삼관필의 얼굴은 붉게 달아올랐고 어깨가 부풀려져 있다. 현청 거리에서 5백 보쯤 떨어진 민가 안이다. 늙은 주인에게 금 한 냥을 주고 방만 빌린 터여서 네 명이 은신하기에는 적당한 곳이다. 저택이 큰 데다 주인 영감이 외출도 않고 저택 안에 박혀있기 때문이다.

"그럼 그렇지. 각하께서 호락호락 당하실 분이 아니시다."

벌써 몇 번째인지도 모르게 한소리를 되풀이한 삼관필이 방우를 보았다. 방우는 우물가에서 살아 나와서는 곧장 삼관필에게 돌아왔다. 방우가 현청 군사로 위장하고 있었던 이유는 습격자의 정체를 알아보려는 것이었지만 결과가 좋았다. 습격 소문을 듣고 김산이 바로 보정각으로 달려와 방우를 구했기 때문이다. 이제 방우로부터 이쪽 거처를 알게 된 김산을 기다리기만 하면 된다. 그러나 벌써 두시진(4시간)이 더 지났다. 묘시(오전 6시)

가 지나고 있다.

　김산이 길게 숨을 뱉자 푸른 기운이 뿜어졌다. 시선을 내린 김산은 채화진의 얼굴이 평온해진 것을 보았다. 심호흡을 한 김산이 다시 채화진의 입안에 진기를 힘껏 불어넣었다. 그리고는 두 손바닥을 채화진의 가슴에 붙이고 지그시 눌렀다가 떼었다.

　"이제 되었다."

　김산이 독음으로 말했다. 그리고는 다시 들이켠 진기를 채화진의 입안에 불어넣고 나서 긴 숨을 뱉었다. 푸른 기운이 뻗어 나갔다.

　"깨어라!."

　독음으로 말한 김산이 두 손으로 가슴을 눌렀을 때다. 눈을 뜬 채화진이 김산을 올려다보았다. 눈이 맑고 눈동자는 마악 떠오르고 있는 태양 빛을 받아 반짝였다. 김산이 채화진의 시선을 받고 웃었다.

　"환생(還生)했구나."

　"나리."

　채화진의 맑은 눈에 눈물이 맺혔다. 길게 숨을 뱉은 채화진이 말을 이었다.

　"나리께 돌아왔습니다."

# 5장
# 임안소탕


방으로 들어선 삼관필이 숨을 들이켰다. 안쪽 의자에 김산이 앉아 있었기 때문이다.

"각하."

삼관필이 무릎을 꿇고 김산을 보았다. 금방 두 눈에 눈물이 맺혀졌다. 그동안 얼마나 마음고생을 했는지 모른다. 수하들 앞에서 내색을 하지 못했기 때문에 더욱 그렇다.

"그동안 걱정을 시켜 주었구나."

쓴웃음을 지은 김산이 삼관필을 보았다.

"내가 실수로 상처를 입었다."

놀란 삼관필이 숨을 들이켰다. 소문이 사실이었던 것이다. 천하무적이었던 악마, 마물, 도살자인 어사총감이 패했다는 것이다. 김산이 말을 이었다.

"방심했다. 그러나 세상이 넓다는 것을 알게 되었다. 세상에는 무수한 실력자가 존재하고 있는 것이야……."

"각하, 상처는 어떠십니까?"

삼관필이 말머리를 돌린 것은 더 이상 듣기가 거북했기 때문이다. 영웅 김산의 방심했다는 한마디도 삼관필에게는 납득하기 어려운 표현이다. 김산은 방심해서 허점을 보이는 수준이 아닌 초인인 것이다. 그때 김산의 얼굴에 웃음이 떠올랐다.

"삼관필, 너는 나를 과대평가하고 있구나, 나도 실수하는 인간이다."

"아닙니다. 각하."

"허나 나는 이번에 또다시 증진했다."

어깨를 편 김산의 시선이 삼관필을 뚫고 지나갔다.

"진기(眞氣)를 마시고 몸은 물론 머리까지 증진되었다."

"과연."

"비호수를 부르라, 이제 임안의 사정은 다 알았다. 지금부터 임안을 소탕한다."

김산이 억양 없는 목소리로 말했지만 삼관필은 얼음물 속에 던져진 것처럼 정신이 들었다.

"예, 각하."

"감독관은 내가 본국으로 보냈다."

삼관필의 시선을 받은 김산이 정색하고 말을 이었다.

"폐하께 보고를 드리라고 했다."


요문기와 후성천이 독대하고 앉았지만 시선을 마주치지 않는다. 어쩔 수 없이 공조하고 있다는 내심(內心)이 얼굴에 다 드러났다. 그것을 숨길 필요도 없다는 것이니 분위기가 냉랭할 수밖에 없다. 저녁 술시(8시) 무렵, 이곳은 우복현 청사 안이다. 현령 양귀는 대청만 빌려주고 옆쪽 별실에서 부르기만 기다리고 있다. 스스로 도움이 되지 못할 처지임을 아는 터라 나대지를 않는 것이다. 대청 사방에 양초를 밝혀 놓았어도 어둡다. 아래쪽 마당에 모여있는 초포군, 천년회의 무인들도 목소리를 죽이고 있다. 두 수뇌의 분위기를 알기 때문이다. 이윽고 요문기가 입을 열었다.

"중상을 입은 줄 알았던 김산이 살아난 것 같소. 하지만 놈의 이 근처에 있는 것은 분명하니까 일은 쉽게 되었소."

후성천이 시선만 주었고 요문기의 말이 이어졌다.


"놈은 나한테 원한을 갚으려고 할 것이오. 천하무적이었던 절세무공의 김산에게 중상을 입힌 장본인이 여기 있기 때문이지."

"내가 보기에는 상처를 입힌 또 한 명이 있는 것 같던데, 바로 여평조 말이오."

"죽은 자는 말을 할 수가 없지."

"그럼 역사에 남는 영웅도 다 허깨비고 연기로군."

"내가 이곳에서 기다릴 테니 초포군으로 호위를 해주시오. 여기서 끝냅시다."

후성천의 말에 끌려들지 않고 요문기가 외면한 채 말했다.

"초포관은 내 옆쪽에 계셔주시고."

"초포규, 초포관을 미끼로 삼겠다는 것이군."

"여보, 초포관."

그렇게 불렀지만 요문기의 표정은 차분했다.

"내 휘하 회원 스무 명이 몰사를 했소. 모두 일파를 이루고도 남을 위인들이었는데 거리의 개처럼 도살을 당했단 말이오."

"……."

"천인회가 무엇이오? 한인의 남송제국을 오랑캐 놈들로부터 지키겠다는 한인 결사체 아니오? 초포관은 왜 우리를 비적 취급 하시오?"

"나는 그런 취급은 하지 않았소."

마침내 후성천도 정색했다. 끌려든 느낌이 들었지만 가만있을 수는 없는 것이다. 그때 요문기가 빙그레 웃었다. 기선을 쥔 것이다.

"자, 서둡시다. 죽은 자는 죽은 자, 김산이 다가오고 있소."


진기는 몸의 구성 인자다. 김산이 수백만 년 동안 쌓인 진기를 몸에 축적 시킨 후에 깨달음을 얻었다. 진기를 운용했더니 점점 몸이 가벼워졌고 마지막에는 해체되었다. 지금 몸의 형상을 이루고 있지만 김산은 언제라도 진기를 떼었다가 붙일 수가 있게 된 것이다. 그것을 아직 시험해보지도 않았지만 가능하다는 것을 알고 있다. 머리도 같이 틔었기 때문이다. 전과 같이 말하고, 먹고, 걷고, 앉지만 인간 세상에 어울리기 위함이다. 이제는 무공(武功), 영예, 재물, 또는 인연도 부질없다. 그리움과 미련, 원한이 박혀 있으나 집착으로 흔들리지 않게 되었다. 모두 진기로 차있는 덕분이다. 책임은 다한다. 몽케칸의 대제국 건설에 마음으로 승복하고 있다. 끝없이 전쟁을 일으키는 것 같지만 결국은 평화와 안정을 추구하기 위한 전쟁이며 정복인 것이다. 방안에서 명상에 잠겨있던 김산이 청에 나왔을 때는 자시(12시) 무렵이다. 청에는 삼관필, 비호수를 중심으로 조장급 10여 명이 둘러앉아 있었는데 김산을 보더니 일제히 일어섰다. 청의 사방 문을 열어 놓은 데다 불은 밝히지 않았다. 그러나 별이 밝은 밤이어서 모두의 얼굴이 다 보인다. 더구나 제각기 무공의 고수인 조장들이다. 나이가 30대에서 40대의 장년인 데다 몽골제국의 중랑장급 장수들이어서 기강이 섰다. 자리에 앉은 김산이 주위를 둘러보며 말했다.

"앉으라."

모두 소리 없이 마룻바닥에 앉았는데 질서가 정연하다. 그때 김산이 입을 열었다.

"우리의 적은 천인회와 초포군이다. 이제 그 두 집단이 모여서 결전을 기다리고 있다."

김산을 응시하면서 비호수는 각하가 달라진 것 같다는 생각을 했다. 십여 일쯤 못 본 사이에 꼭 집어서 말할 수는 없지만 달라지셨다. 그때 김산의 시선이 비호수에게 옮겨졌고 다시 말을 이었다.

"내가 천인회 회원 이십 명을 죽였으니 회장 요문기가 우복현으로 돌아와 있을 것이다. 당연히 초포군을 부르겠지."

모두 숨을 죽였을 때 김산이 비호수에게 말했다.

"비호수, 너는 무공이 높고 기개가 뛰어난 데다 아랫사람을 배려하니 전장의 장수로 적임이다."

난데없는 말로 화제가 옮겨졌으므로 비호수는 심장이 덜컹 내려앉았다. 그것 봐라, 하는 생각이 들었다. 각하가 달라진 것이다. 그리고 다음 순간 숨을 멈췄다. 평소에 자신도 그런 생각이 들었던 것이다. 전장에서 당당하게 싸우고 싶다. 비정규군(軍) 노릇은 맞지 않는 것 같다. 김산 휘하에만 있지 않았다면 떠났을지도 모른다. 그때 김산이 말을 이었다.

"채 감독관이 내가 쓴 밀서를 쿠빌라이 전하께 드릴 것이다. 그 밀서에 너를 남부군 1만인장으로 추천했으니 너는 곧 남부군총사령부로 떠나거라."

"예엣?"

놀란 비호수가 김산을 보았다. 얼굴이 하얗게 굳어져 있다.

"각하, 무슨 말씀이십니까? 저는 각하를 모시고……."

"닥쳐라."

말을 자른 김산의 시선이 삼관필에게로 옮겨졌다. 시선이 닿은 순간 삼관필이 외면했다. 얼굴도 굳어져 있다. 김산의 다음 말을 예상하고 있는 것 같다.

"삼관필, 너는 관직에 맞다. 너를 태자당 태감으로 추천했으니 너도 남부군총사령부로가서 쿠빌라이 전하를 뵈어라."

삼관필이 어금니를 물었다가 머리를 들고 김산을 보았다.

"각하, 그러시면 여기 있는 조장들만 데리고 가십니까?"

"아니다."

김산이 웃더니 상반신을 세웠다.

"삼관필, 비호수가 조장들에게 금 5천 냥씩을 나눠주도록 해라. 내가 일일이 상을 줄 수는 없으니 대신 나눠주도록."

모두 숨을 죽였고 김산의 말이 이어졌다.

"조원들에게는 2천 냥씩, 죽은 조원의 가족에게도 보내주도록 해라."

왕륜의 금고에서 꺼낸 1백만 냥 금화는 아직도 서항산 폐광에 묻혀있는 것이다. 김산이 다시 삼관필과 비호수를 보았다.

"남은 금화는 그대로 숨겨두고 남송이 함락했을 때 찾아 국고에 반납할 것이다.”

그리고는 심호흡을 한 김산이 주위를 둘러보았다.

“오늘 중으로 모두 떠나거라.”

“각하.”

비호수가 상기된 얼굴로 김산을 보았다.

“그러면 각하께선 혼자 남으신단 말씀입니까?”

비호수의 목소리가 떨렸다.

“혼자서 적지에 남으신다니 지금까지 모신 저희들이 부끄럽습니다. 저를…….”

“닥쳐라, 비호수.”

엄격한 표정이 된 김산이 자리에서 일어섰으므로 모두 따라 일어섰다.

“나는 임안을 소탕하고 나서 바로 떠난다. 임안 물정은 너희들도 다 알았으니 소탕은 나 혼자 하는 것이 낫다.”

무슨 말인지 말석의 조장까지 알아들었을 것이므로 비호수도 입을 다물었다. 남송의 성도 임안이 어떤 상황인가는 파악되었다. 그때 삼관필이 엎드려 김산에게 절을 했다.

“각하, 다시 뵙겠습니다.”

삼관필이 소리쳐 말하자 비호수가 서둘러 엎드려 따라 외쳤으며 조장들이 외치는 바람에 청 안은 외침으로 가득 찼다. 김산이 머리를 끄덕이며 말했다.

“떠나거라.”


“기다리면 올 겁니다.”

요문기가 다시 말했다. 우복현의 장인각 여관은 현청 바로 옆에 위치해서 현의 영빈관 역할을 했다. 요문기와 후성천은 장인각 맞은편의 민가 사랑채에 들어가 있었는데 술상을 앞에 두고 마주 앉았다. 오전 인시(4시) 무렵, 장인각 안에는 천인회원 서너 명과 초포군 10여 명이 들어가 있었는데 모두 미끼 노릇이다. 그리고는 장인각 주변에 천인회원 40여 명, 초포군 정예 20여 명을 3중으로 포진시켰는데 그 수단이 교묘했다. 포위 상황이 드러나도록 한 것이다. 따라서 포위망 일부도 미끼 노릇을 하게 된 셈이었으나 당사자는 모른다. 결국 요문기와 후성천은 포위망 밖에 나와 있는 꼴이었다. 따라서 최악의 경우 마지막 포위망까지 희생시킬 수도 있는 구조였다. 이것이 요문기의 함정이다. 지금까지 후성천 또한 수많은 함정과 미끼 놀음을 했지만 이처럼 악랄하고 교묘한 함정은 처음 보았다. 제 살까지 모두 내놓고 먹이를 잡는 괴물 거미가 있다고 들었으나 그보다 더 잔인했다. 제 자식을 낚시에 꿰어 고기를 잡는 것보다도 더 지독했다. 왜냐하면 제 자식도 속였기 때문이다. 술잔을 든 요문기가 웃음 띤 얼굴로 후성천을 보았다.

"우리한테 승산이 많습니다. 초포관."

그냥 눈만 껌벅이는 후성천을 향해 요문기가 말을 이었다.

"지피지기면 백전백승이라고 했습니다. 김산은 그동안 그 수단과 내공, 독에 강한 체질까지 너무 많이 알려졌습니다. 이제 김산의 능력에 대해서는 남송의 아이까지 다 알고 있는 형편이오."

요문기가 굵은 눈썹을 치켜뜨고 후성천을 보았다. 두 눈이 이글거리고 있다.

"그러나 이 요문기는 아무도 모릅니다. 나에게 그것이 가장 큰 무기요."

한 모금 술을 삼킨 김산이 지그시 앞에서 춤을 추는 무희를 보았다. 이곳은 임안에서 가장 번화한 유곽지대인 홍등루, 그중에서 가장 호화스러운 양광루다. 악사 네 명의 음악에 맞춰 춤을 추는 무희는 두 명, 둘 다 정성을 다해 추는 것이 드러났다. 노련한 악사, 무희는 한눈에 손님의 격을 알아보는 것이다. 어설프게 재물을 모은 졸부 같으면 춤은 건성이고 색정을 일으키도록 요사스런 몸짓을 하지만 풍류를 아는 손님한테 그랬다가는 쫓겨난다. 지금이 바로 그렇다. 김산의 시선을 받고 몸에 땀을 내면서 정성을 들여 추고, 그러다 보니까 저절로 신명이 나서 몸이 움직인다. 김산의 시선이 오른쪽 무희에게 옮겨졌다. 가는 체격, 그러나 몸은 성숙하다. 눈빛이 강한 데다 숨결에서 향긋한 풀냄새가 맡아졌다. 장이 건강하다는 증거다. 왼쪽은 빼어난 미모에 춤도 더 기교가 배었으나 남녀의 교접을 많이 한 때문에 음기로 몸이 상했다. 음악이 그치더니 무희 둘이 가쁜 숨을 뱉으며 다가왔다.

"잘했다."

김산이 웃음 띤 얼굴로 치하했다. 맑은 눈, 두툼한 콧날의 김산은 30대의 서생으로 변해 있다. 인피 가죽을 덮어쓴 것도 아니다. 마음만 먹으면 눈 깜박하는 사이에 얼굴을 변형시킬 수가 있다. 사지 육신, 이목구비의 원형은 놔둔 채 얼마든지 변형 시킬 수가 있는 것이다. 김산이 오른쪽에 앉은 무희 오랑을 보았다. 음기로 몸이 상한 미녀.

"네가 유공선 상장군의 딸이냐?"

낮게 물었을 때 오랑의 얼굴이 순식간에 하얗게 굳어졌다. 땀에 밴 이마가 번들거리고 있다. 왼쪽에 앉은 무희는 말을 듣지 못했으므로 잠자코 잔에 술을 채운다. 오랑이 말을 더듬었다.

"어, 어떻게……."

"네가 별실에서 집사 고규를 만난 것을 보았다."

오랑이 숨을 들이켰다. 이마의 땀방울이 얼굴로 흘러내렸지만 오랑은 닦을 엄두도 내지 못한다. 그때 김산이 오랑에게 웃음 띤 얼굴로 커다랗게 말했다.

"걱정 말아라, 다 내가 해결해주마."

오랑의 본명은 유가이, 남송의 서북면 방어사령관 유공선의 외딸이다. 유공선이 3년 전 몽골군과 싸우다 대패하자 황군 태감 위황이 황제 이종에게 죄를 주어야 한다고 간해서 참형을 당했다. 유공선은 남송의 명장이었고 패한 이유가 이종이 지휘권을 둘로 나누었기 때문이다. 위황이 추천한 또 하나의 상장군 주가정이 유공선을 시기하여 약속한 시기에 원군을 내지 않았던 것이 패배한 이유였다. 결국 유공선은 역적 무리의 모함으로 역적이 되어 죽었다. 유공선이 참형을 당하자 가족들은 뿔뿔이 흩어졌다. 큰오빠인 중랑장 유봉은 순시를 나갔다가 기습을 받아 죽었지만 관(官)에서 보낸 자객에게 죽었다는 소문이 났다. 어머니 양씨 부인은 목을 매어 자결했고 둘째 오빠 유선은 강을 넘어 몽골제국으로 도망치다가 잡혀 죽었다. 유가이가 임안의 홍등루로 들어온 것도 1년 전, 얼굴이 알려지지 않은 덕분에 몸을 팔아서 산다. 김산은 돈 많은 서생 행색이어서 지배인이 환대를 받았다. 어제부터 이틀간 계속해서 오는 데다 꼭 무희 둘을 불러 주었으니 손님 다섯 명 몫을 하는 것이다. 그때 김산이 왼쪽에 앉은 무희 장유에게 금화 5냥을 집어 주었다.

"자, 넌, 이것 가지고 가거라."

놀란 장유가 두 손으로 금화를 받더니 김산을 보았다.

"나리, 이걸 다 주십니까?"

"그래, 네 춤이 일품이다."

그리고는 김산이 은근하게 말했다.

"다음에 꼭 너를 보겠다."

"감사합니다. 나리."

얼굴이 붉어진 장유가 서둘러 방을 나갔을 때 김산이 악사 중 나이 든 사내를 손짓으로 불렀다. 악사가 다가오자 김산이 은근하게 웃었다.

"내가 이 애하고 둘이 있겠다."

"여부가 있습니까? 나리."

김산이 주먹에 쥔 금화를 악사에게 내밀었다. 10냥은 되어 보이는 금화 뭉치다.

"아이구, 나리."

놀란 악사가 두 손으로 금화를 받더니 서둘러 돌아갔다. 이곳은 무거운 천으로 가려진 방이다. 붉은색 천이 세 겹으로 늘어져 있어서 세 번 걷어야만 방으로 들어설 수 있으니 문이 세 개 있는 것 같다.


방에 둘이 남았을 때 김산이 유가이에게 물었다.

"네가 정북대장군 주가정에게 복수를 하려고 하느냐?"

그 순간 유가이의 얼굴이 다시 굳어졌다.

"나리는 누구십니까?"

겨우 유가이가 묻자 김산이 쓴웃음을 지었다.

"너를 도우려는 사람이다. 주가정은 남송의 부패하고 무능한 장군이다. 제 출세에 방해가 되면 무슨 짓을 해서라도 막는 놈이지."

눈만 크게 뜬 유가이를 향해 김산이 말을 이었다.

"그런 놈이 많을수록 남송은 빨리 망한다. 주가정의 배후에 황군태감 위황이 있는 것을 아느냐?"

"압니다."

유가이가 겨우 대답했을 때 김산이 정색했다.

"그 황군태감 위황도 오래 살아야 된다. 무슨 말인지 알겠느냐?"

"나리는 누구십니까?"

유가이가 다시 물었을 때 김산이 술잔을 들었다.

"나는 몽골제국 관리다."

"그렇군요."

어깨를 늘어뜨린 유가이가 길게 숨을 뱉었다.

"제가 집사를 만나는 것을 어떻게 아셨습니까?"

"밖에서 들었다."

"들리지 않을 텐데요."

"나는 지금 방금 방에서 나간 무희 장유가 지배인에게 이야기하는 것도 듣고 있다."

유가이의 놀란 표정을 보면서 김산이 말을 이었다.

"내가 너하고 둘이 남았다고 보고를 하는구나. 내 주머니에 금화가 2백 냥쯤 들어 있다는 것도 말한다."

그 순간 김산이 눈을 가늘게 떴다.

"네 집사 고규도 옆에 있구나. 고규는 나를 처음 보는 사내라고 지배인한테 말하고 있다."

한 모금에 술을 삼킨 김산이 유가이를 보았다.

"네가 고규에게 지금까지 금화 5백 냥 가깝게 주었구나. 그렇지?"

"…네."

"그 돈은 고규와 지배인이 나눠 가졌다. 무인들을 고용한 적이 없어. 그리고 모두 지배인한테 밀고를 했다. 지배인은 금군태위 위소형이 지휘하는 철갑군 세작이다."

어깨를 늘어뜨린 유가이가 탁자를 보았다. 지금까지 몸을 팔아 모은 돈을 모두 옛 집사 고규에게 건네주었다. 고규가 무인들을 고용하도록 한 것이다. 물론 아버지의 원수 주가정을 암살하려는 목적이다. 그런데 고규가 그 돈을 다 착복하고 배신을 하다니, 유가이의 얼굴에 다시 땀이 돋아났다. 그때 김산이 물었다.

"몸이 춥구나, 그렇지 않으냐?"

"예."

유가이가 떨면서 대답했을 때 김산이 말을 이었다.

"이곳을 나가 오른쪽 복도로 꺾은 후에 계단으로 내려가라. 일 층 주방으로 들어가 뒷문으로 나오면 내가 기다리고 있을 것이다."

놀라 눈만 깜박이는 유가이를 향해 김산이 말을 이었다.

"이곳에 들렀다가 어제부터 너를 만난 것이 인연이다. 물론 네가 고규와 나누는 이야기를 지나면서 들었기 때문이다."

그리고는 김산이 어서 나가라는 듯 턱으로 앞쪽을 가리켰다.

"오늘 내가 너를 부른 것도 그 때문이다. 자, 어서 나가거라."

유가이는 김산에게 어떻게 먼저 주방 뒷문에 와서 기다리고 있을 것이냐고 묻지도 못했다. 생각할 정신이 없었기 때문이다.

유가이가 시킨 대로 주방 뒷문을 열고 나왔더니 김산이 뒷짐을 진 자세로 등을 보인 채 서 있었다. 주위는 어둡다. 해시(10시)쯤 되었다. 뒷마당에서 하인들 서넛이 오가고 있었지만 이쪽에 관심을 갖는 사람은 없다. 그때 김산이 말했다.

"날 따라오너라."

"어디로 가시려구요?"

"너는 오늘 밤을 넘기지 못한다. 네 정체는 탄로 난 지 오래고 고규와 지배인은 네가 번 돈을 나눠 갖는 재미로 관가에 넘기지 않는 것이다. 자, 가자."

"나리."

어금니를 문 유가이가 뒤에서 불렀으므로 김산이 머리를 돌렸다.

"믿을 수가 없습니다. 나리."

유가이의 눈에서 눈물이 흘러내리고 있다.

"제가 하루에도 두세 명씩 남자를 받아서 번 돈입니다. 그리고 고규는 우리 집안에서 30년이 넘도록……."

"그럼 보여주마."

김산이 몸을 돌려 유가이에게 다가왔다. 어둠 속에서 두 눈이 번쩍이고 있다.


"그럼 오늘 그놈이 오랑한테 화대를 준 것만 빼앗고 내일 철갑군에 넘기기로 하지."

지배인 경채가 말하자 고규가 아쉬운 듯 입맛을 다셨다.

"이보시오, 지배인, 조금 더 기다리면 어떻소? 아직도 금화 몇백 냥은 더 벌어들일 수 있지 않겠소?"

둘은 별실에서 마주 보며 서 있었는데 창밖으로 어둠에 덮인 마당이 드러났다. 그러자 경채가 머리를 저었다.

"오랑 그년이 저만 모르고 있는데 소문이 퍼졌어. 너무 악착같이 돈을 모으니까 그래, 지난번에 온 손님 하나가 어디서 본 얼굴이라고도 했어."

경채의 말이 이어졌다.

"맹호군이나 황군 감찰대에서 알게 되면 오히려 내가 위험해. 그러니까 오늘 밤 그 서생한테 받은 돈만 가로채고 내일 철갑군에 넘기자구."

"그 서생놈한테 금화가 많은 모양이요."

"이 영감이 강도 다 되었군."

쓴웃음을 지은 경채가 고규를 흘겨보았다.

"하긴 30년을 모신 주인 아가씨의 몸 판 돈을 가로채는 위인이니⋯⋯."

"내가 혀 빠지게 집사 노릇을 한 대가를 받는 거요."


그때 김산이 머리를 돌려 유가이를 보았다. 둘은 창밖의 어둠 속에 나란히 서 있다. 밤바람에 유가이의 치마가 소리 없이 흔들리고 있다.

"어떻게 해주랴?"

"죽이고 싶어요."

유가이가 입술만 달싹이며 말했다. 유가이의 시선이 방안의 두 남자를 응시한 채 떼어지지 않는다. 눈만 치켜뜬 채 깜박이지도 않는 것이다. 그때 김산이 다시 물었다.

"어떻게 죽여주랴?"

"잔인하게."

"사지를 다 찢어주랴?"

"예, 나리."

숨을 들이켰던 유가이가 그때서야 김산을 보았다.

"제가 죽이고 싶습니다."

"넌 안된다."

머리를 저은 김산이 쓴웃음을 지었다.

"보기나 하거라, 그렇지만 소리는 듣지 못할 것이다. 사람들이 들을까봐 입을 막을 테니 그 표정을 보거라."

김산이 몸을 굽히는 것 같더니 장신이 바람처럼 창문 안으로 들어섰다. 두 사내가 놀라 입을 딱 벌린 순간이다. 김산이 두 손을 휘젓자 앞쪽의 두 사내가 팔이 하나씩 떼어졌다. 이어서 다리 한쪽이 닭다리가 떼어지는 것처럼 쭈욱 찢어졌다. 피가 튀면서 두 사내가 악을 쓰는 것 같았지만 소리가 없다.


"이 옷으로 갈아입어라."

다음날 오전 김산이 유가이에게 말했다. 이곳은 임안 서남쪽에 위치한 성호장 여관, 오래된 여관이어서 낡았다. 위치가 시장 복판이라 여관 입구까지 잡상인이 둘러앉아 시끄럽다. 어젯밤 유가이를 이곳으로 데려온 것이다. 유가이가 탁자 위에 놓인 옷 보따리를 보았다. 김산이 시장에 나가 사온 것이다. 김산이 말을 이었다.

"네가 실종된 데다가 어젯밤 지배인과 네 집사가 처참하게 죽은 터라 널 찾고 있을 것이다."

유가이는 시선만 주었을 때 김산이 의자 옆에 놓인 보따리를 들어 다시 탁자 위에 놓았다.

"보따리 안에 금화 3백 냥이 들었다. 그걸 가지고 다른 지방으로 가서 살아라. 임안에 나타나지 않는 것이 낫다."

"나리."

마침내 유가이가 김산을 불렀다. 눈에 열기가 배어있고 입술 끝이 떨렸다.

"나리를 모시면 안 됩니까?"

"안된다."

쓴웃음을 지은 김산이 외면하고 말을 이었다.

"난 수행원도 다 떼어놓은 상황이야. 그런데 다시 붙일 수가 있겠느냐?"

"이 은혜를 어떻게 갚습니까?"

"꼭 갚겠다면."

김산이 이제는 유가이를 똑바로 보았다.

"살아라."

"네?"

"살아야 한다고 했다."

숨을 들이켰던 김산이 유가이의 시선을 받더니 옆쪽 침대를 가리켰다. 이곳은 유가이의 방이다. 김산이 유가이의 방을 찾아온 것이다. 오전 사시(10시)쯤 되어서 여관 안팎은 소란하다. 그러나 방으로 들어올 사람은 없다.

"침대에 누워라."

김산이 말했을 때 유가이의 눈동자가 흔들렸다. 그러나 바로 자리에서 일어서면서 김산에게 말했다.

"씻고 오겠습니다."

화장실이 복도 끝에 있는 것이다.

"아니, 그대로 누워라."

따라 일어선 김산이 말하자 유가이의 얼굴이 붉어졌다. 그러나 곧 몸을 돌리고는 침대로 다가가더니 옷을 벗기 시작했다. 그러자 김산이 말했다.

"옷을 벗을 필요가 없다."

"네?"

머리만 돌렸던 유가이의 얼굴이 더 붉어졌다. 다가간 김산이 말을 이었다.

"옷을 입은 채로 침대에 반듯이 누워라."

유가이는 숨만 죽였다.

"너한테 음기가 차 있고 몸에 열이 많다. 내가 네 몸을 치료해주마."

"나리."

그때 김산이 유가이의 몸을 번쩍 안아 침대에 눕혔다. 놀란 유가이가 숨을 죽였지만 눈만 치켜뜬 채 거부하지 않는다. 유가이 옆에 앉은 김산이 손바닥을 펴 가슴에 붙였다. 유가이의 얼굴이 이제는 익은 홍시감처럼 되었을 때 김산이 말을 이었다.

"내 진기가 네 몸을 순환시키면 네 음기는 빠져나가고 새 몸이 된다. 그러니 새 생활을 시작할 수 있게 될 것이다."


"닭고기를 찢어놓은 것 같군."

시체를 본 후성천이 말했다. 여관 별실은 피가 벽과 천장까지 튀어 있

186

었는데 두 구의 시체가 갈기갈기 찢어진 것이 마치 삶은 닭고기를 찢은 것 같았기 때문이다. 후성천은 우복현에서 돌아온 지 닷새가 되었다. 나흘간 김산을 기다렸다가 후성천이 먼저 돌아와 버린 것이다. 기다리다 지친 요문기도 낭패한 표정이 되어 후성천을 막지 않았다. 김산이 복수를 하려고 온다면서 3중 함정까지 파놓았지만 요문기는 허를 찔렸다. 인간은 모두 제 기준으로 상대를 판단하는 것이다. 요문기도 다를 바 없다고 후성천은 생각했다.

"무공이 대단한 놈이다."

후성천이 말하자 부장 곽번이 머리를 기울였다.

"힘이 좋은 놈이 아닐까요?"

"저렇게 찢은 것은 힘으로 안 된다."

쓴웃음을 지은 후성천이 몸을 돌렸다. 처참하게 죽은 시체가 있다고 해서 와본 것이다.

"오랑이라는 무희를 데리고 술을 마신 놈이 금화를 물 뿌리듯 썼다는데 그놈이 수상합니다."

후성천을 따르며 곽번이 말을 이었다.

"처음 보는 서생이었다고 합니다."

그리고 오랑도 실종된 것이다.

"지배인하고 같이 죽은 놈이 누군가를 밝혀내라. 그놈이 열쇠다."

후성천이 주위를 둘러보며 말했다.


대장군 서춘산이 정청에 도착했을 때는 유시(오후 6시) 무렵이다.

"대장군, 서부사령관께서 기다리고 계십니다."

정청 앞에서 기다리고 있던 중랑장 하성이 말했다. 하성은 황궁 방어사령부의 부장(副將)이었으니 요직이다. 황궁 방어사령관은 황군태감 위황인 것이다. 안으로 들어선 서춘산은 서부사령관이며 대장군인 이천수를 보았다.

"대장군, 기다리셨소?"

이천수도 대장군이며 서춘산과 같은 50대로 전우(戰友)이기도 하다. 몽골군에 대항해서 같은 전선을 지켰던 것이다. 청 안에는 촛불을 여러 개 밝혔지만 어둡다. 황궁 동북쪽에 위치한 기갑군 사령부 안이다. 기갑군 사령관인 대장군 서춘산을 서부사령관 이천수가 방문한 것이다. 하성까지 셋이 자리 잡고 앉았을 때 이천수가 입을 열었다.

"이제 위황의 탐욕과 폐해가 극에 달했소. 위황을 제거할 때가 된 것 같습니다."

서춘산의 시선을 받은 이천수가 입술 끝을 비틀며 웃었다.

"황제 폐하께서도 위황의 월권에 분노하고 계시오. 어제 황제께서 보낸 내관의 전언을 받았습니다."

"으음, 그렇다면."

심호흡을 한 서춘산이 이천수와 하성을 번갈아 보았다.

"내가 오늘 밤 기갑군을 내지요. 내가 직접 지휘하겠소."

"그럼 제가 황군 사령부의 동문을 열어놓고 기다리겠습니다."

미리 계획을 세워 두었는지 하성이 눈을 치켜뜨고 말했다.

"제 수하 정예 1백 명만 뽑아놓고 안에서 길잡이를 하지요."

"좋습니다."

이천수가 어깨를 부풀렸다가 내리면서 하성의 말을 받았다.

"그럼 제가 서부군 1만을 데리고 황군 사령부를 포위하지요."

"시각을 맞춰야 합니다."

서춘산이 말을 받았다. 모두 50대의 노장(老將)들이어서 작전 계획에 허튼 말이 끼지 않는다.

"기갑군의 진입과 서부군의 봉쇄가 같이 이뤄져야 하니 각각 부대에서 출발 시각을 맞춰야 할 것이오."

"그렇다면 진입 시각을 언제로 정하십니까?"

하성이 묻자 서춘산과 이천수가 서로 얼굴을 마주 보며 빙그레 웃었다. 대답은 이천수가 했다.

"자시(밤 12시)로 합시다."

황군태감 위황의 숙소는 황군사령부 안인 것이다. 그러자 서춘산이 머리를 끄덕였다. 서춘산의 얼굴에도 웃음이 떠 있다.

"자시에 보명각 종이 울리는 것을 신호로 삼으시려는 것이군요. 소장도 그때가 적당하다고 생각했습니다."

회의는 일사불란하게 진행되었다. 탐관이며 해충인 황군태감 위황의 토벌인 것이다. 더구나 황제 이종의 허락까지 받은 터여서 역적 토벌이나 같다. 위황의 측근 세력이 있겠지만 대세는 이미 결정된 것이나 같다. 모두 남송제국의 건영을 위한 거사인 것이다.


저녁을 마친 위황이 보료에 비스듬히 누워서 앞에 앉은 연화를 보았다. 황궁에서 데려온 시녀다. 이제 위황은 황궁의 시녀들을 데려다 수청을 들게 하고 있다. 황제와 같이 여자를 희롱하는 셈이다.

"너, 폐하를 몇 번 뵈었느냐?"

위황이 묻자 연화는 머리를 들었다. 둥근 얼굴, 눈이 맑고 콧날은 곧다. 20세쯤 되었을까? 위황의 시선을 받은 연화가 살짝 웃었다.

"못 뵈었습니다."

"흥, 뵈었으면 바로 후궁이 되었을 텐데, 아쉽지 않으냐?"

"오히려 지금이 낫습니다."

"왜?"

"더 총애를 받을 테니까요."

"요망한 년 같으니."

그랬지만 위황도 웃는 얼굴이다. 황궁 안의 황군사령부는 친위군 2만을 직접 수용하고 있는 데다 임안 곳곳에 3만의 지원군을 보유하고 있다. 가장 강력한 전단이다. 사령부 안 처소에 들어와 있는 위황은 오히려 황제 이종보다 더 안전한 호위를 받는 셈이다.

"너, 남자 맛을 아느냐?"

불쑥 위황이 묻자 연화가 눈을 흘기는 시늉을 했다.

"열여섯에 황궁에 들어와서 그럴 기회가 있었겠습니까?"

"네가 후궁 파요 님의 시녀 아니냐? 황제께서 파요 님과 방사를 치르는 구경은 했을 테지, 그렇지 않느냐?"

연화의 얼굴이 조금 붉어졌고 위황의 눈이 번들거렸다.

"어떠냐? 폐하께서 잘하시더냐?"

무엄한 말이다. 1백 번을 죽여도 모자랄 언행을 이미 위황은 수십 번 저질렀다. 그때 연화가 대답했다.

"저는 경험이 없어서 모릅니다."

"어때? 폐하께선 파요 님 위에서 얼마나 오래 견디시더냐?"

"말씀드릴 수 없습니다."

"파요 님이 소리는 지르시던가?"

그때 위황의 귀에 사내의 목소리가 울렸다.

"대감님 지금 이러실 여유가 없습니다."

숨을 들이켰던 위황이 주위를 둘러보는 시늉을 했다. 그러나 연화는 상기된 얼굴로 대답했다.

"예, 소리는 지르셨소."

"누구냐?"

위황이 이사이로 묻자 사내의 목소리가 귓속으로 파고들었다.

"천인회 요문기의 사형이 되오."

그때 연화가 시키지도 않았는데 말을 이었다.

"하지만 꾸며서 지르는 소리였지요. 우리는 모두 알겠는데 폐하께서만 모르시는 것 같았습니다."

다시 사내의 목소리가 이어졌다.

"지금 서부사령관 이천수와 기갑군 사령관 서춘산, 그리고 황궁 방어사령부 부장 하성이 오늘 밤 대감을 치러 옵니다."

"무, 무엇이?"

그때 위황의 시선을 본 연화가 말했다.

"거짓말이 아닙니다. 폐하는 보통 넣고 나서 숨 다섯 번 쉬고 나면 끝내시는데 파요 님은 아파죽겠다는 소리를 꼭 열두 번 냅니다. 우리는 다 세고 있지요."

사내가 연화의 말을 잇는 것처럼 말한다.

"믿을만한 측근을 은밀히 기갑군과 서부군, 그리고 방어사령부 하성 주위로 보내 보시오. 내 말이 맞을 것이니 서두르시오."

다시 연화가 말했다.

"저는 경험이 없지만 폐하 양물을 보면 그런 신음이 나올 리가 없다고 생각했지요. 아프다니요? 새끼손가락만 한 양물이 왜 아픕니까? 간지럽지."

위황이 굳어진 얼굴로 심호흡을 했다.

"물러가 있거라."

"네?"

연화가 놀란 듯 되묻자 위황이 손을 저었다.

"나가."

얼굴이 하얗게 굳어진 연화가 비틀거리며 방을 나갔을 때 위황이 눈을 부릅뜨고 다시 물었다.

"네 말이 정말이냐?"

그러나 대답은 들려오지 않았다.


하성이 마당에 모인 장교들을 둘러보았다. 해시(밤 10시) 무렵이다. 어두운 마당에 모인 장교는 모두 120명, 측근 별장인 양백과 반명여가 모은 심복들이다. 올해 50세인 하성에게는 자식과 다름없는 부하들로 대부분이 10여 년 이상 같이 싸웠다.

"잘 들어라."

하성의 가라앉은 목소리가 울렸다.

"오늘 밤 우리는 황제 폐하의 어명을 받들고 역적을 친다."

모두 숨을 죽였고 하성의 말이 이어졌다.

"너희들은 황궁 동문을 열고 진입하는 기갑군을 안내하기만 하면 된다."

하성이 번들거리는 눈으로 둘러선 부하들을 보았다.

"기갑군 외에도 서부군 기마군 수만이 지원해 올 것이다. 모두 폐하의 지시로 황군태감 위황을 치는 것이다. 알겠느냐?"

"예엣!"

낮고 굵은 대답이 들리자 하성이 만족한 표정으로 머리를 끄덕였다.

"지금부터 너희들은 조(組)로 나누어 각 조별 업무를 주겠다."

하성은 단순한 인물이 아니다. 그래서 위황의 신임을 받아 황군 사령부의 부장(副將)에까지 오른 것이다. 10명씩 조를 만들었고 조장과 부조장, 감독관까지 셋으로 지휘하게 했다. 셋을 모두 믿을만한 심복으로 채웠으며 서로 감시 하도록 한 것이다. 그리고 2개 조는 감시역과 자신의 경호역으로 빼놓았다. 하성이 말을 이었다.

"이번 거사가 성공하면 폐하께서 너희들에게 특진을 시켜주실 것이다."

그 순간이다. 마당 뒤쪽 출입구로 군사들이 쏟아져 들어왔으므로 하성이 숨을 들이켰다.

"와앗!"

뒤쪽 청의 좌우 어둠 속에서도 함성이 울리면서 군사들이 쏟아져 나오자 하성은 어금니를 물었다.

"쳐라!"

별장 양백이 칼을 빼 들더니 뒤쪽 출입구로 달려갔다. 10여 명이 뒤를 따른다.

"막아라!"

반명여 또한 칼을 세워 들고 청의 옆쪽 군사들을 향해 내달렸다.

"와아앗!"

"이놈들! 너희들은 포위되었다!"

침입한 군사들 뒤에서 외치는 목소리를 듣자 하성의 얼굴이 일그러졌다. 같은 부장(副將) 왕명수였기 때문이다.

"자, 같이 죽자!"

그때서야 마음을 굳힌 하성이 칼을 빼 들고 돌진하며 말했다. 군사들이 뒤를 따른다. 청 앞마당은 이제 아수라장이 되었다.


다음날 오전, 김산이 백홍각 여관의 다실에서 차를 마시고 있을 때 옆 좌석으로 상인 하나가 자리에 앉으면서 묻는다.

"들었어? 어제 황군사령부에서 반란이 일어났다가 진압되었다네."

"이 사람아, 그것뿐인가? 기갑군 사령관 서춘산하고 서부사령관 이천수도 어젯밤에 처형당했다네. 아마 어젯밤에 죽은 자만 해도 수천일 게야."

앉아있던 사내 하나가 잘난 체를 했다.

"조금 전에 들었는데 서춘산, 이천수 저택에 황군이 들어가 일가족을 죽이고 있다네."

그러자 또 하나가 거들었다.

"반란 직전에 밀고자가 나왔던 모양이야. 반란은 모두 밀고자 때문에 실패하네."

"내부 소행이지."

또 그 사내가 잘난 척을 했다.

"틀림없어, 내부의 밀고자가 출세를 하려고 위황에게 간 거야."

사내의 시선이 힐끗 김산을 스치고 지나갔다. 김산은 오늘 70대 노인으로 변해져 있다. 얼굴의 주름은 물론이고 체격도 작아졌다. 사내가 안심한 듯 목소리를 높였다.

"간신 위황 그놈의 명이 긴 모양이야. 남송 제국을 위해서는 그놈이 없어져야 하는데 천지신명이 왜 돕지를 않으시나?"

김산이 반점이 많은 손으로 찻잔을 집었다. 어젯밤 위황에게 독음을 보낸 것은 김산이다. 김산의 입장은 반대다. 남송 제국이 썩어야 몽골제국에 이득이다. 그러니 간신은 보호해줘야 되며 남송을 위한 의인, 충신은 제거해야 맞다.


"제 사형이라고 했습니까?"

요문기가 묻자 위황이 눈을 가늘게 뜨고 웃었다.

"그래, 무공이 출중한 인물이었다. 그 사형이란 자의 이름이 무엇이냐?"

"예, 그것이……."

허리를 편 요문기가 똑바로 위황을 보았다.

"청산도인(靑山道人)인 것 같습니다. 대감."

"청산도인? 처음 듣는다."

"예, 산속에만 박혀있기 때문에……."

"남송 제국의 충신 아니냐? 당장 데리고 나오너라. 내가 당장에 대장군 벼슬에 서부군이나 기갑군을 맡길 테니까."

"……."

"네 사형이 아니었다면 어젯밤 황궁이 뚫렸을 것이다. 하성 이놈까지 배신할 줄 누가 알았겠나?"

어깨를 늘어뜨리면서 위황이 길게 숨을 뱉었다.

"네가 김산을 잡지 못했지만 그 대신으로 네 사형이 대공을 세웠으니 상쇄가 되었다."

그러자 이번에는 요문기가 소리죽여 긴 숨을 뱉었다.

청 밖으로 나온 요문기가 주위를 둘러보았을 때 가는 체구에 갸름한 얼굴의 사내가 다가왔다. 바지저고리에 가죽조끼를 입었고 허리에는 칼을 찼지만 솟아난 가슴을 감추지는 못했다. 여자다. 머리의 검정색 두건 안으로 긴 머리를 감추었다.

"사매, 대감께 내 사형이라고 칭한 자가 하성과 서춘산의 반역을 알려줬다고 한다."

놀란 듯 남장 사내가 눈만 크게 떴고 걸음을 떼면서 요문기가 말을 이었다.

"사매, 네 생각은 어떠냐?"

"김산입니다."

자르듯 말한 남장 사내가 앞쪽을 응시했다.

"경호가 수십 명 붙어있는 대감 옆으로 접근해서 독음을 집어넣을 만한 무공을 갖춘 인간이 누구겠습니까?"

"그렇지."

"김산의 입장에서 생각해야 됩니다. 몽골제국을 위해서는 하성, 이천수, 서춘산 같은 인물들을 제거해야 됩니다."

"훗훗훗."

소리죽여 웃은 요문기가 걸음을 늦추고는 남장 여자를 보았다.

"대감은 남송의 병균 덩어리라는 말이구나. 그렇지 않느냐?"

"김산의 입장입니다. 사형."

"네 입장은?"

그러자 남장 여자의 얼굴에 쓴웃음이 떠올랐다. 고혹적인 모습이다. 그 얼굴을 본 요문기가 다시 소리죽여 숨을 뱉었다.

"사매, 네 색향이 나한테까지 풍겨 오는구나."


다 보내고 김산은 혼자다. 혼자서 임안 성내를 횡행하고 있다. 저녁 무렵 병부상서 장광국의 제3부인 소청이 저녁상을 물리고 나서 시녀에게 말했다.

"술상을 가져와라."

"네, 마님."

시녀들이 서둘러 물러간 것은 소청의 심술이 금방이라도 일어날 것 같았기 때문이다. 오늘도 장광국은 오지 않았다. 벌써 두 달이 넘는다. 장광국은 제4부인을 얻어놓고 있었는데 소청이 듣기에는 18살이라고 했다. 소청이 잔뜩 물이 오른 22살이었지만 장광국은 6개월 전에 얻은 제4부인에게 홀딱 빠진 채 헤어나오지 못하고 있다. 곧 시녀들이 술상을 들여오더니 눈치를 살피다가 소리 없이 방을 나갔으므로 소청이 혼자 남았다. 소청은 가는 체격에 피부도 푸른색이 돌 정도로 희었고 옥처럼 매끄러워서 한때 장광국의 지극한 사랑을 받았다. 그러나 1년쯤이 지나고 소청의 몸이 뜨거워지자 장광국이 주춤대기 시작했다. 소청의 육욕에 밀렸기 때문이다. 장광국은 넣고 서너 번 문지르면 터지는 조루다. 그런데 장광국이 터졌는데도 소청이 움켜쥐고 발버둥을 치자 무안해진 것이다. 그것이 이유다. 주체할 수 없는 소청의 정욕이 장광국을 떼어놓은 셈이다.

"개 같은 놈."

술잔을 쥔 소청이 눈을 치켜뜨고 장광국을 욕했다. 눈이 치켜떠졌고 엷은 입술이 앙다물려졌다. 표독한 모습이다. 그러나 몸서리가 쳐질 만큼 색욕을 풍기는 것이다. 소청이 다시 이사이로 말했다.

"날 이렇게 만들어놓고 남자 하인도 집에 들이지 못하게 하다니."

장광국은 소청의 주위에 남자 하인들의 출입을 금지시켰다. 저택의 중문 안쪽에는 여자뿐이다. 남자 하인들은 중문 안으로는 들어올 수가 없는 것이다. 소청은 정욕을 주체할 수 없어서 남자 하인이라도 불러들이고 싶은 충동에 시달렸던 것이다. 한 모금에 술을 삼킨 소청이 술잔을 내려놓았을 때다.

"아니."

소스라치게 놀란 소청이 앞에 앉은 사내를 보았다. 준수한 용모의 사내가 소청의 시선을 받더니 빙그레 웃었다.

"색욕에 눈이 뒤집혀 있구나."

"넌 누구냐?"

소청이 갈라진 목소리로 물었다. 난데없이 사내가 나타났으면 소리를 질러 사람을 불러야 하는데도 소청은 오히려 목소리를 죽이고 있다.

"네 색욕을 채워 주려는 사람이다."

사내가 앞에 놓인 술병을 쥐더니 병을 기울여 술을 삼켰다. 술이 물 쏟아지듯이 사내의 입안으로 들어간다. 그것을 본 소청의 얼굴이 달아오르기 시작했다.


술병을 내려놓은 김산이 소청을 보았다. 김산의 용모는 지난번에 소청을 보았을 때와는 다른 모습이다. 30대의 중후한 모습으로 바뀌었는데 소청은 전혀 알아보지를 못한다. 김산이 손을 뻗어 소청의 손목을 쥐었다.

"이리 오너라."

"이놈이."

소청이 눈을 치켜떴지만 목소리가 약했다. 그리고는 억센 김산의 힘에 끌려 김산의 무릎 위에 앉혀졌다.

"내가 네 정욕을 풀어주마."

무릎 위에 앉은 소청의 치마 안으로 손을 넣으면서 김산이 웃었다.

"그래, 기진해서 늘어질 때까지, 네 동굴이 메워질 때까지, 그것이 네 소원이 아니었더냐?"

이제 소청은 가쁜 숨만 몰아쉬었다. 사내가 누구인지, 어떻게 들어왔는지 관심도 없다.

"아얏."

김산의 손가락이 속옷을 젖히고 동굴 안으로 진입했으므로 소청이 놀란 비명을 질렀다. 그러나 엉덩이만 들썩였을 뿐 김산의 손을 잡지도 않는다. 어느덧 소청은 김산의 목을 두 팔로 끌어안고 있는 것이다.

"이것 봐라, 네 동굴도 기다리고 있지 않느냐?"

손가락으로 동굴을 휘저으면서 김산이 웃었다. 벌써 동굴에서 뜨거운 온천수가 넘쳐흐르고 있었기 때문이다.

"아이구."

소청이 김산의 목을 당겨 안으면서 엉덩이를 흔들었다. 김산의 무릎 위에 앉은 터라 엉덩이만 들썩일 수 있을 뿐이다. 얼굴이 새빨갛게 달아오른 소청의 모습은 요염했다. 눈동자의 초점이 멀어졌고 반쯤 벌려진 입에서는 가쁜 숨과 함께 신음이 뱉어지고 있다. 김산의 손가락이 점점 깊게 들어가자 소청이 몸부림을 치면서 말했다.

"손가락 말고, 그것을 넣어줘."

"아직 멀었다."

"아이고 나 죽어."

소청이 몸을 비틀며 소리쳤다. 이제는 소청이 입술을 김산의 목에다 붙였다가 떼면서 말을 잇는다.

"날 데리고 가."

김산은 소청의 옷을 벗기기 시작했다.


꿈틀거리는 소청의 흰 몸은 땀에 젖어 번들거리고 있다. 불을 환하게 밝힌 채 얽혀있기 때문이다.

"아이구 나 죽어."

벌써 몇 번째인지 소청은 잊었다. 끝없이 이어지는 쾌락의 순간에 넋이 나가 있는 것이다. 지금 당장의 소원은 이 쾌락이 이어지는 것뿐이다.

"아이구, 여보."

소청에게 이런 순간은 처음이다. 말도 듣지 못했다. 하체 깊숙한 곳에서 뿜어지는 자극이 머리카락 끝에서 발톱까지 번져 나가면서 입에서는 절규가 쏟아진다. 소청의 두 다리가 허공으로 쭈욱 뻗쳤다가 떨어졌다.

"여보, 여보."

이제 소청은 눈물 범벅이 된 얼굴로 김산을 부르기 시작했다. 김산의 움직임이 빨라지면서 소청은 또 한 번 극락으로 솟구쳐 올랐기 때문이다.

"병부상서가 들르지는 않지만 그대가 사람을 보내면 박절하게 대하지는 않을 거야. 그렇지 않나?"

문득 김산이 묻자 겨우 호흡을 고르며 누워있던 소청이 시선만 들었다. 밤 자시(12시)가 넘었다. 주위는 조용했고 침상 위쪽에 켜놓은 촛불 불꽃이 바람도 없는데 일렁거렸다. 침상 끝에 앉은 김산이 말을 이었다.

"그대의 친척이라고 하고 몇 명을 비장이나 별장으로 넣을 수가 있지 않겠나? 별장에 금 백 냥이라던데 맞나?"

소청의 시선을 받은 김산이 침상 구석에 두었던 자루 하나를 위에 올려놓았다. 꽤 묵직한 자루다.

"자루 안에 금화 1천 냥이 들었어. 이 중에서 5백 냥은 그대가 쓰고 나머지는 이 두 사람을 북부군 사령부 별장으로 넣어달라는 대가야."

김산이 자루 안에서 접힌 쪽지를 꺼내 소청에게 보였다.

"어때? 할 수 있겠어?"

"당신은 누구죠?"

그때서야 소청이 묻더니 침상에서 몸을 일으켰다. 이불자락으로 젖가슴을 가린 소청이 김산을 유심히 보았다.

"낯이 익어요."

"몸을 섞으면 그렇게 되는 거야."

"당신은 누구요?"

소청이 물었지만 긴장한 표정은 아니다. 김산이 쓴웃음을 지었다.

"관직 부탁하려고 온 사람이야."

"거짓말, 하필 나에게 왜?"

"병부상서 장광국이 매관매직에 이골이 난 놈이지만 의심이 많아서 앞

뒤를 가리지. 그래서 병부상서를 이 년째 하고 있겠지만 요즘 소박을 놓는 제3부인 소청의 청을 의심하지는 못할 거야."

맞는 말이다. 이번이 처음이 아닌 것이다. 소청의 씀씀이가 헤픈 데다 전에 몇 번 제 고향 건달들을 비장, 별장으로 넣어달라는 청탁을 했기 때문이다. 김산은 말을 이었다.

"요즘 너한테 못 오는 데다 제대로 노리개도 사주지 못하지 않나? 그런 상황에서 금화까지 넣어진 청탁이 들어왔으니 해줄 거다."

"누군데?"

"그대 고향 사람들이야. 그러니까 그런 걱정은 안 해도 돼."

그때서야 소청이 손을 뻗쳐 자루를 당겼다. 자루 아가리를 벌린 소청이 숨을 삼켰다. 안에 금화가 가득 넣어져 있었기 때문이다. 젖가슴을 가렸던 이불이 떨어졌지만 소청이 자루를 더 벌려 금화를 보았다. 알몸의 상반신이 다 드러났다. 요염한 모습이다. 그때 머리를 든 소청이 김산을 보았다.

"그대는 다시 안 올 거야?"

소청의 눈이 번쩍이고 있다. 시선을 받은 김산이 빙그레 웃었다.

"다시 청탁을 하러 와야지. 그때도 금화를 가져올 테니까 기다려라."

"언제?"

"이번에 둘이 관직에 오르면……."

"내일 당장에 병부상서놈한테 보낼 거야. 청탁 들어주지 않으면 황궁의 마마님을 찾아가 다 일러바칠 것이라구."

상기된 얼굴로 소청이 말을 이었다.

"내가 가귀비 마마님하고 친한지 상서놈도 다 알고 있으니까 말야."

"잘 되었구나."

김산이 웃음 띤 얼굴로 머리를 끄덕였다.

"그 둘이 관직을 받으면 내가 바로 찾아오마."

소청이 종이쪽지를 집어 들고 폈다. 두 사내의 이름과 원하는 보직이 적혀져 있다. 둘 다 전장에 나가 있는 남송 북부방위군 배치를 원하고 있으니 금방 관직을 받을 것이다. 모두 회피하고 있는 직책이기 때문이다.

보경은 요문기의 사매로 10여 년간 함께 수련했고 은둔 생활을 했다. 요문기의 사부 진풍이 유곽에 팔려가는 고아 보경을 9살 때 데려와 수양딸로 삼아 같이 수련을 시켰기 때문이다. 보경은 가냘픈 체격이었지만 총명했고 특히 임기응변력이 뛰어났다. 요문기와는 20여 년 나이 차가 나서 딸 같았지만 엄연한 사형, 사매 관계다. 보경이 임안에 온 것은 열흘밖에 되지 않는다. 요문기가 사람을 시켜서 불렀기 때문이다. 보경의 양부 진풍이 수제자인 요문기에게 천장성의 장주를 물려주고 은퇴했을 때 보경도 함께 떠났던 것이다. 운암산에서 병든 진풍과 생활하던 보경에게 임안의 번화하고 소란스런 분위기는 맞지 않았다. 빨리 일을 끝내고 돌아갈 생각뿐이었다. 그 일이란 몽골제국의 어사총감 김산을 잡는 일이었다. 민심이 흉흉해질까 봐 황군태감 위황은 김산의 존재를 드러내지 말라고 엄명을 내렸기 때문에 이것은 비밀 작전이다. 천인회의 주도로 김산을 잡아 죽여야 하는 것이다.

"그놈이 임안에 돌아왔어."

저녁 해시(6시) 무렵, 문주장 여관의 식당에서 둘이 저녁을 먹으면서 요문기가 말했다. 방 안에는 둘 뿐이다.

"지금 임안을 휘젓고 다닌다고 봐야 돼."

"임안에 여관이 725개가 있어요, 사형."

젓가락으로 만두를 집으면서 보경이 말을 이었다.

"민가에 숨어 있을 수도 있구요, 하지만 곧 나타날 것입니다."

"어떻게 말이냐?"

정색한 요문기가 묻자 보경이 입술 끝을 올리며 웃었다. 오늘도 보경은 남장 차림이었지만 방안이어서 두건을 벗었다. 긴 머리를 뒤에서 묶어 올린 터라 목이 드러났다. 요문기의 시선을 받은 보경이 말을 이었다.

"김산의 목적은 이제 알게 되었지 않습니까? 임안성 내부를 혼란에 빠뜨려 내부에서 썩어 넘어지도록 만드는 것이지요. 충신을 죽이고 역적과 간신을 도와주면 그렇게 됩니다."

요문기는 어깨를 늘어뜨렸다. 이번 황군 사령부 습격 사건도 충신인 하성과 이천수, 서춘산이라는 말이나 같은 것이다. 요문기의 표정을 본 보경이 이제는 흰 이를 드러내고 웃었다.

"사형, 이번에 죽은 자들이 역적입니까?"

"그렇다."

정색한 요문기가 말을 이었다.

"황군태감 위황은 황제 폐하를 모시는 심복이다. 그 기준에서 역적과 충신을 가려야 한다."

"그렇군요."

보경이 머리를 끄덕였다.

"사형께서는 위황한테서 1천인회 회장 직위와 정3품 근위진성장군으로 발탁이 되셨다는 것을 잠깐 잊었었네요."

"위황이 넘어가면 남송제국이 위태로워 지금 당장은 그렇다."

204

보경의 시선이 떼어지지 않았으므로 요문기가 쓴웃음을 지었다.

"그렇다고 내가 대안을 세울 수도 없지 않겠느냐?"

김산이 진기를 끌어모으고는 길게 숨을 뱉었다. 어둠 속이었지만 입에서 검은 기운이 뿜어져 나가는 것이 보였다. 깊은 밤, 자시(12시)가 넘은 시간이다. 이곳은 임안성 서문 앞에 위치한 절 양광사, 임안의 3대 사찰 중 하나로 당나라 시절에 지은 몇 안 되는 고찰 중 하나다. 그러나 지금은 퇴락해서 중도 서너 명뿐이었고 대웅전은 무너져 보수도 하지 않았다. 그것은 10여 년 전 양광사 주지 혜공선사가 반란을 일으켰다는 혐의를 받고 상좌 10여 명과 함께 처형을 당했기 때문이다. 그 후로 양광사는 폐찰이 되어서 불자들도 오지 않는다. 출입을 했다가는 맹호군이나 철갑군 등 감찰 조직의 추적 대상이 될 것이기 때문이다. 다시 진기를 들이켠 김산이 무너진 벽을 향해 검은 기운을 뿜었다. 몸 안에서 뿜어지는 검은 기운은 연소된 찌꺼기나 같다. 들이마신 대기가 진기로 축적되면서 찌꺼기가 뱉어지는 것이다. 그럴수록 몸이 투명해지고 공력이 높아진다. 그때 뒤에서 인기척이 나더니 목소리가 울렸다.

"거사님 계시오?"

김산이 머리만 돌렸다. 이곳은 반쯤 무너진 대웅전 안이어서 불도 켜지 않았다. 달빛이 대웅전 바닥에 비치고 있다. 중 하나가 바가지를 들고 서 있었는데 안에는 식은 밥과 나물이 담겨져 있다.

"왜 그러시오?"

김산이 묻자 거사가 다가오더니 옆에 바가지를 내려놓았다.

"보시를 얻어왔습니다. 시장하실 텐데 드시지요."

"고맙습니다."

김산이 합장했다.

"잘 먹겠습니다."

"또 밤새 정진을 하시려는군요. 나이 생각을 하셔야지요."

중은 60대쯤으로 보였는데 김산은 그보다 더 늙었다. 흰머리에 주름살 투성이의 모습이다. 중이 밖으로 나갔을 때 김산이 다시 진기를 끌어들이고는 숨을 참았다. 그 순간 김산의 용모가 변하기 시작했다. 피부가 바람을 넣은 것처럼 팽팽해졌고 머리칼이 저절로 흔들거리면서 검어졌다. 뼈마디가 제각기 움직여 굵어졌고 허리가 펴졌다. 김산이 검은 찌꺼기를 뱉어냈을 때 대웅전에 앉은 사내는 20대의 김산이다. 김산이 바가지를 들고 밥과 나물을 먹기 시작했다. 오늘은 하루종일 정진을 했다. 어제 소청과 운우의 밤을 보냈지만 진기는 조금도 손상되지 않았다. 색정에서 상한다고 하는 것은 어설픈 무공을 닦았기 때문이다. 진기를 갖추면 첫째로 흔들리지 않고 둘째 쾌락에 빠지지 않는 것이다. 소청이 셀 수도 없이 극락에 올랐지만 김산은 한 번도 오르지 않는 것이 그 증거다. 그때 김산이 자리에서 일어서 몸을 솟구치더니 무너진 지붕 사이로 사라졌다.


"위황의 월권은 이미 도를 넘었습니다. 이천수와 서춘산의 거사는 모든 장수들의 뜻이나 같습니다."

사내의 목소리는 격정으로 떨렸다.

"다만 방법이 단순했고 서둘렀기 때문에 외부에 노출된 것입니다. 대규모 군사를 동원하게 되면 내부에서 정보가 빠져나갈 가능성이 많습니다."

"그렇다면 어떤 방법이 있단 말이오?"

다른 목소리가 묻자 처음 사내의 대답이 들렸다.

"황제의 재가를 받을 필요가 없습니다. 위황을 급습해서 암살하면 황제는 기뻐하실 테니까. 위황을 죽이면 나머지 간신배들은 머리 잃은 뱀 꼴이 되어서 하루 만에 소탕할 수가 있습니다."

그때 혀 차는 소리부터 들리더니 다른 사내가 말했다.

"위황의 경호가 황제보다 몇 배나 엄중하다는 걸 모르시는가? 몇 번이나 암살에 실패했지 않는가?"

"이번에는 적임자를 찾았습니다."

사내의 목소리가 낮아졌다. 김산은 긴장했다. 이곳은 경호 제치사 가사도(賈似道)의 저택 안이다. 가사도는 명문가의 자식이며 황제 이종의 귀비인 가귀비의 동생이다. 이종은 자식이 없다가 가귀비로부터 처음 자식을 낳았고 이것으로 가사도의 위상이 더 높아졌다. 그러나 가사도는 회동(淮東) 제치사였던 가섭의 아들인 것이다. 위황과 쌍벽을 이루는 실권자다.

# 6장
# 대의(大義)

경호 제치사 가사도는 30대 초반으로 머리가 뛰어나 재사로 불린다. 경호는 경서형호(京西荊湖)이다. 즉 호북의 군사, 정치를 총괄하는 수장인 제치사인 것이다. 황제 이종은 총애하는 가귀비의 동생 가사도를 신임하고 있다. 그때 사내가 말했다. 이 사내가 가사도에게 보고를 하고 있다.

"지금 임안에 와 있습니다. 제치사 대감. 제가 곧 대감께 인사를 시키겠습니다."

"알았소."

가사도가 자르듯 말하더니 곧 목소리에 웃음기가 섞여졌다.

"자, 이제 술을 마십시다. 심각한 이야기를 했더니 술맛이 떨어졌소."

그때서야 김산이 자리에서 일어섰다. 지붕 위여서 밤바람에 옷자락이 펄럭이고 있다. 다음 순간 김산의 몸이 어둠 속으로 묻혔다. 눈 깜박하는 사이에 흔적도 없이 사라진 것이다.

양광사의 대웅전은 대낮에도 어둡다. 반쯤 부서진 지붕 한쪽으로 햇볕이 들어오지만 서까래와 기울어진 벽이 가로막고 있다. 마룻바닥으로 떨어진 기왓장, 흙더미, 나뭇조각은 구석으로 모아서 남은 공간은 20평도 되지 않는다. 본래는 2백 평도 넘는 대웅전이었다. 김산이 어젯밤 먹다 남긴 찬밥에 나물을 다 먹고 나서 돌부처처럼 앉아 명상에 잠겼다. 천하는 쉬지 않고 움직여 역사를 만들어간다. 그것이 선악으로 구분 짓는 것은 얼마쯤의 시간이 지난 후이며 그것도 역사는 승자의 기록이다. 심호흡을 하고 난 김산이 눈을 뜨고 부서진 벽을 보았다. 벽 사이로 요사채 마당을 쓸고 있는 노승이 보였다. 요사채도 불에 타서 겨우 두 칸 정도만 남아 있었는데 노승은 틈만 나면 마당을 빗자루로 쓰는 것이다. 마당에 나뭇잎 한 장 떨어져 있지 않아도 그런다. 문득 김산의 입에서 말이 나왔다.

"대의(大義)는 무엇인가? 대중(大衆)을 위한 것인가? 아니면 대인(大人)에 의한 위업인가?"

그리고는 김산이 빙그레 웃었다.

"내 자신이 의롭다고 믿는 것이다."

그동안 몽골제국을 위해 목숨을 걸고 일을 한 것은 바로 신의(信義) 때문이었다. 믿고 의지해온 몽케, 쿠빌라이의 믿음을 버리지 못한 것이다. 몽케, 쿠빌라이의 지시가 대의(大義)라는 믿음도 있었다. 전쟁을 빨리 종식시키고 만백성에게 평화와 풍요를 베풀어 주겠다는 것이 몽골 지도자들의 신념이었다고 믿었기 때문이다.

"그렇다면."

김산이 다시 말했다.

"너는 지금 네 자신이 의롭다고 믿는 것이냐?"

"그렇다."

김산이 바로 대답했다. 표정이 엄숙해져 있다.

"나는 재물도, 권력도, 명예도 바라지 않았다. 그리고 그들의 대의에 공감한다."

"그들이 너를 이용물로만 취급한다고 해도 감수하겠느냐?"

"감수한다."

"네 믿음을 배신한다면 어쩔 셈이냐?"

"그냥 일을 하다가 죽을 것이다."

"네가 걸림돌이 되어서 제거하려고 해도 말이냐?"

끝없이 질문이 이어졌으므로 김산이 다시 빙그레 웃었다. 전에는 이러지 않았다. 진기를 마시고 나서부터 이런다.

"완벽한 인간은 없다."

이것이 김산이 끝으로 내놓은 결론이다. 그것으로 용서를 한다는 것인지 보복을 한다는 것인지가 분명하지 않은 것이다. 그때 마당 쓸기를 마친 노승의 혼잣말이 들렸다. 50보나 떨어져 있는 데다 입속말이었지만 다 들린다.

"죽을 때를 아는 것이 대인(大人)이다."

퍼뜩 머리를 든 김산이 노승을 보았지만 천연한 표정이다. 몸에서 어떤 기운도 느껴지지 않는다. 무심코 뱉은 말이다. 노승은 늦은 가을날 마당을 쓸면서 인생(人生)을 생각하고 있었던 것 같다. 그러다가 가슴에 품은 말이 나왔을 것이다. 김산은 몸을 일으켰다.


몸을 돌린 화선이 눈을 둥그렇게 떴다. 꿈에도 잊지 못했던 복건성 오채두가 눈앞에 서 있었기 때문이다. 지난번에 보았던 모습 그대로다. 오채두가 웃음 띤 얼굴로 화선을 응시하고 있다. 혹시 꿈인가 싶어서 눈을 깜박였던 화선이 한 걸음 다가가 섰다. 현실이다. 오채두한테서 은은한 옷냄새도 맡아졌다.

"나리, 여기 어떻게······."

말을 뱉은 순간 화선의 얼굴이 굳어졌다. 오채두와 조장들이 옥향각을 나간 후로 별 소문이 다 돌았던 것이다. 그러나 곧 유야무야되었는데 그것은 금군태위 위소형이 사건을 덮었기 때문이라고 들었다. 위소형과 오채두가 절친한 사이라는 것이다. 그때 오채두가 한 걸음 다가서자 화선과는 한 뼘 거리가 되었다.

"찾아갈 것이 있어서 왔는데, 무엇인지 알겠느냐?"

그 순간 화선의 얼굴이 익은 홍시처럼 붉어졌다. 시선을 내린 화선에게 오채두가 다시 물었다.

"그동안 내가 가져갈 것을 다른 놈한테 주지는 않았겠지?"

그때 화선이 눈을 흘기면서 모로 돌아섰다. 오채두의 얼굴에 다시 웃음이 떠올랐다.

"내가 오늘 은밀하게 왔으니 몸이 아프다고 하지 않겠느냐?"

그러자 화선이 머리만 끄덕이더니 몸을 돌려 방을 나갔다. 오후 술시(8시)가 되어가고 있어서 옥향각에는 손님이 밀려들고 있다. 화선은 옥향각 제1의 미인이요 간판이다. 아프다고 하면 누구도 끌어낼 수가 없는 것이다.


그 시간에 요문기가 사매 보경에게 말했다.

"사매, 아침에 금군 중랑장 이우성이 첩의 집 방안에서 목이 잘린 시체로 발견되었다."

쓴웃음을 지은 요문기가 보경을 보았다.

"이우성은 지난번 장강(長江) 전투에서 몽골군을 저지한 용장이다. 이것도 김산의 짓일까?"

"저도 소문을 들었습니다."

보경이 맑은 눈으로 요문기를 보았다.

"제 생각에 김산은 이쪽에서 함정을 만들어도 빠질 위인이 아닙니다. 그러니 직접 찾아 나서는 것이 낫습니다."

"직접 나서다니? 무슨 말이냐?"

"만나자고 하는 것입니다."

"어떻게?"

"방을 몇 개 붙이는 것이지요. 몽골 사신을 내일 밤에 영접한다는 내용이면 될 것입니다. 장소는 태성사가 좋겠습니다."

"허어."

눈을 크게 뜬 채 요문기가 한동안 보경을 보았다.

"당장 항주의 모든 주민이 알게 되겠구나. 묘안이다."

"태성사에 주민들이 접근하지 못하도록 금군을 배치해야 하겠지요."

"당연하지. 김산이야 새처럼 날아서 올테니까 금군이 봉쇄한다고 주저할 놈이 아니다."

요문기가 커다랗게 머리를 끄덕였다.

"김산의 자만심을 자극하는구나. 그놈은 궁금해서라도 안 올 수가 없겠다."

"아아."

화선의 신음이 이어졌다.

"아아, 나리."

그러나 신음은 탄성과 같다. 울음도 기쁜 울음이 있는 것처럼 화선의 탄성은 달콤하게 울렸다. 화선의 방 안이다. 침상 위의 두 몸이 엉켜져 있었는데 화선은 부끄러워서 알몸 위에 장옷만을 걸쳤다. 그래서 장옷을 젖히고 드러난 알몸이 마치 껍질을 열어젖힌 과일 같다. 화선이 꿈틀거리면서 다시 신음했다.

"나리, 저 죽습니다."

김산은 화선이 이제 폭발하리라는 것을 알았다. 동굴은 이미 뜨거운 온천수로 넘쳐 흘렀고 박동이 빨라지는 중이다. 화선은 지금이 첫 경험이다. 그런데도 무르익은 몸이어서 처음 경험에서 폭발하는 것이다.

"아아아."

마침내 화선이 사지로 김산의 몸에 엉겨 붙으면서 폭발했다. 동굴이 무섭게 조여지면서 온몸이 굳어져 간다. 김산은 화선의 몸을 부둥켜안은 채 폭풍이 가라앉기를 기다렸다. 정액을 배출하지 않았기 때문에 김산에게는 전혀 감동이 일어나지 않는다. 이윽고 화선의 사지가 늘어지면서 침상 위로 떨어졌다. 벌써 축시(오전 2시)가 되어가고 있다.


가사도는 이제 33세다. 33세에 경호 제치사라는 대임을 맡은 것은 황제 이종이 총애하는 가귀비의 동생이 아니었다면 불가능했다. 경호란 곧 호북지역으로 한수(漢水)를 건너면 바로 남송 땅으로 진입할 수가 있는 요지다. 그곳의 장관인 제치사가 바로 33세의 가사도인 것이다. 그러나 가귀비의 동생이긴 하지만 가사도는 총명했고 정략에 뛰어났다. 그리고 탐욕이 많았으며 주색을 밝혔다. 미술품 수집광이어서 고분을 도굴까지 한 인물이며 금이 멸망했을 때 금의 황실에 비장된 고서화를 가로채기도 했다.

"뭐라구? 아파?"

축시 끝 무렵(오전 3시), 가사도가 옥향각의 별실에 앉아 소리쳤다. 가사도의 얼굴은 술기운으로 붉었고 옷은 헝클어졌지만 눈빛은 강하고 눈동자의 초점이 제대로 잡혔다. 장신에 이목구비가 선명하다.

"예, 대감 저녁부터 열이 나서 누워 있습니다."

지배인 요성이 쩔쩔매면서 대답했지만 가사도는 앞에 놓인 찻잔을 집어 들고 내던졌다. 찻잔이 요성을 스치고 벽에 맞아 깨졌다.

"이놈아! 데려오너라! 내가 오늘 온다고 어제부터 기별을 했지 않느냐?"

"예에, 대감."

"시체라도 끌고 오너라!"

가사도의 옆에 시립한 중랑장 둘은 눈치만 보고 있었는데 말리지도, 그렇다고 요성을 같이 닦달하지도 못했다. 가사도 일행은 서호에서 뱃놀이를 하고 나서 이곳에 온 것이다. 축시 끝 무렵에 왔으니 너무 늦게 온 셈이다. 가무도 끝나고 무희와 기녀들도 이제 삼삼오오 빠져나가는 참이다. 그때 요성이 머리를 들고 가사도를 보았다.

"대감, 어지간하면 소인이 업어서라도 대감께 데려왔을 것입니다. 하지만……."

"하지만 뭐냐? 이놈아!"

"화선의 열병이 전염병 같아서 그렇습니다. 몸에 검은 반점이 일어나면서 죽는 역병일지도 모른다는 생각이 들어서 데려오지 못했습니다."

"……."

"며칠 전에 강서(江西)성에서 왔던 비단장수 일행 하나가 오는 도중에 역병에 걸려 묻고 왔다는 말을 들은 터라 화선을 방안에 가둬놓고 아무도 출입을 하지 못하게 했던 것입니다."

"가자."

말이 끝나기가 무섭게 가사도가 자리에서 일어섰다. 술이 깨어버린 듯 얼굴이 하얗게 변해 있다.

"다음에 그년이 낫거든 나에게 기별을 해라."

"예, 대감, 여부가 있겠습니까?"

가사도가 서둘러 발을 떼었는데 걸음이 정확했다.


머리를 돌린 김산이 품에 안긴 화선을 보았다. 김산은 잠깐 입을 다물고 있었던 것이다.

"너, 오늘 밤 가사도 대감을 손님으로 모시려고 했지 않느냐?"

"어떻게 아세요?"

놀란 화선이 김산의 가슴에서 얼굴을 떼었다. 두 눈이 동그래져 있다. 김산이 웃음 띤 얼굴로 말을 이었다.

"그저 들었다."

김산은 별실에서 가사도가 한 이야기도 다 들은 것이다. 그리고 오늘 밤 가사도가 온다는 것도 알고 있었다. 김산이 화선의 어깨를 당겨 안았다.

"화선, 네가 해야 할 일이 있다. 잘 들어라."

"몽골 사신을 영접한다는군."

상인 차림의 사내가 말을 이었다.

"태성사에서 오늘 밤에 말야. 그러니 잡인의 출입을 금한다고 했어."

"별일이 다 있군."

쓴웃음을 지은 앞쪽 사내가 비아냥거렸다.

"태성사가 절은 크지만 낡아서 요사채에 남은 중이 열 명도 안 돼. 수백 개 여관을 놔두고 비가 줄줄 새는 태성사에서 몽골 사신을 맞다니, 괜히 위황이 거드름을 피우는 거야."

"그럴까?"

"잡인 출입을 금지한다고 했지? 거짓말이 탄로 날까 봐 그런 거야."

김산이 젓가락을 내려놓고 엽차잔을 쥐었다. 이곳은 임안 내성의 상가 밀집지역 안이다. 상인들이 드나드는 찻집에 앉아있던 김산이 어이없는 몽골사신 영접 이야기를 들은 것이다. 그야말로 어이없다. 사신을 허름한 절에서 맞는다는 것도 그렇고 시간이 저녁이라는 것도 우습다. 거기에다 누가 맞는지도 밝히지 않았다. 김산의 얼굴에 쓴웃음이 번져졌다. 이것은 요문기의 초대다. 요문기가 오늘 저녁에 자신을 태성사로 초대한 것이다.


다오정은 임안 내성에 있는 고급 다실로 부상(富商)이나 고위관리가 많이 오는 곳이다. 보경이 다오정 현관으로 들어섰을 때는 오후 미시(2시) 무렵이다.

"하 태사를 만나기로 했는데."

현관으로 들어선 보경이 가로막듯 다가선 하인에게 말했다. 첫눈에도 무공이 몸에 익은 하인이다. 하인들은 흰옷에 붉은색 띠를 매었고 황금색

자수를 놓은 검은 두건을 썼다. 하인이 당장 머리를 숙여 보이더니 몸을 돌려 앞장을 섰다. 붉은색 양탄자가 깔린 좌우는 모두 방이다. 밀실인 것이다. 그곳에서 밀담이 이루어진다. 조용한 복도를 걸어 하인이 끝쪽의 방앞에 서더니 문을 두 번 두드리고 나서 옆으로 비켜섰다.

"들어가시지요."

하인은 보경과 시선을 마주치지 않았다. 방문을 열고 들어선 보경이 원탁의 안쪽에 벽을 등지고 앉아있는 사내를 보았다. 하성위 태사다. 40대 중반쯤의 하성위는 남송 북방군의 금군태사다. 금군(禁軍)은 곧 첩보, 감찰, 처벌을 맡은 부대로 금군태사는 곧 금군의 최고 지휘관이다. 관등은 정3품 대장군으로 북방군 최고사령관인 정2품 원담의 막하다. 보경이 읍을 하고는 잠자코 하성위의 앞자리에 앉았다. 하성위는 흰 얼굴에 염소수염을 길렀다. 눈을 가늘게 뜬 하성위가 가라앉은 목소리로 물었다.

"요문기는 위황의 심복이 되었더구나. 그렇지 않느냐?"

"위황보다 남송을 위해 나섰다고 봐도 될 것입니다."

보경이 맑은 눈으로 하성위를 보았다.

"지금 당장의 적은 몽골이 내려보낸 김산이란 고려인이니까요."

"그럼 천인회장을 맡은 것도 그것 때문이라고 하더냐?"

"묻지는 않았지만 그런 것 같습니다."

"요문기가 널 의심하지는 않느냐?"

그러자 보경이 고른 이를 드러내며 소리 없이 웃었다.

"그럴 리가 있습니까? 저를 부르려고 두 번이나 사람을 보냈는데요."

"위황을 죽이는 데 방해가 되지 않을까?"

불쑥 하성위가 묻자 보경이 시선만 주었다. 방안은 조용하다. 둘의 숨

217

소리도 들리지 않는다. 이윽고 보경이 입을 열었다.

"제가 은밀하게 죽이는 수밖에 없습니다."

"그것이 가능할까?"

"오늘 밤 김산이 태성사로 온다면 요문기와 일전을 벌이게 될 것입니다."

"그렇겠지."

"그때 제가 위황을 치겠습니다."

"태성사에서 빠져 나온다구?"

"예, 요문기의 수하가 모두 태성사로 몰려가 있을 테니 기회는 그때뿐입니다."

그러자 하성위가 길게 숨을 뱉었다.

"지금 남송에서 가장 악인이며 역적은 위황이다. 그놈이 퍼뜨리는 병균에 나라가 썩어간다."

"……."

"가사도 대감께서 너를 보자고 하셨다. 오늘 밤 거사가 끝나면 뵙도록 해라."

보경은 요문기가 임안으로 부르기 전에 하성위로부터 여러 번 제의를 받았던 것이다. 하성위는 보경의 양부 진풍과 어렸을 적에 동문수학한 사이다. 진풍이 하성위를 따르라고 하지 않았다면 보경은 바깥 세상으로 나오지 않았다. 보경이 입을 열었다.

"나리, 김산이 오늘 밤 함정에 빠져들지 않을지도 모릅니다. 그러니 김산을 죽이고 나서 뵙겠습니다."

218

"보경은 어디 갔느냐?"

요문기가 묻자 진무가 대답했다.

"태성사를 돌아보러 갔습니다."

오후 신시(4시) 무렵이다. 마당에는 20여 명의 수하가 모여 있었는데 이제 막 태성사로 떠나기 전이다. 20여 명의 수하는 고르고 고른 정예로 차림이 제각각이다. 중도 있고 상인 차림도 있으며 상제처럼 베옷을 입은 사내도 있다. 요문기가 마당을 둘러보며 말했다.

"그럼 떠나라."

이미 하나씩 불러 진퇴와 상황 대처 방법까지 낱낱이 지시를 한 터라 수하들은 순식간에 마당을 빠져나갔다. 이곳은 내성 안의 민가집이어서 태성사까지는 걸어서 한식경도 걸리지 않는다. 이제 민가에는 요문기와 수하 넷만 남았다. 그때 요문기가 말했다.

"놈은 우리가 함정을 파놓고 있다는 것을 뻔히 알고 있을 것이다. 방도 그렇게 붙였으니까."

요문기의 얼굴에 쓴웃음이 떠올랐다.

"그것은 알고도 오는 것은 놈의 우월감, 자부심이야. 안 오면 체통이 깎인다고 느껴지는 자만심이 놈을 태성사로 끌어들일 것이다."

"나리."

마당에 선 진무가 마루에 앉은 요문기를 올려다보았다. 진무는 30대 후반쯤으로 화산파 6방(方)을 지내다가 동료를 때려죽이고 도망쳐 공적(公敵)이 되었다. 화산파 6방(方)이면 3걸, 6방, 12도, 24제로 나뉘어진 화산파 내 고수 등급에서 9위 안에 드는 실력이다. 섬서성 화음현의 화산 연화봉을 탈출한 진무는 이제 천인회장 요문기의 수족이 되었다.

"제가 김산의 허명만 귀에 못이 박히도록 들었습니다. 나리께선 직접 겪으셨고 김산에게 치명상도 입히셨지 않습니까? 김산의 무공은 어느 정도입니까?"

진무의 시선을 받은 요문기가 풀썩 웃었다.

"너는 내 진면목을 알고 싶은 것이다. 그렇지 않으냐?"

"아니올시다. 나리."

얼굴을 굳힌 진무가 한 걸음 물러서면서 허리를 굽혔다.

"제가 왜 나리를……."

"나는 네가 날 찾아왔을 때 한눈에 네 능력을 보았다. 그래서 내 우측 측근을 맡긴 것이다."

"은혜를 입었습니다. 나리."

"그런데 너는 나를 아직 모르고 있어."

"제 무공이 낮기 때문입니다. 제가 어찌 나리처럼 금방 측량할 수 있겠습니까?"

"네 가슴에 품은 가죽 주머니에는 무슨 독이 들어있느냐?"

불쑥 요문기가 묻자 모두의 시선이 모여졌다. 수하 셋의 시선이 진무의 가슴에 박힌 것이다. 진무가 쓴웃음을 지었다.

"예, 소인이 제조한 여섯 종의 독을 섞어 가죽주머니에 넣었습니다. 해독제가 없어서 주머니가 터지면 숨 두 번 마시고 났을 때 칠공으로 피를 쏟고 죽지요."

"던지기 쉽게 계란만 하게 만들었구나."

"예, 나리."

"모두 여섯 개인가?"

"엉덩이에도 하나 끼워 놓아서 일곱 개입니다."

"사타구니에 찬 것은 왜 빼놓느냐?"

그러자 진무가 숨을 들이켜더니 허리를 꺾고 절을 했다.

"나리, 속이려는 의도는 없었소이다."

"알고 있다."

마루에서 일어선 요문기가 웃음 띤 얼굴로 진무를 보았다.

"네 독탄이 김산에게 치명상을 입힐 가능성이 있다."

진무가 눈만 치켜떴고 요문기의 말이 이어졌다.

"김산이 지난번에 당한 것도 그 때문이다. 인간은 신이 아니다. 어딘가에 허점이 있다."


가사도가 웃음 띤 얼굴로 상옥을 보았다. 이곳은 가사도의 임안성 내 별채 안이다.

"가서 귀비께 전해라. 위황을 곧 제거하겠다고, 그렇게만 말씀드리면 된다."

"알겠사옵니다."

상옥이 자리에서 일어서더니 생각난 듯 묻는다.

"대감, 그럼 다음에는 언제 올까요?"

"열흘 후에 오너라."

"알겠사옵니다."

가는 허리를 비틀며 인사를 한 상옥이 몸을 돌리자 짙은 향내가 풍겨졌다. 상옥은 가사도의 누님 가귀비의 시녀인 것이나. 오늘 상옥이 타고 궁으로 들어가는 수레에는 보석 상자가 세 개나 실려져 있다. 금으로 바꾼다면 10만 냥 어치의 금화 가치가 된다. 그리고 상옥의 품에는 관직에 등용되거나 좋은 직위로 영전될 인사들의 명단이 적혀진 편지가 넣어져 있다. 가귀비가 황제 이종을 움직여 태위, 자사, 장군, 군사령관까지 임명을 하고 파면을 시키는 것이다. 상옥이 방을 나갔을 때 뒤쪽 휘장이 젖혀지더니 굽은 허리에 낙타처럼 등이 솟아오른 곱사등이 사내가 나타났다. 쭈그러진 얼굴에 눈빛이 강하다. 가사도의 집사 겸 책사 석반영이다.

"대감, 하성위는 태사에서 더 올리면 위험합니다."

앞에 선 석반영이 갈라진 목소리로 말을 이었다.

"하성위는 위황을 제거하는 데는 앞장을 서지만 대감을 조금씩 의심하고 있을 것입니다."

"흥, 그럴까?"

쓴웃음을 지은 가사도가 보료에 몸을 기대었다.

"그놈이 태사가 된 것도 내 덕이 아니냐? 그런데도 나를 의심하고 배신할까?"

"만일 하성위가 대감의 이런 내막을 안다면 당장 등을 돌릴 것입니다."

석반영이 가사도 앞에 바짝 다가섰다.

"그땐 그놈이 가장 위험한 놈이 됩니다. 그러니까 위황의 세력을 제거하는 데까지만 이용하고 팽시켜야 됩니다."

"그런 멍청한 놈들이 많지."

머리를 끄덕인 가사도가 말을 이었다.

"저 혼자서 세상을 다 구해낼 줄 아는 병신들 말이다."


천장에 드러누운 김산이 가사도의 말을 듣고는 입술 끝을 비틀고 웃었다. 그러나 숨은 쉬지 않는다. 바로 등을 붙이고 누운 서까래 기둥 밑에 가사도와 석반영이 있다. 김산이 천장을 응시한 채 마음을 정했다. 세상에 악(惡)이 여러 개 있지만 가사도는 거악(巨惡)이다. 위황은 가사도에 비교하면 어린애에 불과하다. 가사도는 황제의 비가 되어있는 누님 가귀비를 이용하여 천하를 갉아먹고 있는 해충이다. 김산은 마음을 굳혔다. 남송의 멸망을 위해서는 거악(巨惡)을 살리고 소악(小惡)을 없애야 한다. 그러면 위황을 죽여서 배경이 든든한 가사도가 마음껏 남송 천하를 어지럽히도록 해줘야 한다. 그때 아래쪽에서 가사도의 목소리가 울렸다.

"위황을 언제 제거할 것이냐?"

"오늘입니다. 대감."

석반영의 목소리가 낮아졌다.

"오늘 밤 요문기가 태성사로 김산을 유인한다고 합니다. 몽골사신 영접의 방을 붙였으니 뻔한 함정인 줄 알면서도 김산이 끌려들어 올 것이라는군요."

"괴이한 수단이군."

"그것도 하성위가 고용한 자의 수단이라고 합니다. 그자가 요문기와 사매 간인데 절세의 무공을 지녔다는 것입니다."

"뭐 사매? 여자란 말인가?"

가사도의 목소리에 생기가 띠어졌다.

"예, 여자입니다."

석반영의 목소리에 웃음이 띠어졌다.

"하성위가 그 여자 보경의 양부 진풍과 동문수학한 의형제 사이시요. 그것을 요문기는 모르고 있는 것 같습니다."

"그렇군."

가사도의 목소리가 은근해졌다.

"그년, 미인이냐?"

"대감, 색욕을 채우실 대상은 아닙니다."

그러자 가사도가 짧게 웃었다.

"참, 옥향각의 화선이란 년 역병이 나았는지 모르겠다."


김산이 서까래 옆쪽의 빈틈으로 몸을 내리더니 옆방의 창문을 열고 미끄러지듯이 몸을 떨어뜨리고는 땅바닥에 발을 디뎠다. 마치 연기가 틈으로 흘러나가는 것 같은 동작이다. 밖은 뒷마당이다. 뒷마당 구석에 이쪽으로 등을 보인 경호원이 서 있었지만 다음 순간 김산의 몸이 사라졌다. 옆쪽 담장 밖으로 넘어간 것이다. 유시(오후 6시) 무렵이다. 거리에는 행인이 많았고 마차와 말을 탄 기마인까지 섞여져서 혼잡했다. 몽케칸 즉위 3년, 남송의 이종 즉위 34년, 김산은 이제 28세의 청년이 되었다. 7살 때 대륙으로 포로가 되어 끌려와 22년째가 되는 것이다. 한때 대륙을 지배하고 송을 남쪽으로 몰아내었던 금(金)은 몽골과 남송 연합군에 의해 패망 당한 지 이제 19년째다. 거리에는 서역인, 고려인, 왜인까지 섞여 있었으므로 가히 임안이 만국의 전시장이란 말에 손색이 없다.

"이보게, 조별장, 여기 귀물(貴物)이 있네."

문득 들리는 목소리에 김산의 걸음이 늦춰졌다. 주위는 행인들의 말소리, 소음에 묻혀 있었지만 그 소리만 유독 귀에 들려온 것이다. 머리를 돌린 김산이 15보쯤 떨어진 가게 앞에 서 있는 두 사내를 보았다. 각종 노리개를 파는 가게다. 그때 사내가 다시 말했다.

"이런 노리개를 하나만 사가면 내 딸이 얼마나 좋아할꼬."

김산의 발이 저절로 그쪽으로 옮겨졌다. 사내가 고려말을 했기 때문이다. 고려인인 것이다. 김산이 뒤쪽으로 다가갔을 때 일행인 사내가 말을 받는다.

"이 사람아, 무슨 돈이 있다고 이런 귀물을 사나? 우리가 가져온 무명도 제대로 팔아넘기지 못하고 있는데."

"이건 얼마요?"

일행의 말을 무시한 채 사내가 서툰 중국어로 묻자 주인이 대답했다.

"그건 금화 세 냥이고 그 옆의 노리개는 금화 닷 냥이요."

"어이구."

놀란 사내가 금박을 입힌 귀걸이를 내려놓았다. 임안에서는 여관 하녀들도 차지 않는 조잡한 물건이다. 가게 주인이 손님의 행색과 출신을 보고 살 손님이 아니라고 믿은 듯 다시 외면하고 옆 가게 주인하고 이야기를 계속했다.

"이놈들이 우리가 살 형편이 안되는 줄 알고 값을 올려 부르는구만."

일행이 투덜거렸지만 많이 겪은 듯 분개한 표정은 아니다.

"하긴 고향에선 열에 다섯이 굶어 죽는 마당에 노리개는 과하지."

노리개 흥정을 했던 사내가 어깨를 늘어뜨리면서 말했다.

"어서 무명 짐을 양곡으로 바꿔가야겠는데 사흘 동안 흥정이 안 되니 야단났어."

이제 노리개 가게에서 몸을 돌린 둘이 발을 떼었고 김산이 뒤를 따른다.


전라도 나주목(羅州牧)의 판관 유경목은 5품 문관으로 이번에 나주목사 박일의 지시를 받고 상선 두 척에 무명 3백5십 동을 싣고 임안에 왔다. 상선은 각각 5백 석, 4백 석짜리 양곡 호송선이었지만 죽기를 각오하고 대해(大海)를 건넜는데 천행으로 풍랑을 만나지 않았고 왜구의 해적선도 피할 수 있었다. 지성이면 감천이라고 임안에 도착했을 때 유경목이 눈물까지 지었지만 막상 상담이 시작되자 앞이 캄캄해졌다. 고려 무명 시세가 똥값이 된 것이다. 임안에는 서역배까지 수시로 출입하는 데다 강이 사통팔달로 뚫려있어서 사천의 비단, 호남, 강서성의 고급 무명이 시장에 범람하고 있었기 때문이다. 무명을 팔아서 호송선을 양곡으로 만선을 만들어 귀국하려던 꿈이 수포로 돌아갔다. 이제 임안의 싸구려 여관에 묵은지 열흘, 나주목 휘하의 관리와 수군(水軍) 합쳐 37명의 일행 숙식비로 벌써 무명 8동이 나갔다. 숙식비도 예전보다 두 배 이상이 오른 것이다. 이러다가 숙식비로 무명이 동날 것 같았으므로 유경목이 조바심을 내었다. 이번에 가져온 무명은 한 동에 10필씩 묶어서 모두 3,500필이다. 금화로 계산하면 한 필에 두 냥씩 쳐서 금화 7,000냥인 것이다. 고려땅은 기근으로 아사자가 속출해서 임안에서 양곡을 가득 싣고 돌아갈 예정이었다.

"야단났다."

땅이 꺼지라고 한숨을 뱉은 유경목이 하인이 차려온 밥상을 보았다. 숙식비를 아끼려고 하인이 직접 밥과 찬을 만들어 올리는 터라 상 위에는 밥과 소금에 절인 배추, 그리고 구운 생선과 장이 놓여있을 뿐이다. 식욕이 떨어진 유경목이 젓가락을 내려놓았다. 이제 상담을 하겠다고 오는 상인도 없다.


이번에도 태성사 주변 경계는 후성천의 초포군이 맡았다. 요문기가 후성천에게 김산의 유인 목적임을 귀띔해준 터라 바깥 경비는 철통처럼 단단히 채워졌다.

"김산이 이쯤 경비는 뚫고 들어올 것입니다."

술시(오후 8시)가 되었을 때 부장(部將) 곽번이 말했다. 곽번은 후성천과 함께 김산을 겪은 터라 시큰둥한 표정이다. 후성천이 잠자코 앞쪽의 태성사를 보았다. 1백 보쯤 떨어져 있어서 대웅전의 한쪽만 보인다. 이미 어둠이 덮인 사찰은 요사채 두어 곳만 불을 켰을 뿐이다.

"나리, 태성사 안에 들어가 있는 천인회 고수들 중에서 제가 모르는 면상들도 많았습니다. 온갖 놈들을 다 끌어들인 모양이요."

"……."

"태감께서 이번에는 김산을 꼭 죽이실 작정인 것 같습니다."

"와야 죽이든 살리든 하지."

후성천이 혼잣소리처럼 말했다.

"김산의 자만심을 이용해서 끌어들인다는 작전인데 과연 김산이 끌려들까?"

머리를 돌린 후성천이 곽번을 보았다. 얼굴에 쓴웃음이 떠올라 있다.

"김산은 지난번에 상처를 입었을 때가 기회였다. 이젠 그 기회도 사라졌다."

"나리, 그렇다면……."

"놔두는 수밖에."

후성천의 목소리가 낮아졌다.

"우리는 이렇게 외곽 경비만 맡으면 된다."

위황은 젓가락을 내려놓고 앞에 앉은 위소형을 보았다. 위소형이 오늘도 찾아와 있었는데 이번에는 제 휘하 중랑장 하나를 장군으로 승진시켜 달라는 부탁을 했다.

"너, 그놈한테서 얼마 받았느냐?"

"예에?"

놀란 듯 위소형의 살찐 얼굴이 더 부풀려졌다. 눈이 가늘어지면서 입술도 튀어나왔다.

"숙부, 그, 그런 일은 없습니다."

"거짓말하려면 당장 나가! 이놈아!"

"저는 절대로……."

"내일 당장 네놈 태위 감투도 떼어 버릴 거다. 거짓말이나 하는 네놈은 믿을 수가 없다."

"숙부님……."

"나가! 이 더러운 놈아."

"금화 1천 냥 받았습니다."

"이 개 같은 놈이 끝까지, 내가 모를 것 같으냐? 넌 내일 당장……."

"예, 2천 냥 받았습니다. 숙부."

"장군이 2천 냥이냐?"

"두 달만 시켜주시지요. 두 달 후에 다시 중랑장으로 끌어내려도 좋습니다."

"두 달 동안 네 휘하 장군으로 두고 밑천을 뽑아내도록 하겠군."

"숙부, 그것이……."

"얼마 받았느냐? 내가 직접 물어볼까?"

눈을 치켜뜬 위황이 묻자 위소형이 어깨를 늘어뜨렸다.

"금자 1만 2천 냥 받았습니다."

"도적놈."

"내일 5천 냥을 드리겠습니다."

"1만 냥을 가져와. 이 도적놈아."

"예, 숙부."

그러자 위황이 보료에 몸을 기대고 웃었다.

"조카와 숙부 사이니까 이런 이야기도 하는 거다. 네가 남이라면 벌써 목이 잘렸다."


지붕 위에 엎드린 보경이 둘의 이야기를 빠짐없이 들었다. 황궁 내성 안의 위황 숙소는 경비가 삼엄했다. 지난번 하성과 이천수 등의 암살 미수사건 이후 조 경비를 대폭 증강시켰기 때문이다. 그러나 보경은 두 번이나 정찰까지 하고 온 터라 경비에게 걸리지 않고 본채의 지붕 위에 엎드려 있다. 술시가 조금 넘은 시간이라 태성사에는 요문기와 고수들이 천장 위까지 숨어 김산을 기다리고 있을 것이다. 바람이 불면서 우측의 쇠 냄새가 맡아졌다. 담장에 붙어 선 두 사내가 품고, 차고 있는 병장기 냄새다. 밤새가 보경의 바로 머리 위를 날아 좌측으로 사라졌다. 보경의 존재를 눈치채지 못한 것이다. 보경의 머릿속에 하성위의 목소리가 떠올랐다.

"위황을 베어 죽이고 곧장 네 양부께 돌아가라. 위황이 죽으면 요문기는 머리 잃은 뱀 꼴이 되어서 얼마 버티지 못할 것이다."

맞는 말이다. 천인회는 위황이 몽골제국 측의 무림인을 견제하기 위하여 만든 조직이기 때문이다. 조정과 관계가 없는 사조직이니 위황이 없으면 무너진다. 그때 지붕 아래에서 위황의 목소리가 울렸다.

"좋아, 온 김에 내가 네놈한테 보여줄 것이 있다."

웃음 띤 목소리다.

"자, 어서 들여보내라."

김산이 보경의 앞쪽 지붕 끝에 앉아 있었는데 바람이 지나면서 이상한 현상이 일어났다. 김산의 몸이 흐트러지는 것이다. 마치 재로 만들어진 몸처럼 바람에 몸이 날렸다가 모여졌다. 그런데 그것은 바로 눈앞에서야 보이는 현상이고 한 발짝만 떨어져 있어도 대기에 묻혀 보이지 않는다. 김산은 보경의 앞쪽 일곱 걸음쯤 거리에 앉아 있었으므로 얼굴이 다 보였다. 보경의 시선도 이쪽을 향하고 있었지만 초점이 멀다. 시선은 김산을 관통하여 뒤쪽으로 뻗어 나가고 있다. 그때 보경의 입에 희미하게 웃음이 떠올랐다. 아래쪽 위황의 방으로 여자 셋이 들어섰기 때문이다. 여자들이 제각기 인사를 하느라고 분위기가 밝아졌다. 위황의 웃음소리도 섞여졌다.

"자, 악공을 부르라."

위황이 떠들썩한 목소리로 말했을 때 보경이 몸을 일으켰다. 악공까지 들어서기 전에 일을 끝내려는 것이다. 방 안으로 들어가는 방법은 미리 알아 놓았다. 우측 창문을 통해 들어갔다가 좌측으로 나올 계획이다. 우측 창문은 지붕에서 10자(3m)쯤 아래쪽에 있어서 일단 허공으로 몸을 띄웠다가 비스듬히 좌측으로 날려야 한다. 심호흡을 한 보경이 무릎을 굽혔을 때다.

"위험하다."

김산이 말하자 보경이 대경실색을 했다. 놀라서 굽혔던 무릎을 더 힘껏 펴면서 허공으로 솟았는데 높이가 10자(3m)나 되었다. 높이 솟은 순간에 아차, 했지만 너무 늦었다. 위황의 숙소 주위에는 8군데의 감시조가 있는 것이다. 그들의 눈에 띄지 않을 리가 없다. 솟았던 보경이 이를 악물고 착지 지점을 찾을 적에 다시 김산이 말했다.

"네 몸은 눈에 띄지 않았으니 그대로 내려앉아라."

"무엇!"

보경이 이를 악물고 이사이로 말을 뱉으려다가 밀았다. 그러나 두 발은 저도 모르게 지붕 위의 조금 전 그 자리에 착지했다. 그때 김산이 웃음 띤 목소리로 말했다.

"경공이 훌륭하다. 내가 본 중에 가장 뛰어났구나."


보경이 앞쪽 어둠을 노려보았다.

"김산."

짧게 이름을 불렀을 때 곧 웃음 섞인 목소리가 대답했다.

"한마디만 묻겠다. 만일 대답을 하지 않거나 거짓을 말하면 너는 네 임무를 달성하지 못할 테니 순순히 답해라."

보경이 주위를 둘러보았지만 어떤 기척도 느낄 수가 없다. 바람에 보경의 옷자락이 펄럭였다. 어디선가 나무 타는 냄새도 바람결에 맡아졌다. 그때 김산이 물었다.

"네가 위황을 제거하려는 이유는 무엇이냐? 오직 하성위의 지시를 받았기 때문인가?"

놀란 보경이 숨을 들이켰다. 그리고는 앞쪽을 응시한 채 독음으로 대답했다.

"위황은 매국노다. 양부로부터 위황이 부패하고 조정을 망치는 역적이라는 말씀을 듣지 않았다면 하성위의 지시대로 따르지는 않았다."

"넌 자의로 움직인다는 말인가?"

"나는 내 신조가 있다."

"네 신조는 무엇이냐?"

"국토민안(國土民安)이다."

"거창하구나."

"김산, 네 신조는 무엇이냐?"

불쑥 보경이 묻자 바로 대답이 돌아왔다.

"의(義)."

그리고는 짧은 웃음이 울렸고 다시 말이 이어졌다.

"내 땅, 내 백성이 없으니 오직 의다."

"모습을 보여라."

그 순간 보경이 숨을 들이켰다. 바로 한 발짝 앞에 장한이 서 있었기 때문이다. 바람에 옷자락도 날리고 있다. 환상이 아닌 것이다. 사내의 형형한 눈빛이 보경을 내려다보고 있다. 그때 김산이 말했다.

"그래, 오늘 밤 위황을 없애. 네 신조와 내 의를 함께 실천하기로 하자."


"불이야!"

밖에서 외침이 들렸을 때 위황은 술잔을 내려놓았다. 악공도 들었지만 음악을 멈추지는 못했다. 무희도 마찬가지, 그러나 음악이 헝클어졌고 춤이 비틀거렸다.

"무슨 일이냐?"

눈을 치켜뜬 위황이 물었을 때 옆에 앉아있던 위소형이 비대한 몸을 겨우 일으켰다. 그때 위황이 소리쳤다.

"거기 누구 없느냐!"

그때 문이 열리면서 경호군이 뛰쳐 들어왔다.

"와앗!"

그 순간 무희와 악공들이 일제히 놀란 외침을 뱉었다. 경호군이 뛰쳐 들어온 것은 맞다. 그러나 머리가 없는 몸통이 방 안으로 던져졌다고 해야 맞는 표현이 된다. 잘린 목에서 피가 분수처럼 솟았으므로 혼비백산한 악공과 무희가 사방으로 피했고 위소형은 몸을 돌려 이쪽으로 거대한 엉덩이만 디밀고 있다.

"누구냐!"

그러나 위황은 다르다. 버럭 소리친 위황이 주먹으로 술상을 내려쳤다.

"어느 놈이 감히 이곳을 치느냐!"

"불이야!"

밖에서 외침은 더 심해졌고 복도를 내달리는 발자국 소리에 이어서 연거푸 사내들의 신음이 터졌다. 그때 위황이 자리에서 일어섰다.

"누구 없느냐!"

이제 위황의 목소리가 긴장으로 떨렸다. 그 순간이다. 천장에서 사내 하나가 뚝 떨어졌는데 작은 체구의 미소년이다. 그러나 손에 장검을 쥐었고 눈빛이 매섭다.

"네 이놈!"

아직도 기가 꺾이지 않은 위황이 벽력같이 소리쳤다. 그것은 밖의 경호군을 부르는 신호이기도 했다.

"웬 놈이냐! 감히 여기가 어딘 줄 알고……."

다음 순간 위황이 숨을 들이켰다. 한 걸음 앞으로 다가오는 것처럼 보였던 사내가 칼을 휘둘렀던 것이다.

"털컥!"

그때는 방안의 무희, 악공이 숨도 죽이고 있을 때여서 그런 소리까지 들렸다. 그것은 옆쪽으로 빠져 도망치려던 위소형의 머리가 방바닥에 떨어지는 소리였다. 머리를 잃은 위소형의 비대한 몸은 그대로 두 발짝을 더 떼었는데 베어진 목에서 피가 솟고 있어서 기괴했다. 그때 위황이 다시 소리쳤다.

"거기 누구 없느냐! 살인이다!"

이제는 목소리가 처절했다.


다가오던 경비군 둘을 한칼로 벤 김산이 뒤쪽에서 울리는 위황의 목소리를 들었다. 불길이 앞쪽에서 솟아오르고 있다. 그때 바로 옆쪽에서 살기가 느껴지더니 곧장 검날이 김산의 가슴에 박혀 등판까지 관통했다. 놀라운 검술이다. 소란통이었지만 어떤 기척도 없이 다가와 단 한 번의 칼질로 심장을 관통시킨 것이다. 이것은 무당의 신검(神劍)이다. 상대의 12번 칼질을 끌어들여 단 한 번에 절명시킨다고 해서 12인검(引劍)이라고 한다던가? 이름을 잘도 지어냈지만 소름이 끼칠 정도로 치명적인 검법이다. 바짝 다가선 사내의 얼굴이 환희로 번쩍이고 있다. 40대 초반쯤의 사내는 외내공(外內攻)이 모두 충실하게 갖춰져 있다. 강건한 몸, 두 손으로 검을 쥔 자세도 빈틈이 없다. 이 순간이야말로 검객은 무아의 경지에 이르게 된다. 성취에 대한 만족감과 상대를 제거했다는 잔인한 쾌감이 몸으로 퍼지기 때문이다. 그러나 다음 순간 무당 출신 하곡은 아연했다. 검에 실렸던 비중이 흔적도 없이 사라진 것이다. 조금 전까지만 해도 검은 심장 근육을 베고 들어가 살과 힘줄에 닿는 묵직한 느낌을 받고 있었는데 지금은 허공에 떠 있다.

"아앗!"

하곡의 입에서 놀란 외침이 터졌다. 바로 눈앞에 서 있던 상대가 사라진 것이다. 자신은 그대로 검은 내지른 채 그대로였고 앞쪽만 사라졌다.

"으악!"

다음 순간 하곡의 입에서 외침이 터졌다. 왼쪽 어깨에서 오른쪽 허리까지 비스듬히 잘린 하곡이 쓰러지면서 눈을 치켜떴지만 역시 아무것도 보이지 않았다.


하곡의 비명을 뒤로 들으면서 방으로 들어선 김산은 마악 위황의 머리를 보자기로 싸고 있는 보경을 보았다. 머리를 든 보경이 김산에게 말했다.

"머리통은 들고 가겠어요."

보경은 이제 김산에게 경어를 쓴다. 그때 김산이 시선을 들어 벽에 붙어선 무희와 악공을 보았다. 모두 8명, 다음 순간 김산이 몸을 날렸다.

"아니, 왜."

놀란 보경이 짧게 외쳤지만 이미 늦었다. 김산이 쥔 칼이 서너 번 번뜩이자 제각기 심장이 찔린 8명은 순식간에 숨이 끊어졌다. 그때 머리를 돌린 김산이 위쪽 천장을 가리키며 말했다.

"천장을 뚫고 서쪽으로 가라."

그리고는 몸을 돌리면서 말을 이었다.

"나는 다시 정면으로 나갈 테다."

김산이 방을 뛰쳐나가자 보경은 숨을 들이켰다. 그때서야 김산의 의도를 알았기 때문이다. 김산은 이번 습격을 자신의 소행으로 만들려는 것이다. 지금까지 보경의 모습은 드러내지 않았다. 악공과 무희를 죽인 것도 입을 막기 위해서다.


황군태감 위황과 금군태위 위소형의 참살 소식은 요문기와 후성천이 동시에 들었다. 둘은 만사를 젖혀두고 태성사를 떠나 내궁으로 돌아왔지만 이미 늦었다. 내궁 안의 황군태감 숙소는 거의 절반이 소실되었고 피해자는 수십 명에 달했는데 위황과 위소형은 둘 다 머리통이 떼어졌지만 한 명의 머리는 찾지 못했다. 바로 위황의 머리다.

"한 놈이요."

갑옷이 불에 그은 황군소속 별장이 후성천에게 말했다.

"장신에 검은 복면을 하고 있었습니다."

후성천과 요문기의 시선을 받은 별장이 얼굴을 일그러뜨리며 웃는 시늉을 했다.

"내가 40평생에 그런 자를 처음 보았소. 몸을 날리면 화살처럼 흘렀고 칼 한 번 부딪치지 않고 내로라하는 경비군을 베었소."

지금 그들은 위황과 위소형의 시체를 내려다보면서 이야기를 하고 있다. 방안은 그야말로 시체의 산이다. 벽에 겹쳐서 쌓인 악공과 무희의 시체에서 흐른 피가 방안에 가득 덮여졌다.

"김산, 이놈이."

마침내 요문기가 꺼내기 싫은 이름을 억지로 뱉어내었다. 눈을 치켜떴지만 눈빛은 흐리다.

"내 기어코 이놈을 잡아 죽일 것이다."

"태감이 가셨으니 나는 바로 조정에 보고를 해야겠소."

어깨를 추스른 후성천이 몸을 돌리면서 말했다.

"황군태감으로 누가 임명될지 모르겠군."

요문기가 그의 뒷모습에 시선을 주었을 때 옆에서 인기척이 났다.

"사형, 김산이군요."

어느새 나타난 보경이 주위를 둘러보며 말했다.

"태성사로 오지 않고 이곳으로 왔군요."

요문기는 시선만 줄 뿐 대답하지 않는다.


"무어? 위황이?"

황제 이종이 되물었지만 얼굴 표정은 그대로다. 표정이 없는 얼굴이다. 밤, 자시(12시) 무렵이 되었지만 이종은 보료에 기대앉아 무희의 춤을 보고 있다가 보고를 받은 것이다. 악공의 음악은 잔잔하다. 둘러앉은 고관들은 위황의 참변 소식을 듣고 동요하고 있다. 그때 황제 이종이 다시 물었다.

"살해당했어? 누가 죽인 거냐?"

"그건 모릅니다."

황제 호위대장 방극도가 엎드린 채 말을 이었다.

"괴인의 습격을 받았다고 합니다. 함께 있던 금군태위 위소형도 같이 살해되었습니다. 폐하."

"위소형? 그 비대한 놈 말인가?"

"예, 폐하."

"위황의 조카였지?"

"예, 폐하."

그때 이종이 술잔을 들어 한 모금 삼키더니 주위를 둘러보는 시늉을 했다.

"가사도를 부르라."

"예, 폐하."

환관이 달려갔고 그때서야 방극도는 머리를 들고 긴 숨을 뱉었다. 그때에도 음악이 울리고 있었으므로 이종이 손을 들고 말했다.

"음악을 그쳐라."

음악이 그치자 거대한 연회장은 잠깐 무거운 정적이 덮였다. 이종이 초점 없는 시선으로 앞쪽을 보았다가 문득 생각 난 듯이 또 묻는다.

"가만, 내가 가사도를 불렀던가?"

"예, 폐하."

옆쪽에서 재상 엄규동이 대답하자 이종의 시선이 다시 방극도에게로 옮겨졌다.

"위황과 위소형의 저택에 경호군을 보내 출입을 봉쇄시켜라."

"예, 폐하."

"위황과 위소형의 처첩, 친척의 저택, 별장도 마찬가지, 즉시 봉쇄해라."

"예, 폐하."

연회장 안은 이제 숨소리도 들리지 않았고 다시 이종의 말이 울렸다.

"그들이 그동안 축적해놓은 재물은 이제 황실 소유다. 알겠는가?"

"예, 폐하."

그러자 이종이 보료에 다시 등을 붙이더니 악공을 향해 손짓을 했다.

"자, 다시 음악을."


축시(오전 2시) 무렵, 침상에 누웠던 보경이 갑자기 몸을 일으켰다. 놀란 표정으로 눈을 치켜떴다가 곧 어깨를 늘어뜨리면서 쓴웃음을 지었다.

"어사총감이십니까?"

그 순간 비어있던 벽 쪽 의자에 앉아있는 사내의 모습이 드러났다. 김산이다. 방안은 어두웠지만 둘에게는 한낮이나 같다. 보경의 시선을 받은 김산이 물었다.

"나를 제거할 생각은 없느냐?"

"그것은 요문기의 부탁이었고 그에 따를 생각은 없었습니다."

침대 끝에 앉은 보경이 말을 이었다.

"그리고 저는 그럴 능력이 없습니다."

"위황의 목은 어디에 두었는가?"

김산이 묻자 보경이 입술 끝을 올리며 웃었다.

"예, 하 태사한테 넘겨 주었습니다. 하 태사는 그것을 가사도 제치사한테 보인다고 했습니다."

"이제 네 임무는 끝난 셈인가?"

"그렇습니다."

"하지만 요문기가 널 부른 목적은 아직 끝내지 않았다."

그것이 바로 김산의 제거다. 그러나 명령을 내린 위황이 시체가 되었으니 요문기는 어떻게 처신할 것인가? 그때 보경이 김산을 보았다. 가라앉은 눈빛이다.

"이제는 요문기가 별로 내키지 않는 것 같습니다. 나리."

"뭐가 말이냐?"

"나리를 제거하는 일 말씀입니다."

김산의 시선을 받은 보경이 말을 이었다.

"그것이 요문기의 본심(本心)이지요. 득이 없는 일에는 나서지 않습니다. 그래서 제 양부께선 요문기가 장주로는 어울리나 인연이 얽힌 세상에서는 위아래를 배신할 인간이라고 했습니다."

"그런데도 네 양부께선 네 종파를 요문기에게 넘겨주셨단 말이냐?"

"그렇지 않았다면 요문기가 경쟁자들을 모두 죽였을 것이라고 하셨습니다."

"악랄한 놈이군."

"양부께선 요문기가 장주가 되면 종파는 발전될 것이라고 믿으셨습니다."

"네 양부는 그릇이 작다."

"양부도 그렇게 말씀하셨습니다."

이제는 김산이 입을 다물었고 보경의 말이 이어졌다.

"제 분수를 아는 것이 가장 큰 덕목이라고도 하시더군요."

"네 양부 성함이 어떻게 되시냐?"

"진풍이십니다."

"대인(大人)이시다."

그러자 보경이 풀썩 웃었다.

"조금 전에는 그릇이 작다고 하셨지요."

"그렇구나."

"위황의 목이 궁금해서 저한테 오셨습니까?"

"오늘은 요문기가 오지 않는구나."

김산이 말하자 보경이 숨 들이켜는 소리를 내었다. 두 눈이 크게 뜨여졌다.

"'오늘은'이라니요?"

"요문기가 시간이 날 때마다 네 숙소 주위를 날아다녔다."

김산의 목소리에 웃음기가 띠었다.

"기댔던 위황이 죽었으니 출셋길이 막혔겠지. 그러니 날 쫓는 것도 의욕이 떨어진 모양이다."

김산이 몸을 돌렸을 때 보경이 일어섰다.

"나리."

보경의 시선을 받은 김산의 얼굴에 웃음이 떠올랐다.

"너, 몇 살이냐?"

"스물셋입니다."

"스물셋이 되도록 남녀간 교접을 한 적이 없으니 넌 천상의 선녀나 다름없다."

그 순간 보경은 얼굴이 달아올랐으므로 저절로 손바닥을 볼에 붙였다. 김산이 발을 떼면서 말을 이었다.

"오늘은 쉬어라, 내일부터 세상이 다시 바쁘게 돌아갈 것이다."


"황제가 보낸 황군 위사대가 위황의 저택은 물론이고 소실의 저택까지 모두 압류를 했습니다."

진무가 숨 가쁜 목소리로 말을 이었다.

"위소형도 마찬가지입니다. 황제는 위황과 위소형의 일가친척 재산까지 모두 회수를 한다는 것입니다. 그동안 실컷 축재를 하고 호의호식을 했을 테니 이젠 국고로 돌려받는다고 했습니다."

"더러운 놈."

요문기가 독음으로 말했지만 진무는 들었다. 숨을 들이켠 진무가 입을 다물었다. 묘시(오전 6시) 무렵, 둘은 임안성 안 전각사의 마당에 서 있다. 아직 이른 시간이어서 절 안마당은 텅 비었다. 동녘 하늘이 밝아지는 중이었지만 아직 해는 솟아오르지 않았다. 주위를 둘러본 요문기가 진무에게 말했다.

"내가 위 태감을 통해 정3품 근위장군 작위를 받았는데 황제가 나까지 노리고 있을지 모르겠다."

"그럴 리가 있습니까?"

쓴웃음을 지은 진무가 말을 이었다.

"위 태감이 직을 준 관리가 수천 명일 것입니다."

"어쨌든 나는 일할 의욕을 잃었다."

뱉듯이 말한 요문기가 주위를 둘러보았다. 이곳은 천인회의 임시 숙소이기도 하다.

"자금 지원도 끊겼으니 흩어지는 것이 낫다."

"그럼 어떻게 하실 겁니까?"

"당분간 잠적해야지."

쓴웃음을 지은 요문기가 지그시 진무를 보았다.

"그래서 너를 부른 거다."

가사도가 얼굴을 펴고 웃었다.

"위황과 위소형 재산을 모으면 황금 수천만 냥은 될 거요."

"그렇군요."

쓴웃음을 지은 하성위가 긴 숨을 뱉었다.

"이제 악(惡)을 하나 제거했습니다."

"위황이 심어놓은 악의 새끼들이 수백이오. 놈들을 찾아 제거하는 것
이 하 태사의 임무요."

"제가 그런 능력은 없습니다."

"보경이 있지 않소?"

가사도가 눈을 가늘게 뜨고 하성위를 보았다.

"위황의 목은 돼지 먹이로 던져 주었지만 보경을 만나지 못해서 아
쉽소."

"드러내기를 싫어하는 여자입니다. 대감."

"얼굴이 그토록 박색이오?"

"예, 추물이어서 어렸을 때부터 주위의 놀림을 많이 받은 터라 낮에는
돌아다닌 적이 없지요."

"아쉽군."

입맛을 다신 가사도가 화제를 바꾸었다.

"김산을 잡아야 할 텐데 요문기가 의욕을 내지 않을 것은 뻔한 터, 하 태
사의 생각은 어떠시오?"

"요문기는 위황으로부터 정3품 근위장군까지 되었습니다. 이번에 위
황이 죽은 것도 그렇지만 폐하께서 위황 일족의 재산을 몰수하신 것을 보
고 충격을 받았을 것입니다.

"보경이 요문기를 당해낼까?"

"둘을 겨루게 할 수는 없습니다. 보경도 거부할 것입니다."

"그렇겠군."

"아직도 요문기 휘하에 고수들이 많습니다. 대감."

머리를 끄덕인 가사도가 길게 숨을 뱉고 나서 말했다.

"첫술에 배부를 수는 없지. 이제 위황을 제거했으니 그다음 순서를 정합시다."

하 태사가 방을 나갔을 때 옆쪽 방문이 열리더니 곱사등이 석반영이 들어섰다. 쭈그러진 얼굴이 찌푸려져 있어서 더욱 흉측해진 모습이다.

"대감, 김산이 요즘 나타나지 않는 것이 수상합니다."

앞에 선 석반영이 목소리를 낮춰 말을 이었다.

"요문기가 유인을 했지만 나타나지 않았고, 대신 그 시각에 위황과 위소형이 죽었지요."

"그렇군, 요문기로서는 허를 찔린 셈이지. 보경이 뒤통수를 때린 셈이야."

가사도가 빙그레 웃었을 때 석반영의 이맛살이 더 찌푸려졌다.

"대감, 하 태사한테 보경을 시켜 먼저 김산을 잡으라고 하시지요."

"그럴까?"

"그리고 나서 요문기를 시켜 하 태사를 죽여 없애시지요. 오래 두면 대감 뒷조사를 할 가능성이 많습니다."

"그렇겠다."

머리를 끄덕인 가사도의 옆으로 석반영이 바짝 다가섰다.

244

"요문기가 하 태사를 죽인 후에는 그 증거를 초포관 후성천에게 넌지시 보이는 것입니다. 그럼 요문기와 후성천의 싸움이 될 것입니다."

"옳지."

가사도의 두 눈도 번들거렸다.

"네가 내 제갈량이다."

"그 증거를 동시에 보경에게도 주면 후성천과 보경이 연합해서 요문기를 치게 될 것입니다. 그러면 막상막하의 싸움이 되지 않겠습니까?"

"과연."

가사도가 얼굴을 펴고 웃었다. 보경과 초포관 후성천도 함께 죽어도 전혀 아깝지가 않은 인물인 것이다.


"들었느냐?"

독음으로 김산이 물었지만 보경은 시선만 주었다. 자시(12시)가 되어가고 있어서 별장 안은 정적에 덮여 있다. 둘은 가사도의 본채 지붕 위에 엎드려있는 것이다. 밤바람이 불어와 보경의 옷자락을 날렸다. 보경은 가사도와 하성위의 이야기에서부터 방금 석반영의 말까지 모두 들은 것이다. 김산이 보경을 응시한 채 말을 이었다.

"이것이 권력과 인간 내면의 모습이다. 제국을 이끌고 있는 탐관오리와 그에 빌붙는 자들의 진면목이다."

"……."

"이런 제국이 오래 버틸수록 백성들의 고통은 더 심해지지 않겠느냐?"

김산의 시선이 옆쪽으로 옮겨졌다. 가사도의 경비내가 수시로 점검하고 다니는 것이다. 다시 김산의 말이 이어졌다.

"내일 하성위가 너에게 나를 잡으라고 하겠구나. 그리고 그다음에 하성위는 요문기에게 당하겠다."

"……"

"그래, 넌 어떻게 하겠느냐?"

그때 보경의 눈동자에 초점이 잡혔다.

"하 태사에게 사실을 말해야 될 것 같습니다."

"……"

"몸을 피하게 하고 저도……."

"사라진단 말인가?"

보경이 시선만 준 채 대답하지 않는 것은 아직 마음을 정하지 않았기 때문이다. 그때 김산이 불쑥 물었다.

"날 따라오겠느냐?"

보경이 대답하지 않았으므로 김산의 얼굴에 쓴웃음이 번져졌다.

"내가 말했지 않느냐? 난 의(義)를 쫓는다고."

"……"

"이곳은 썩었다. 그러니 빨리 멸망하는 것이 백성을 살리는 것이 된다."

바람이 불어와 보경의 옷자락을 다시 날렸다. 그 순간 보경이 숨을 들이켰다. 김산의 옷자락은 움직이지 않는 것이다. 이것은 무슨 조화 속인가? 꿈을 꾸는 것 같아서 숨을 들이켰더니 밤공기 냄새가 맡아졌다. 그때 김산의 말이 꿈속처럼 들렸다.

"그러기 위해서는 가장 악인을 살려두는 것이 멸망을 앞당기는 셈이 된다."

"……"

"위황보다 가사도가 더 머리가 명석하며 배경까지 갖춘 극악이었다. 가사도는 위황의 열 배는 더 악행을 벌일 수가 있는 놈이다."

"……."

"그래서 내가 가사도를 살리고 위황을 죽인 것이다. 남송에 득이 되는 놈이 죽어야 빨리 남송이 멸망하지 않겠느냐?"

이제는 보경이 숨을 죽이고 김산을 응시하고 있다. 김산이 보경을 향해 희미하게 웃었다.

"따라서 하성위, 후성천이 죽어야 하고 요문기는 가사도의 수족이 되어 악행을 더 크게 벌여 나가야만 한다."

그리고는 김산이 지붕 위에서 몸을 일으켰다.

"그것이 내가 요문기를 아직까지 살려놓은 이유이기도 하다. 자, 떠나지 않겠느냐?"

김산이 묻자 보경은 망설이다가 몸을 일으켰다. 김산의 옷자락이 밤바람에 펄럭였다. 그때 김산이 말했다.

"건너편 지붕에서 이쪽을 응시하고 있는 놈이 있다."

웃음 띤 목소리로 말한 김산이 손을 뻗어 보경의 어깨에 얹어 놓았다. 그 순간 보경은 자신의 몸이 가벼워진 느낌을 받았다. 시선을 내린 보경이 숨을 들이켰다. 옷자락이 바람을 받고도 흔들리지 않는다.

# 7장
# 만선(滿船)

그 순간이다. 보경은 숨을 들이켰다. 바로 다섯 걸음 앞쪽 지붕 위에 사내 하나가 나타났기 때문이다. 어디서, 어떻게 날아왔는지 모른다. 눈 깜박하는 순간에 눈앞으로 등장했기 때문이다. 보경이 옆에 선 김산을 본 것은 당연했다. 무의식중이었지만 어떻게 할 것인지 맡긴다는 자세였다. 김산을 본 보경의 가슴이 또 내려앉았다. 김산은 그저 물끄러미 앞쪽 사내를 응시하고 있을 뿐이었다. 그때 사내가 성큼성큼 이쪽으로 다가왔으므로 보경은 저도 모르게 허리에 찬 장검의 손잡이를 쥐었다. 눈을 치켜뜬 보경의 앞으로 사내가 다가왔다. 이제 한 걸음 앞이다. 보경이 칼을 후려치듯이 빼면서 사내를 베려는 순간이다. 보경은 사내의 눈동자 초점이 자신을 뚫고 뒤쪽에 옮겨져 있는 것을 보았다. 이쪽은 칼을 뽑으려는 순간인데 사내는 전혀 무방비 상태다. 나를 보지 못했단 말인가? 그 순간이다. 보경이 잠깐 주저하는 사이에 사내가 거침없이 다가와 보경의 어깨에 몸을 부딪쳤다. 숨을 들이켠 보경이 물러나려고 상반신을 젖혔지만 다가온 사내가 보경의 몸을 젖히고는 뒤쪽으로 나갔다. 보경은 입을 딱 벌렸다. 사내가 자신의 몸을 젖힌 것이 아니었다. 자신의 몸을 뚫고 나간 것이다. 엄밀히 말하면 자신의 몸이 형체가 없고 대기로 변해 있었기 때문이다. 그리고 사내의 눈에는 보이지 않는 것이다. 이제 사내가 이쪽에 등을 보이더니 지붕 끝에 서서 사방을 둘러보고 있다. 그때 옆에 선 김산이 보경을 향해 빙그레 웃었다. 밤바람이 불어와 나뭇잎이 지붕 위로 날아갔지만 김산의 머리 칼과 옷자락은 흔들리지 않았다. 그러고 보니 보경 자신의 옷도, 머리칼도 그렇다. 그리고 감촉도 느껴지지 않는 것이다. 보경은 제 손을 보았다. 그리고는 손가락으로 손바닥을 찔러 보았다. 그러자 손가락이 손바닥을 관통해서 밑으로 내려왔다. 그때 지붕 끝에 서 있던 사내가 혼잣말로 투덜거리더니 몸을 날려 사라졌다.

"네 몸이 진기로 변형되어 있었던 것이다."

옆에 서 있던 김산이 말하고는 그때서야 보경의 어깨에 얹은 손을 떼었다. 그 순간 보경의 옷자락이 바람에 날렸고 피부에 서늘한 바람이 닿았다.


"4천 냥이라구요?"

비명처럼 말을 뱉은 유경목이 송상(松商) 연자성을 보았다. 임안성 북청교 근처의 현종각 안이다. 현종각은 고관(高官)과 거상(巨商)만 출입하는 고급 여관으로 연자성의 단골이다. 연자성은 고객을 이곳으로 모시는데 유경목은 이곳이 처음이다.

"난 최소한 6천 냥은 받으려고 했습니다. 아무리 무명 값이 떨어졌다고 하지만 작년만 해도 한 필에 금 두 냥 아니었습니까?"

유경목의 목소리가 간절해졌다.

"그런데 4천 냥이라니요? 7천 냥을 기대하고 왔는데 그렇게 넘길 수는 없습니다."

"유 판관."

의자에 등을 붙인 연자성이 염소수염을 손바닥으로 쓸었다. 연자성은 무역선 두 척에 창고 두 개, 도매상 세 개를 운영하고 있지만 임안의 송상 중 중하위급 수준이다. 그러나 30여 년의 경륜이 있는 터라 다급한 하물주는 어떻게 요리하는지는 도가 트였다.

"내 창고에도 무명이 1만 필이나 쌓여 있소. 보고 싶다면 지금이라도 보여주리다. 내가 인연을 생각해서 그 가격으로라도 가져가겠다는 거요. 나가서 다른 곳에 물어보시면 한 필에 금 한 냥도 줄까 말까 할 겁니다."

연자성이 웃음 띤 얼굴로 조목조목 말을 잇는다.

"요즘은 사천과 귀주에서 무명이 쏟아지는데 그 품질이 월등합니다. 한 필에 금 한 냥으로 떨어진 지 오래되었어요. 고려 무명보다 낫다고들 합니다."

"……."

"내가 누구라고 말을 못하겠지만 호남성 무명을 고려 무명이라고 속여서 파는 놈들이 있소. 그놈들이 고려 무명 값을 다 떨어뜨린 것이오."

"연 대인."

어깨를 늘어뜨린 유경목이 연자성을 보았다.

"저 무명을 모으는데 4천5백 냥이 들었소이다. 4천 냥을 받으면 국고를 거덜 낸 죄를 받아야 합니다."

"나로서는 방법이 없소."

머리를 저은 연자성이 길게 숨을 뱉더니 옆에 앉은 서기를 보았다. 자리에서 일어나자는 시늉 같다.


허청거리는 걸음으로 싸구려 여관으로 들어섰던 유경목을 장교 석용이 맞았다.

"나리, 손님이 기다리고 계시오."

유경목의 시선을 받은 석용이 손으로 안쪽 다실을 가리켰다.

"송상인데 무명을 한번 보시겠답니다."

유경목이 발을 떼면서 석용의 얼굴을 다시 한 번 보았다. 송상이 무명 흥정을 하러 왔다면 반겨야 정상인데 침울한 표정이다. 다실 안으로 들어선 유경목은 대번에 그 이유를 알았다. 꾀죄죄한 차림의 사내가 앉아 있었던 것이다. 그것도 30세 정도의 장신이어서 도무지 상인같이 보이지 않았다. 가죽조끼에 가죽 신발을 신었고 머리에 두건을 써서 잠깐 문밖에 나온 시장 소매상 차림이다. 다가간 유경목이 두 손을 모으고 사내를 보았다. 뒤를 따라온 도사 박만호도 같은 생각인 것 같다. 눈썹을 세운 것이 탐탁지 않은 기색이다. 다가선 유경목이 예의 바르게 허리를 굽혀 인사를 했다.

"대인께서 무명 거래를 원하신다고 들었습니다. 저는 고려 나주목 판관 유경목이라고 합니다."

유경목의 한어는 유창했다. 한시도 잘 썼고 특히 글씨가 명필이어서 현판을 자주 쓴다. 자리에 앉아있던 사내가 잠자코 일어나 시선을 주었다. 다실 안에는 손님이 사내 하나뿐이다. 방값이 싼 뜨내기 여행자용 여관이

어서 다실의 차를 사 마실 여유가 없는 것이다. 그때 사내가 둘을 내려다
보며 말했다. 키가 머리통 하나만큼 커서 내려다보는 것이다.

"내가 고려를 침공했던 몽골군 사령관 쿠추다."

순간 유경목과 박만호는 숨을 삼켰다. 내용은 둘째치고 고려말을 들었
기 때문이다. 그 다음 순간 내용이 머릿속에 박히자 얼굴이 하얗게 굳어졌
다. 그러나 숨 한 번 호흡하고 났을 때 무장(武將)인 도사 박만호의 반응이
그래도 빨랐다.

"무슨 말씀이오?"

고려말로 묻는다. 박만호가 눈에 힘을 주고 사내를 쏘아보았다.

"그대가 누구라고 했소?"

"적지(敵地)에 있으니 이상하느냐?"

쓴웃음을 지은 사내가 자리에 먼저 앉더니 말을 잇는다.

"내 고려명은 김산, 너희들이 이미 다 알고 있으렷다."

"이, 이것 보시오."

하고 박만호가 한 걸음 다가섰을 때 사내의 눈빛이 강해졌다.

"그놈, 답답한 놈일세, 보아하니 무장 같은데 최항이의 인맥이냐?"

"아, 아니."

"이놈, 닥쳐라, 네놈하고 긴말 할 여유가 없다."

내려치듯이 말한 사내의 시선이 유경목에게로 옮겨졌다.

"너는 무명만 빼앗기고 돈도 받지 못할 것이다. 너하고 상담을 한 연자
성이는 무역선이 난파되어 빚더미에 앉은 놈이다. 너한테 계약금을 줄 돈
도 없다."

"이, 이것 보시오."

다시 박만호가 나섰을 때 유경목이 손으로 입을 막는 시늉을 하면서 그때서야 앞쪽 자리에 앉았다. 그리고는 물었다.

"정말 몽골군 사령관이십니까?"

"지금은 몽골 어사총감으로 임안을 비밀리에 숙정하려고 온 것이다."

"숙, 숙정하려고 말입니까?"

"그렇다."

쓴웃음을 지은 사내가 말을 잇는다.

"그러다가 네 수하들을 시장에서 본 것이다. 고려말이 귀에 들렸기 때문이지."

그날 저녁 술시(8시) 무렵이 되었을 때 유경목이 도사 박만호, 그리고 호위장교 하나를 데리고 부둣가에 위치한 박화장 여관에서 다시 송상 연자성을 만난다.

"자, 내 창고로 가십시다."

차도 마시지 않고 일어선 연자성이 앞장서서 다실을 나오면서 말했다.

"축시 무렵에 배가 들어올 예정이어서 내가 좀 바쁩니다. 그러니 창고로 가서 이야기하십시다."

연자성이 창고에서 상담을 끝내자고 한 것이다. 서기 둘을 거느린 연자성이 태도는 의젓했다. 부두를 지나는 상인과 아랫것들이 대인(大人)을 대하는 듯 모두 인사를 하고 지나갔다. 이윽고 박화장에서 3백여 보 거리에 위치한 거대한 창고 앞에 멈춰선 연자성이 유경목을 돌아보았다.

"여기가 내 두 번째 창고요. 자, 들어갑시다."

창고 정문을 지키고 있던 경비원 셋이 연자성을 보더니 일제히 절을 했고 곧 문이 열렸다. 짙은 어둠이 덮인 밤이었지만 창고의 거대한 건물 윤곽이 드러났다. 길이가 3백 보, 넓이가 일백 보에 이르는 단층 건물인 것이다. 곧 창고 앞으로 다가간 연자성을 보자 쪽문 앞에 서 있던 경비원 둘이 문을 열었다. 경비원 하나는 손에 등을 들고 앞장을 섰다. 연자성을 따라 안으로 들어선 유경목은 숨을 들이켰다. 창고 안은 물품으로 가득 차 있었기 때문이다.

"불을 밝혀라."

연자성이 지시하자 서기 하나가 창고 벽에 붙여진 등 서너 개에 불을 옮겼다. 그 순간 창고에 쌓인 내용물이 드러났으므로 유경목은 몸을 굳혔다. 보물창고인 것이다. 비단이 산더미처럼 쌓였고 향료, 금, 은으로 만들어진 온갖 귀물이 첩첩이 놓여졌다. 그때 연자성이 벽 쪽에 놓인 의자로 다가가 유경목에게 자리를 권했다.

"자, 여기 앉으시지요."

유경목과 마주 보고 앉았을 때 연자성이 웃음 띤 얼굴로 말했다.

"내가 헤어지고 나서 생각을 했는데 바다를 건너오신 유공께 너무 박절하게 대하지 않았나 하는 생각이 들었습니다."

"아니, 무슨 말씀을……."

당황한 유경목의 말을 자르며 연자성이 말을 이었다.

"그래서 내가 귀공의 무명을 5천 냥에 사 드리기로 했습니다."

"아아."

감동한 유경목의 눈에 금방 눈물이 맺혔다.

"감사합니다. 연 대인, 고려 백성들의 은인이 되실 겁니다. 우리는 무명 판 돈으로 3년째 흉년으로 굶어 죽어가는 백성들의 양곡으로 바꿔 가려는 것입니다."

"도와드리게 되어서 저도 다행이오."

커다랗게 머리를 끄덕인 연자성이 이제는 엄숙한 얼굴로 말했다.

"그럼 오늘 밤 안에 무명을 이 창고로 옮겨 놓으시지요. 그리고 나서 내일 아침에 다시 이곳에 오시면 금화 5천 냥을 드리겠습니다."

"그럼 지금 당장에……."

유경목이 엉거주춤 일어서자 연자성이 쓴웃음을 지으며 말렸다.

"아니, 차는 한잔 하고 가셔야지요."


자시(12시) 무렵이 되었을 때 창고 정문에 서 있던 오윤이 뒤쪽에 대고 소리쳤다.

"온다!"

정문에 서 있던 경비원 셋은 어둠 속에서 다가오는 말떼를 보았다. 짐말이다. 짐말은 배 양쪽에 커다란 대나무 바구니를 매달고 있었는데 모두 50여 마리나 되었다. 눈을 가늘게 뜨고 말떼를 본 오윤이 입안에 고인 침을 삼켰다.

"많이 들어오는구나."

그때 뒤쪽 창고의 대문이 열리는 소리가 났다. 미리 짐말을 맞을 준비를 하는 것이다.

"창고 잠깐 빌려주는 값으로 무명 10동이라고 했지? 엄청나게 비싸구만."

뒤에 서 있던 공가(家)가 투덜거렸으므로 오윤이 웃음을 참고 말했다.

"아니, 그래도 우린 무명 3백 동은 그냥 먹지 않나?"

그때 말떼가 다가왔다. 앞장선 사내는 하물 인도 책임자 같다. 오윤이 웃음 띤 얼굴로 사내를 보았다.

"저녁때 판관 모시고 오셨던 분이시구만그래."

그 순간이다. 오윤은 목에 뜨거운 불기둥이 스치고 지나는 느낌을 받았다. 앞쪽에 서 있는 사내가 전혀 움직이지 않았기 때문에 무슨 영문인지도 모른 채 머리가 몸통에서 떨어졌다. 뒤쪽에 서 있던 경비병 둘도 비슷했다. 다만 둘은 오윤의 머리 없는 몸통이 잠깐 서 있었기 때문에 놀라 그것을 보는 순간 머리가 떼어졌다.


"자, 가자."

셋을 단숨에 참살한 김산이 앞장서 마당으로 들어서며 말했다. 그리고는 창고 건물을 향해 가볍게 손을 뿌렸는데 문앞에 서 있던 경비병 둘이 거의 동시에 뒤로 넘어졌다. 이미 창고 문을 열고 맞을 준비를 하고 있었던 터라 불을 밝힌 내부가 다 드러났다. 앞장선 김산이 몸을 날려 창고 안으로 들어섰다. 창고 안에는 사내 넷이 모여 서 있었는데 이제 바깥쪽 분위기를 알았다.

"이놈! 누구냐!"

버럭 소리친 사내는 저녁때 연자성과 함께 있던 서기다.

"아악!"

그러나 사내는 다음 순간 이마에 깊숙이 박힌 쇠젓가락에 꿰어 뒤로 넘어졌다.

"으아악!"

이어서 비명이 터졌다. 김산이 싸구려 여관 주방에서 집어온 놋쇠 젓가락에 제각기 머리가 뚫린 연자성의 수하 세 명이 절명하면서 뱉는 단말마의 외침이다.

"자, 값진 것만 담아라!"

천장까지 쌓인 녹용 자루 위에 서서 김산이 소리쳤다. 그때는 50필의 짐말이 창고 안에 다 들어왔으므로 말떼와 사내들의 소음이 가득 차 있다.

"바깥은 걱정하지 말고 차분하게 담아라!"

김산이 다시 소리쳤다. 말떼를 몰고 온 사내들은 고려인 선원과 장교들이다. 싸구려 여관에서 먹는 밥도 미안해서 쩔쩔매던 사내들이었다. 모두 창고에 가득 쌓인 보물에 넋이 나가서 김산의 말을 듣고 나서도 허둥대고만 있다.

"자, 저기 금붙이부터 담아라!"

먼저 정신을 차린 도사 박만호가 소리쳐 지시를 시작했다.

"조 별장은 저쪽 비단을 가져가! 그리고 배 별장은 둘을 데리고 안쪽으로 들어가 귀물이 있는가를 찾아라!"

그러자 갑자기 활기가 일어났다. 이제는 장교들이 먼저 주고받는다.

"그까짓 약재는 부피만 크니 저기 호피를 가져가세!"

"여기 옥으로 만든 노리개가 쌓였어!"

말에 실렸던 흙자루를 꺼내 던진 사내들이 서둘러 보물을 싣기 시작했다. 김산이 몸을 날려 창고의 지붕 위로 올라가 주위를 살폈다. 이 창고는 연자성의 친구 위현의 소유다. 위현은 임안의 거상(巨商)으로 무역선 다섯 척에 창고 넷을 소유하고 있었는데 오늘 밤 이 창고를 연자성에게 빌려준 것이다. 빌려준 대가는 무명 10동이었으니 잠깐 문만 열어준 대가 치고는 꽤 큰 수입이다. 물론 내막을 알고 빌려준 것이다. 의지할 곳 없는 고려인이 내일 아침에 창고에 찾아오면 시치미를 딱 뗀 위현의 창고지기가 미친놈 취급을 하면서 쫓아내면 되는 것이다. 물론 고려인이 갖다놓은 무명 330동은 바로 연자성이 옮겨갈 것이므로 흔적도 남지 않을 터였다. 관(官)에 하소연을 해도 들어줄 관인도 없는 것이다. 지붕 위에 선 김산의 얼굴에 쓴웃음이 일어났다. 연자성의 얼굴이 떠올랐기 때문이다. 연자성은 지금 창고에 가있는 서기의 연락을 기다리고 있을 것이었다. 무명을 옮겨가려고 수레까지 준비해 놓았겠지만 연락은 오지 않는다. 김산은 연자성의 처단은 친구 위현에게 맡기기로 했다. 곧 창고가 털린 것을 알면 위현은 연자성을 가만두지 않을 것이기 때문이다.

항구 끝에서 기다리고 있던 고려선 두 척에 짐을 다 실었을 때는 인시(4시)쯤 되었다. 세를 내어 가져온 짐말까지 보내놓고 고려선 두 척은 묘시(6시)에 항구를 떠나 북상했다. 배에 탑승한 김산의 지시를 따른 것이다.

"너희들이 아직 긴가민가한 것 같아서 내가 확인도 시켜줄 것이다."

주선(主船)의 갑판에 선 김산이 웃음 띤 얼굴로 말했다. 옆에 선 판관 유경목은 이 모든 일이 꿈속 같아서 아직 정신이 덜 난 얼굴이다. 자꾸 멀어져가는 뭍을 돌아보았는데 얼굴은 붉게 상기되었다.

"소인은 대감을 믿습니다."

뒤쪽에 서 있던 도사 박만호가 말했다. 김산의 시선을 받은 박만호가 머리를 굽신했다. 40대쯤의 박만호는 무반이 된 지 15년이 지났지만 최씨 가문과는 인연이 닿지 않았다. 그래서 내지(內地) 변방으로만 돌고 10년째 정5품 도사로 머문다고 했다. 박만호와 같은 해 무반이 된 자들 중 정2품 상장군, 대장군이 된 놈들만 10여 명이라는 것이다. 모두 최씨에게 잘 보인 놈들이고 강화도에 들어가 호의호식하는 중이다. 박만호가 말을 이었다.

"대감님의 명성을 들었지만 실제로 뵙고 나니 이제 허명이 아닌 것을 알겠습니다."

쓴웃음을 지은 김산이 머리를 돌려 뒤쪽에 서 있는 시동을 보았다. 시선이 마주치자 시동의 눈동자가 흔들렸다. 바로 보경이다. 보경도 배에 탄 것이다. 김산이 한동안 임안을 떠나겠다고 했더니 보경은 잠자코 배에 따라 올랐다. 아무 말도 하지 않았고 김산도 묻지 않았다. 다만 남장을 한 보경이 승선할 때 별장 하나가 누구냐고 물었으므로 김산이 내 시동이라고 했을 뿐이다. 그때 선장이 다가와 말했다.

"하이안(海安)까지는 사흘쯤 걸립니다."

김산이 머리를 끄덕였다. 하이안은 장쑤(江蘇)성의 항구로 몽골제국 영역이다. 하이안에는 몽골 수군기지가 있는 데다 남방군의 보급창도 설치되어서 기마군 1만 기가 포진하고 있다. 김산이 목적지를 하이안으로 지시한 것이다.


해안가를 따라 북상하던 고려선 2척이 남송 순시선을 만났을 때는 오후 신시(4시) 무렵이었다. 장쑤성 영역으로 북상한 위치였지만 몽골제국의 수군(水軍)은 보이지 않고 남송 순시선이 접근해온 것이다. 다가온 남송 순시선은 돛대 두 개짜리 쾌선이다. 쾌선은 가볍고 빨라서 기습이나 연락선으로 쓰인다.

"어디 배인가?"

다가온 순시선 선수에서 장교가 소리쳐 물었다. 거리는 이제 1백 보로 가까워졌고 순시선은 고려선 주선(主船)과 나란히 달리고 있다.

"우린 고려선이오! 임안에 왔다가 고려로 돌아가는 길입니다!"

돛대에 고려국 깃발을 세 개나 달았어도 순시선은 확인하는 것이다.

"그런데 왜 북상하는가?"

순시선에서 또 물었으므로 한어를 잘하는 선원이 목청을 높였다.

"조류를 타려면 북상해서 내려가야 합니다!"

"정선하라! 수색하겠다!"

그 소리를 들은 김산이 쓴웃음을 짓더니 혼잣말을 했다.

"생사(生死)는 우연히 결정된다."


다가온 순시선은 길이가 60자(18m), 넓이는 10자(3m)에 높이가 10자(3m)여서 하물선인 고려선보다 높이가 5자(1.5m) 낮았다. 대신 속력은 두 배나 빠르다. 순시선에는 돛이 2개에 노 젓는 사공이 20명, 선원이 6, 7명, 수군(水軍) 30여 명이 탑승하는데 무장은 대화전 2개와 투석기 2개가 순시선이 바짝 붙여지면서 갈고리가 날아와 걸렸을 때 김산이 판관 유경목과 도사 박만호, 그리고 뒤쪽에 긴장하고 서 있는 별장, 장교들을 둘러보았다. 얼굴에 웃음이 떠올라 있다.

"저놈들은 고려선을 약탈할 작정이었다. 고려 하물선을 세울 이유가 없는 것이다."

김산의 목소리 사이에 갈고리가 걸리는 소리와 순시선 수군들의 외침이 섞여졌다. 벌써 널빤지가 서너 개 세워져 있다. 배가 붙으면 널빤지를 걸치고 옮겨오려는 것이다. 그 순간 김산이 소리쳤다.

"너희들은 구경하라."

김산이 몸을 날려 아래쪽 순시선으로 뛰어내렸을 때 또 한 명이 바람처럼 날아 뒤를 따랐다. 바로 김산의 시동, 미소년 같기도 하고 여자 같기도 한 말 없는 시동이다.

판관 유경목은 당년 48세, 몽골의 침입까지 모두 겪은 데다 최씨 무신정권의 잔인무도한 처형, 백주의 산적 습격까지도 겪은 터여서 어지간한 참상에는 눈도 깜박하지 않는다. 고려땅은 도처에 시체의 산이었으며 살육의 현장이었기 때문이다. 그런데 지금 유경목은 고려선의 옆구리에 붙어서 아래쪽 순시선을 내려다보면서 넋을 잃었다. 정신이 나갔다고 해야 맞다. 순시선 안은 지옥이었다. 저승사자 둘이 순시선 안의 생명들을 처단하고 있는 것이다. 처음에는 기합과 고함 소리가 이쪽저쪽에서 들리던 순시선 안은 이제 비명과 공포에 찬 울부짖음으로 가득 찼다. 모두 이리저리 쫓기면서 죽임을 당하는 것이다. 저승사자 둘은 바로 김산과 시동이다. 둘의 칼은 한 번에 생명 하나씩을 빼앗았는데 잔혹했다. 단칼에 머리가 떼어져 날아가고 팔이, 다리가 떨어졌다. 칼날 부딪치는 소리도 들리지 않는다. 간혹 칼을 들고 저항하는 수군이 있었지만 비명과 함께 몸통이, 머리가 베어졌다. 칼은 허공을 갈랐을 뿐이다. 이윽고 갑판 위의 수군을 몰살시킨 것은 일각(15분)도 되지 않았다. 갑판 아래쪽으로 도망친 장교 몇 명이 비명을 지르는 것을 들으니 시동이 베어 죽인 것 같다. 이윽고 김산이 허리를 세우고 소리쳤다.

"배를 태워라!"

온몸에 피칠을 한 김산은 악귀였다. 갑판으로 올라온 시동과 함께 고려선으로 뛰어오른 김산이 다시 소리쳤다.

"고려선이 순시선을 쳤다는 말이 나가지 않도록 해야 한다."

그렇다면 갑판 아래쪽의 사공들도 다 불에 타 죽는다. 박만호가 머리를 돌려 장교들에게 소리쳤다.

"불을 던져라!"

맞는 말이다. 그렇게 되면 앞으로 고려선은 남송에 들어오지 못한다.


수평선 위에 떠 있는 불길은 밤 술시(8시)가 되었어도 꺼지지 않았다. 불에 타고 있는 남송 순시선이다. 순시선은 지금 남쪽 수평선에 걸쳐져 있다. 주위는 이미 짙은 어둠에 덮여 있었으므로 그것으로 방향을 알 수가 있다. 해안선과 10리(4km)쯤 거리를 두고 북상하는 고려선 두 척은 이제 무거운 정적에 덮여 있다. 부선(副船)으로 따르던 400석짜리 고려선도 순시선의 참상을 보았을 터였다. 갑판 위의 의자에 앉아있는 김산의 옆으로 보경이 다가와 섰다. 보경은 이제 고려 수군의 옷으로 갈아입어서 마치 어린애가 어른 옷을 입은 것 같다. 피범벅이 된 옷은 바다에 던진 것이다.

"나리, 하이안에 내리시면 바로 조정으로 들어가십니까?"

불쑥 보경이 물었으므로 김산이 쓴웃음을 지었다. 배에 같이 탄 지 하루가 되어가고 있었지만 보경이 직접 말을 걸기는 처음이다.

"아니, 나는 아직 조정에 들어가 관직을 수행할 생각이 없다."

"그럼 어떻게 하시렵니까?"

보경의 눈동자가 어둠 속에서 반짝이고 있다. 흐린 날이어서 별도 없다. 다만 먼 남쪽, 그들이 수십 명을 죽인 순시선이 아직도 타고 있어서 그 불빛이 보경의 눈동자가 끌어들이고 있는 것 같다. 김산이 보경을 응시하며 말했다.

"내가 몽골제국의 정2품 어사총감이다. 서부령 총독도 지냈으며 원정군 사령관, 킵차크 칸국에서는 홀란드 왕 노릇까지 했다. 내가 더 올라갈 곳은 제국의 황제뿐이다."

보경의 시선을 받은 김산이 빙그레 웃었다.

"넌 어떻게 할 작정이냐?"

그때 보경이 바로 대답했다.

"나리를 모시겠습니다."


고려선 두 척이 하이안에 도착했을 때는 사흘 후가 되는 날 오후 신시(4시) 무렵이다. 항구 앞 바다에서 '고려' 깃발을 나부끼며 천천히 입항할 때 경비선 한 척이 따라 붙었지만 제지하지는 않았다. 다만 항구가 가까워지자 북소리가 울리더니 경비병이 벌려서는 것이 마치 적을 맞는 모양새다. 항구에는 30여 척의 군선(軍船)이 정박해 있었지만 모두 낡았다. 바다에 뜰 수 있는 배는 몇 척 되지 않는 것 같았다. 군항(軍港)이어서 상선이나 어선은 보이지 않았으니 고려 상선 두 척의 입항이 모든 시선을 끌게 된 것이다. 김산의 옆에 선 도사 박만호가 항구를 둘러보며 말했다.

"군항인데 쓸만한 군선은 보이지 않고 내륙에 보군만 즐비합니다."

김산이 대답 대신 쓴웃음만 날렸다. 몽골 수군은 약체. 남송과 수군(水軍)만으로 전쟁을 한다면 사흘 만에 전멸한다는 농담을 몽골군 내부에서도 하는 판이다. 배가 모래 제방에 뱃머리를 붙였을 때 기다리고 서 있던 몽골군 장교가 소리쳤다. 허리띠를 보면 10인장이다.

"거기서 움직이지 마라! 우리가 먼저 배에 들어가 조사하겠다!"

배 안의 시선이 김산에게로 모여졌다. 김산은 갑판 뒤쪽에 서 있었으니 위치가 높아서 내려다보인다. 그때 김산이 몽골어로 소리쳤다.

"군항 사령관이 누구냐?"

목청이 울려서 대열 뒤쪽에 서 있던 1백인장도 들었다. 그때 다시 김산이 소리쳤다.

"나, 어사총감, 대장군 쿠추다! 당장 앞으로 데려오지 못하겠느냐!"

기합을 넣은 목소리여서 더 뒤쪽의 1천인장 마르쿠도 들었다. 모두 난데없이 입항한 고려상선 두 척을 주시하고 있었기 때문이다.


"금방 뭐라고 했지? 어사총감, 대장군이라고 했나?"

걸상에서 일어선 마르쿠가 옆에 선 부장(部將) 오르게에게 물었다. 둘 다 몽골족으로 남방의 항구까지 내려온 신세였으니 제각기 사연이 많은 인생이다.

"그런 것 같소."

오르게가 귀를 기울이는 시늉을 했을 때 다시 외침이 울렸다.

"무엇하느냐! 군항 사령관은 당장 내 앞에 나오너라!"

"이게 무슨."

마침내 마르쿠가 발을 떼었다. 항구는 바로 일백 보 거리, 고려 상선의 깃발이 눈앞에 펄럭이고 있다.

"비켜라!"

서둘러 앞장선 오르게가 앞쪽을 막은 군사들에게 소리쳤다. 지금 항구의 임시사령이 1천인장 마르쿠인 것이다. 군항 사령관 벨구트는 5천인장으로 지금쯤 뒤쪽으로 10리(4km)쯤 떨어진 현청 마을에서 주색잡기를 하고 있을 것이었다.

판관 유경목은 물론이고 도사 박만호도 숨을 죽이고 서 있다. 앞쪽에 늘어선 몽골군이 잠깐 웅성거리다가 좌우로 갈라서면서 장수들이 나타났을 때 배 안의 긴장은 최고조에 이르렀다. 나주목에서 따라온 장교, 사공들은 장작개비처럼 몸을 굳히고 서서 숨소리도 내지 않는다. 앞으로 나선 몽골 장교는 1백인장, 그 뒤쪽으로 붉은띠를 허리에 두른 장수가 보인다. 그것을 본 박만호의 심장 박동이 빨라졌다. 붉은색 허리띠는 몽골군 1천인장 이상이 맨다. 장수인 것이다. 몽골군 장수는 고려 임금보다도 더 위세가 있다. 과연 뒤쪽 선미 갑판에 선 김산, 어사총감, 대장군, 전(前) 총독이 진물(眞物)인가? 그때 1백인장이 먼저 소리쳤다. 눈을 치켜뜬 얼굴, 험상궂다. 아직 기세가 꺾이지 않았다.

"무어라고 했소? 당신 누구야!"

"네 이놈!"

김산의 벽력같은 호통이 찌르르 울렸다.

"어사총감 쿠추를 모르느냐!"

그때 1백인장을 젖히고 붉은 허리띠 장수가 나섰다. 짙은 수염, 붉은 얼굴, 40대쯤 되었다. 장수가 머리를 들고 김산을 올려다보았다.

"어사총감 대감이시면 그 증물을 보여주시지요."

"보아라!"

그 순간 장수 앞으로 번쩍이는 물체가 떨어졌다. 김산이 던진 것이다. 손바닥만 한 금패, 황금으로 만들었고 '어사총감'이 패 있으며 '쿠추' 이름이 밑에 적혔다. 뒤쪽에는 '몽골황제 몽케'가 선명하게 인쇄되었다. 마패를 두 손으로 들고 살펴본 1천인장이 그 자리에서 무릎을 꿇고 앉았다. 그것을 본 수하 장교들이 일제히 따라서 꿇어앉는다. 1천인장이 머리를 들고 소리쳤다.

"신(臣), 1천인장 마르쿠가 어사총감 대감을 뵙습니다."

항구의 진막에 안내된 김산이 안쪽자리에 앉았을 때 마르쿠가 멀찍이 떨어져서 한쪽 무릎을 꿇고 말했다.

"현으로 전령을 보냈으니 주둔군 사령이 곧 올 것입니다."

마르쿠는 말 몇 마디 하는데도 땀을 흘렸다. 말로만 듣던 쿠추를 바로 눈앞에서 보기 때문이다. 그때 김산이 말했다.

"보급창 사령관도 부르라."

"예, 대감."

두말 못 하고 자리에서 일어선 마르쿠가 진막을 나갔다.

"정말 몽골 대장군이었어."

얼이 빠진 표정으로 유경목이 말하자 박만호가 벌컥 역정을 내었다.

"판관께선 믿지 않으셨단 말씀이오?"

"아니, 믿지 않았다기보다도……."

당황한 유경목의 얼굴이 굳어졌다. 둘은 진막 밖의 공터에 나와 있었는데 주위에 고려선의 선원과 장교들이 무리 지어 쪼그리고 앉거나 서 있다. 모두 유경목과 비슷비슷한 모습이다. 그런가? 하고 반신반의했다가 김산의 위세를 목격하자 간이 오그라든 것이다. 유경목이 헛기침을 했다.

"배에 보물이 가득 실렸으니 저놈만 갖고도 나주 군민이 3년은 배불리 먹겠어. 배 선창에 가득 쌓인 보물이 아직도 실감이 안 나."

"그건 저도 그렇소."

"거기에다 모시고 온 나리가 진짜 몽골 대장군에 어사총감이시라니 누가 온전한 정신으로 서 있겠는가?"

"그건 동감이올시다."

"그나저나 놀람이 깨어나니 시장하네."

유경목이 혼잣소리를 하며 공터를 둘러보았다. 이제 유시(6시)가 되어가고 있다. 오전 사시(10시) 무렵에 배 안에서 보리죽을 끓여 한 공기씩 나눠 먹고 만 후여서 모두 시장한 얼굴이다. 그때 몽골군 1백인장 하나가 십여 명의 부하를 이끌고 왔는데 모두 짐을 들었다. 밥통과 국통, 그리고 대나무 바구니에는 삶은 돼지와 구운 생선, 맨 뒤에는 통째로 구운 양 한 마리를 매달고 온다. 1백인장이 유경목에게 허리를 굽혀 예를 보이더니 소리쳐 말했다.

"식사 가져왔습니다. 드시지요."

1백인장의 표정이 은근했다. 유경목이 입만 딱 벌렸을 때 내려놓은 음식을 가리키며 1백인장이 말을 이었다.

"모자라면 말씀만 하십시오. 바로 더 갖다 드리겠습니다."

박만호는 절반쯤 알아들었지만 유경목은 목이 메어서 머리만 숙였다. 요즈음에 몽골 장수로부터 이런 대접을 받는 고려인은 없을 것이었다.


그날 밤, 항구 안 민가에 숙소를 배정받은 유경목 일행은 오랜만에 배부르고 편한 휴식을 맞는다. 자시 무렵, 깜박 잠이 들었던 유경목과 박만호 등 고려 상선단 지휘부는 민가로 들어온 김산의 호출을 받고 서둘러 마루방으로 소집되었다. 김산은 좌우에 1만인장, 5천인장 두 장군을 거느리고 있었는데 마치 몸에서 광채가 나는 것처럼 느껴졌다. 김산은 임안을 떠

날 때의 후줄근한 사냥꾼 차림이었지만 좌우의 장군들이 김산의 장식물 같았기 때문이다. 김산이 앞에 앉은 유경목에게 말했다.

"너희들이 싣고 온 재물 일부만 이곳에서 양곡으로 바꿔가도록 해라. 여기 있는 보급창 사령관이 양곡을 내줄 것이다."

김산이 턱으로 옆에 앉은 1만인장을 가리켰다.

"배 두 척에 1천 석을 나눠 실으면 되지 않겠느냐?"

"예에, 배에 무명도 다 남아 있으니 그것으로 양곡값을 셈해도 되겠습니다."

박만호가 재빠르게 셈을 하자 김산이 빙그레 웃었다.

"무명이 군수품으로 필요하다. 부피가 큰 무명을 내놓고 양곡을 실으면 되겠다."

그리고는 김산이 몽골어로 1만인장에게 지시했다. 1만인장이 허리를 굽혀 따르겠다는 시늉을 한다. 말을 그친 김산이 고려인 지휘부를 둘러보았다.

"가져간 재물은 잘 쌓아놓고 백성들을 위해 쓰도록 해라. 알았느냐?"

"예, 대감."

유경목이 마룻바닥에 두 손을 짚고 엎드리자 모두 따른다.

"이 은혜는 꼭 고려 백성들이 기억하도록 하겠습니다."

"고려 연안에 왜구가 출몰한다니 조심해서 돌아가도록 하라."

그리고는 김산이 자리에서 일어섰다. 작별인 것이다.


다음날 오후 미시(2시)가 되었을 때 만선(滿船)이 된 고려선 두 척이 하이안을 떠났다. 앞장선 주선(主船)이 김산에 대한 인사로 붉은색 깃발을 돛대 끝에 매달아 놓았는데 임금 앞을 지날 때 매다는 깃발이다. 고려선의 뒷모습을 보던 김산이 머리를 돌려 항구 사령관 벨구트를 보았다.

"전선이 몇 척이나 출동할 수 있느냐?"

"예, 대감."

5천인장 벨구트가 서너 번 눈을 깜박이더니 대답했다.

"여섯 척입니다. 대감."

"……."

"본래 열일곱 척이 되었으나 파손되고 오래되어서 수리를 끝내지 못했습니다. 더구나 수리공이 부족해서……."

"수군은 많이 남았겠다."

김산이 말을 잘랐을 때 벨구트가 허둥대었다.

"그것이, 뭍에 오래 있다가 보니까 이탈자가 많아서 지금은……."

"몇 명 남았느냐?"

"150명 정도……."

"전선 세 척을 채울 수도 없군."

쓴웃음을 지은 김산이 다시 바다를 보았다. 고려선 두 척은 나란히 수평선을 향해 나아가고 있다.

"전선 중 가장 빠른 놈을 출항 준비시키도록 하라."

김산이 앞쪽을 응시한 채 던지듯이 말을 이었다.

"한시진 안으로."


"대감, 어디로 가시렵니까?"

항구 사령관 벨구트가 서둘러 물러났을 때 보경이 물었다. 보경의 눈동자가 반짝이고 있다.

"고려."

짧게 대답한 김산이 발을 떼자 보경이 옆으로 붙어 따른다.

"고려는 왜 가십니까?"

"네가 알아서 뭐하려느냐?"

"저도 따라가려고 합니다."

"알 필요 없다."

그러자 보경이 힐끗 시선을 주었다.

"고려 상선을 보호해주시려는 것입니까?"

김산의 시선을 받은 채 보경이 말을 이었다.

"왜구는 잔인무도하다고 들었습니다. 보물을 가득 실은 고려선 두 척을 발견하면 가만 놔두지 않겠지요."

이윽고 김산이 발을 멈춘 곳은 항구가 내려다보이는 낮은 언덕 위다. 눈을 가늘게 뜬 김산이 앞쪽 바다를 보았다. 지대가 높아서 수평선이 더 멀리 펼쳐져 있다. 그때 김산이 손을 들어 왼쪽을 가리켰다. 고려선 두 척은 이제 손톱만 하게 작아졌다. 그런데 그 오른쪽으로 배 한 척이 같은 방향으로 나아가고 있다. 다른 항구에서 나온 배 같다.


한 시진 후에 김산과 보경이 전선(戰船)에 오른다. 벨구트는 하이안 항에서 가장 빠르고 단단한 전선을 내주었는데 선원은 30명, 수군이 20명이다. 돛대 두 개를 편 전선은 좌우의 노군 12명이 노까지 저었기 때문에 상선의 두 배 속력을 낸다. 유시(오후 6시)가 지나고 있어서 수평선은 이미 황금빛으로 덮여 있다. 그 수평선 위로 점 세 개가 겨우 보였는데 고려선 두 척과 정체불명의 쾌선이다. 선수에 선 김산이 선장인 한인 부공에게 물었다.

"언제 따라 잡을 수 있겠느냐?"

"두 시진은 걸리겠습니다."

수평선을 응시한 부공이 말을 이었다.

"하지만 한 시진 후에는 고려선이 저 쾌속선에게 잡힐 것 같습니다."

"쾌속선은 해적이렷다?"

김산이 묻자 부공이 머리를 끄덕였다.

"왜구의 해적선입니다. 대감."

"고려선이 항구를 뜰 적에 항구 서쪽 언덕에서 번쩍이는 신호가 보였다. 해적선에게 연락을 한 것이다."

김산이 말했을 때 뒤에 서 있던 보경이 어깨를 늘어뜨렸다. 이제야 전선을 징발해서 서둘러 항구를 떠난 이유를 안 것이다. 50대의 선장 부공이 커다랗게 머리를 끄덕였다.

"과연, 놈들이 항구 밖에서 기다리는 해적선에게 연락을 한 것입니다."

"요즘 해적의 출몰이 잦은가?"

"아래쪽 남송 지역은 수군이 발달되어 해적선이 범접을 못 하는 반면에 위쪽은 제집 안방 드나들듯이 합니다."

"저런."

입맛을 다신 김산이 팔짱을 끼었다. 그러나 카라코룸의 황제는 전혀 해적의 횡포에 대한 보고를 받지 않았다. 그것은 어사총감인 김산도 마찬가지다. 고려선을 타고 하이안에 온 바람에 해적을 보게 되었다. 그때 김산이 말했다.

"빨리 따라 잡을 수는 없겠느냐?"

그러자 부공이 하늘을 보고 나서 다시 바다를 보았다. 서북풍이 불었고 바다는 잔잔하다. 노는 양쪽 넷씩 젓고 있었는데 힘을 아끼기 위해서다.

"노 12개씩을 모두 저으면 한 시진 후에 잡을 수 있겠습니다. 그럼 고려선까지 배 네 척이 모이게 되겠습니다."

부공이 말했다.

불화살이 올랐을 때 박만호는 선미의 조타수 옆에 서서 뒤쪽을 감시하던 중이었다. 술시(8시)가 지난 시간이라 바다는 이미 짙은 어둠에 덮여 있다. 그러나 상현달이 밝았고 하늘이 맑아서 시야가 트였다. 불화살이 하늘로 치솟았다가 떨어지는 것을 보던 박만호는 숨을 들이켰다. 화살이 떨어지는 지점에 배가 있었기 때문이다. 계속 뒤를 쫓아오던 배 뒤쪽에 또 한 척의 배, 그 배에서 불화살을 쏜 것이다.

"또 한 척이 있나?"

유경목이 아래쪽에서 소리쳐 물었고 이쪽저쪽에서 웅성거리는 소리가 났다.

"예, 한 척이 뒤쪽에 있소."

박만호가 소리쳐 대답했다. 고려선은 노가 좌우에 두 개씩뿐이고 이것은 방향 전환용이다. 양곡을 가득 실은 터라 무거운 배가 속력이 날 리가 없다. 기를 썼지만 이제 뒤를 따르는 쾌선과의 거리는 4리(1.5km) 정도로 가까워졌다.

"해적선이요."

선장 고 씨가 단언하듯 말했다.

"하지만 저렇게 큰놈은 처음 보았소."

그래서 처음에는 남송 상선인 줄 알고 여러 번 깃발 신호를 했던 것이다. 놈들은 깃발 신호를 받았지만 고 씨가 깃발로 '공자' 말씀을 묻자 대답을 뚝 끊었다. 가끔 고 씨는 남송 상선과 '공자' 문답을 했는데 상선의 한인이라면 다 깃발 대답을 했던 것이다. 두 시진이 넘도록 애간장을 녹이며 쫓겨온 터라 모두 지쳤다. 그런데 해적선 뒤에 또 한 척의 배가 나타난 것이다.

"화순호를 붙이게."

마침내 유경목이 박만호에게 지시했다.

"싸우는 수밖에 없네."

박만호가 소리쳐 고수에게 복창을 했고 곧 밤바다에 북소리가 울리기 시작했다. 북소리는 꽤 멀리 퍼져나간다.


"다시 한 번 쏘아라."

김산이 지시하자 군사 하나가 강궁에 화살을 재었다. 화살 끝에 솜뭉치를 매었고 기름을 잔뜩 먹였으니 불길만 닿으면 불화살이 된다. 곧 화살 끝에 불길이 치솟았고 군사가 검은 하늘을 향해 힘껏 당겼다가 놓았다. 불화살이 솟아올랐다.

"이제 이 배를 보았을 것이다."

김산이 앞쪽을 응시하며 말했다. 그때 북소리가 울렸다. 잔잔한 바다 위에 울리는 북소리는 우렛소리 같다. 옆에 선 보경이 독음으로 말했다.

"대감, 이 북소리는 고려선에서 울리고 있습니다."

고려선과의 거리는 10리(4㎞)가 넘는다. 해적선은 이제 5리(2㎞)의 거리에 있었으니 겨우 잡은 셈이다. 보경이 말을 이었다.

"두 배에서 서로 신호를 주고받습니다."

"북소리 내용을 아느냐?"

김산이 묻자 보경이 머리를 기울였다가 대답했다.

"내용은 알 수 없으나 이쪽에서 같은 박자로 북을 쳐주면 짐작하지 않겠습니까?"

그때 김산의 얼굴에 웃음이 떠올랐다.

"쳐 보아라."


"가만."

박만호가 손을 들었으므로 주위의 움직임이 멈췄다.

"저 북소리를 들어보라."

박만호가 소리치듯 말했다.

"뭐라고 하는가?"

"바짝 붙으라고 합니다."

선원 하나가 바로 대답했다.

"속도를 늦추라고도 합니다."

"뱃머리를 나란히 하라는데요."

다른 선원이 북소리 신호를 읽었을 때 유경목이 쓴웃음을 지었다.

"저놈들이 우리 흉내를 내고 있구나. 미친놈들 같으니."

"아니, 잠깐만."

박만호가 뒤쪽을 응시하며 말했다.

"저놈들이 할 일 없이 우리 흉내를 낼 이유가 있을까요?"

그때 덜컹이며 화순호와 뱃머리가 나란히 붙여졌다. 이제 두 상선은 한 덩어리가 되어서 해적선과 사생결단을 낼 작정인 것이다. 속력은 뚝 떨어져서 거의 멈춰진 상태가 되었는데 해적선은 이제 2리(0.8km) 거리로 다가왔다. 그때 해적선 뒤쪽에서 다시 불화살이 올라갔다. 그러자 뒤쪽 해적선과의 거리가 드러났다. 이쪽과는 4리(1.5km)정도, 해적선과는 1리반(600m) 거리다.

"옳지, 저놈들이 당황했다."

전함 선장 부공이 소리쳤을 때는 거리가 1리(400m)로 가까워져서 해적선의 윤곽이 뚜렷하게 드러났다. 긴 선체에 폭이 좁고 아래쪽이 물고기 배처럼 홀쭉해서 물에 닿는 면적이 적다. 김산이 눈을 가늘게 뜨고 해적선을 보았다. 호레즘의 상선 같기도 했다. 그때 부공이 김산에게 말했다.

"대감, 서역 상선을 나포해서 해적선으로 쓰는 놈들이 많습니다. 저만한 배면 군사 1백에 양곡 1천 석은 싣겠습니다."

과연 그럴만했으므로 김산의 얼굴이 굳어졌다. 저 배에는 어떤 무리가 타고 있단 말인가?

상선 두 척을 나란히 묶어 전투태세를 갖췄지만 해적선은 다가오지 않았다. 대신 뒤쪽에서 전함이 다가왔다.

"아니, 저 깃발은?"

거리가 1리(400m)가 되었기 때문에 밤이었지만 깃발 형태는 보인다. 몽골제국의 깃발이다. 해적선은 뒤쪽 전함을 맞는 것 같았지만 아직 알 수가 없다. 뒤쪽 배에서 울리던 북소리도 그쳤고 사방은 이제 무거운 정적에 덮여 있다.

"뒤쪽 전함이 해적선에 다가갑니다."

선장 고 씨가 소리쳐 보고했다.

"해적선이 전함을 맞는 것 같습니다!"

이제 두 척의 배는 육안으로도 선명하게 보였다. 해적선이 전함을 향해 선수를 비틀었으므로 두 배는 급속하게 가까워졌다.

"저 두 놈은 같은 편이 아니야."

마침내 박만호가 소리쳐 말했다.

"뒤쪽 전함이 우리를 구하러 온 거야."


해적선 선장은 다이스케, 40대 초반의 다이스케는 주로 고려 연안과 대륙 동쪽 해안을 무대로 노략질을 해온 오까다 노부나가의 휘하다. 지금까지 10여 번 대륙 원정을 나왔지만 한 번도 남송이나 고려 수군의 저지를 받지 않은 터라 오만해져 있었다. 더구나 작년부터 호레즘 상선을 나포해서 해적선으로 바꾼 길이 150자(45m)짜리 대형선은 그의 자부심을 더욱 높였다. 그런데 지금은 몽골 전함의 끈질긴 추격을 받고 신경이 곤두선 상태다.

"거리 5백 보!"

궁수장 이또가 소리쳤으므로 다이스케는 머리를 들었다. 이제 뒤쪽이 된 고려선을 바라보고 있었던 것이다. 고려선은 두 배가 붙여져 전투태세를 완비한 상태다. 배 안에는 수군(水軍) 5, 60명이 있겠지만 필사적일 것이다. 이쪽도 희생을 각오해야 된다. 그러나 가장 큰 문제는 앞에서 다가오는 몽골 전함이다.

"거리 450보!"

다시 궁수장이 소리쳤고 궁수 25명이 시위에 살을 재우기 시작했다. 먼저 전함과 일전을 겨룰 수밖에 없는 것이다.

"대장, 전함의 전투병은 2, 30명 남짓이오. 노꾼들이 30명 정도일 것 같소."

해적선의 2인자이며 부장(副將) 아베가 다가와 말했다. 아베는 전투복장을 갖춰 입었는데 고려군의 가죽 갑옷을 걸쳤고 남송군 투구까지 썼지만 맨발이다. 신발이 있었지만 맨발에 익숙했기 때문이다. 아베가 말을 이었다.

"갑판이 높지만 널빤지 7, 8개를 한꺼번에 붙여서 오르기만 하면 승산이 있소."

다이스케도 같은 생각이었으므로 머리를 끄덕였다. 아베가 돌격조 50명을 이끌고 몽골 전함으로 뛰쳐 들어갈 것이었다. 먼저 전함부터 해치우고 고려 상선을 친다. 이것이 다이스케의 작전이다.

"350보!"

궁수장의 외침을 들은 아베가 뛰어서 돌아갔다. 150보가 되면 궁수들은 일제히 불화살을 날릴 것이었다. 상선은 불화살로 재물을 태우면 안 되지만 전함은 불부터 질러야 한다.


"300보!"

군사가 소리쳤을 때 전함에 탑승한 몽골군 지휘관이 단 아래쪽에서 김산을 힐끗거렸다. 1백인장이다. 감히 말을 걸 뱃심이 없는 너라 시선도 주지 못하고 힐끗거리고 있다. 그때 한인 선장 부공이 대신 말했다.

"대감, 장교들이 명을 기다리고 있습니다."

그때서야 김산이 시선을 내려 1백인장을 보았다.

"활과 살을 가져오라."

김산이 지시하더니 부공에게로 머리를 돌렸다.

"저놈들과 2백 보 간격을 두고 좁히지 마라."

"예, 대감."

복창한 부공이 갑판에 서 있는 선원들에게 소리쳤다.

"들었느냐! 해적선과 2백 보 간격을 유지해라! 놈들의 불화살이 닿지 못하게 하란 말이다!"

부공은 해적선과 전함이 싸울 적에 무엇이 가장 먼저 날아오는가를 아는 것이다. 불화살이다.


"전함이 비껴갑니다. 뱃머리를 조금 틀었습니다!"

장교 하나가 보고하자 박만호가 머리를 끄덕였다.

"그렇지, 전력(戰力)상으로는 해적선이 유리하다. 우선 해적선의 불화살을 피해야겠지."

해적선의 크기가 전함보다 3할은 더 크다. 그리고 해적선의 병력은 전함의 2배 이상이다. 이제는 분명하게 보인다.


"2백 보!"

거리를 재는 군사가 소리친 순간이다. 이미 보름달처럼 시위를 당기고 있던 김산이 시윗줄을 놓았다.

"쌕!"

모두 숨을 죽이고 있었던 터라 밤하늘로 빨려든 살은 보이지 않았고 대신 명료한 파공음이 울렸다. 다음 순간 전함 안의 모든 시선이 해적선으로 옮겨졌다. 무의식중에 목표로 시선이 옮겨진 것이다. 2백 보 거리여서 해적선 갑판 위의 사내들은 흐릿하지만 숫자를 셀 수도 있을 만큼 보였다. 낮이었다면 수염까지 보였을 것이다.

"와앗!"

그때 전함 갑판 위에서 일제히 함성이 일어났다. 해적선 상층 갑판 위에 서 있던 사내 하나가 벌떡 뒤로 넘어졌기 때문이다. 살에 맞았다. 화살대는 보이지 않았지만 머리가 덜컥 뒤로 젖혀지는 것까지 다 보았다.


"아니!"

놀란 갑판장 아소가 달려왔다.

"대장!"

소리쳐 부른 순간 아소는 주위를 둘러보았다. 둘러선 부하들이 웅성거렸다.

"무슨 일이야!"

아래쪽에서 부장 아베가 소리쳤다.

"아니, 대장이……!"

기가 막힌 아소가 말을 잇지 못했다. 그때 갑판 위에 누웠던 다이스케의 사지가 경련을 일으켰다. 절명하려는 것이다. 눈을 부릅뜬 다이스케의 이마에 깊숙하게 박힌 화살은 아직 아무도 건드리지 못했다.

"2백 보!"

그때 궁수장이 소리쳤다. 궁수장은 선수에 서 있어서 아직 이쪽 상황을 모른다. 그때서야 위로 뛰어 올라온 아베가 눈을 까뒤집고 소리쳤다.

"아니, 이게, 어디서, 누가……."

다이스케의 이마에서 시선을 뗀 아베가 먼저 주위를 둘러보았다. 부릅뜬 눈이다. 아베의 시선이 나중에야 앞쪽 전함으로 옮겨졌다. 2백 보 거리의 전함에서 쏘았을 리는 없다. 화살이 닿지도 않는다.

"180보!"

다시 궁수장이 소리쳤다. 이쪽은 기름 먹은 솜뭉치를 매단 불화살을 쏠 것이므로 1백 보 거리까지 기다려야 한다.


두 번째 화살을 먹인 김산이 이제는 상갑판 위로 뛰어 올라온 아베를 겨누었다. 다시 전함 갑판 위의 모든 시선이 김산의 화살촉으로 모여졌다. 김산 시동 행색의 보경도 뒤에 서서 숨을 죽이고 있다.

"쌕!"

다시 어둠 속으로 화살이 날았다. 별빛이 휘황한 밤, 이백 보 거리의 해적선은 이제 거대한 형체가 드러나 있다. 해적선의 소란도 어슴푸레 들린다.

"와앗!"

시선이 해적선으로 옮겨져 있던 전함 갑판 위에서 다시 일제히 함성이 터졌다. 이번에는 크고 거침없다.


"악!"

단말마 외침은 갑판장 아소의 입에서 터졌다. 바로 앞에 서 있던 아베의 목을 화살이 뚫었기 때문이다. 화살촉이 뒤쪽 목으로 뚫고 나왔다.

"아얏!"

주위에 둘러섰던 졸개들이 제각기 비명 같은 외침을 뱉었지만 아베는 입만 딱 벌린 채 사지를 비틀었다. 그것은 화살이 성대를 꿰뚫었기 때문이다. 소리가 뱉어지지 않는 것이다. 눈을 부릅뜨고 입을 딱 벌린 채 화살에 목이 꿰어 서 있는 아베의 모습은 처참했다. 더구나 발밑에는 선장 다이스케가 이마에 화살이 박힌 채로 죽어있는 것이다.

"피해라!

그때서야 아소가 버럭 소리치면서 엎드렸을 때 이어서 궁수장의 외침이 터졌다.

"150보!"


"쌕!"

세 번째 화살은 선수에 서서 거리를 재던 궁수장의 입안으로 들어갔다. 궁수장이 150보를 외치고 나서 미처 입을 다물지 않았던 것이다.

"우와악!"

비명과 놀람, 분노와 절망감으로 해적선 안은 대소동이 일어났다. 불화살에 불을 댕겨 쏘는 놈도 있었고 조타기를 돌리는 놈이 있는가 하면 엎드린 채 일어나지 않는 놈도 있다.

"아악!"

네 번째 희생자는 아소다. 배를 돌진시킬까 돌릴까 망설이던 네 번째 서열의 아소는 머리 뒤통수에 화살이 박혀 조타기 위에 엎어졌다. 그러자 조타기가 옆으로 비틀려 해적선은 뱃머리가 반대쪽으로 돌아갔다.

"모두 엎드려라!"

다섯 번째 서열의 후갑판장 다나까가 칼을 빼 들고 소리친 순간이다.

"우와악!"

비명은 바로 다나까의 입에서 터졌다. 머리만 내놓고 몸은 숨겼는데도 화살이 날아와 눈에 박혔기 때문이다. 화살대를 잡았으나 다음 순간 깊게 박힌 화살촉이 뇌를 건드리는 바람에 다나까는 머리를 난간에 찧으며 절명했다.

전함이 다가왔을 때 두 척의 고려선은 이제 상황을 파악하고 맞을 준비까지 갖춘 상태였다. 인시(오전 4시) 무렵이 되면서 수평선의 동녘에 붉은 기운이 올라오기 시작했다. 바다가 끓어오르는 것 같다. 해적선은 1리(400m)쯤 서쪽에서 커다란 원을 그리면서 돌고 있다. 그것은 전함이 해적선 주위를 맴돌면서 소두목까지 18명을 사살했기 때문이다. 단 한 발의 실수도 없이, 그것도 두목급으로만, 거기에다 치명적인 머리나 목에만 화살을 박아 죽였으니 해적선은 공포에 빠져 공황 상태였다. 지금 남은 졸개들은 모두 선창 밑으로 도망쳐 숨어서 갑판 위에는 시체뿐이다. 그래서 조타수가 없는 해적선은 혼자 돌고 있는 것이다.

"대감이시다."

박만호가 떨리는 목소리로 말했다. 전함 선수에 서 있는 김산을 본 것이다. 전함은 50보 거리로 다가왔다. 그때 누구의 입에서인가 만세가 터졌다.

"만세! 천세!"

만세(萬歲)는 만년까지 살라는 축복이다. 보통 만년, 천년 살라는 외침은 임금 앞에서나 터졌지만 오늘, 여명의 시간, 바다 복판에서 고려인들의 함성이 터졌다. 박만호는 만세를 부르다가 문득 목이 메었다. 그것은 옆쪽의 판관 유경목도 목청을 높여 만세를 부르고 있었기 때문이다. 보통 문관(文官)은 자존심이 강해서 임금 앞에서도 만세를 잘 부르지 않는다. 그런데 유경목은 눈물까지 흘리면서 외치고 있다.

배가 2십 보쯤 거리로 다가갔을 때 선수에 선 김산이 소리쳐 말했다.

"저 해적선은 이제 쫓지 못할 테니 너희들은 곧장 고향으로 돌아가거라."

"대감."

무릎을 꿇은 유경목이 김산을 우러러보았다.

"대감께서는 미천한 저희들을 세 번, 네 번 살려주셨소이다. 이 은혜를 어떻게 갚아야 할지 모르겠소."

"돌아가 백성들을 구해라. 그러면 된다."

"대감의 뜻을 받들어 백성을 대감처럼 모시리라."

"바로 그것이야."

김산이 마침 동녘을 등지고 서 있어서 뒤쪽이 환해지고 있다.

"백성이 근본이다."

김산의 목소리가 바다 위를 울렸다. 그때 뒤쪽 해적선이 이쪽으로 머리를 틀었다.

고려선을 지났을 때 김산이 선장 부공에게 말했다.

"해적선으로 가자."

"예, 대감."

해적선의 두목급은 소탕했지만 졸개들은 선창에 기어들어가 있다. 그러나 부공은 거침없이 뱃머리를 틀었다. 마침 원을 그리던 해적선이 이쪽으로 다가오는 중이다. 김산이 머리를 돌려 보경을 보았다.

"나는 저 배로 갈아탈 작정이니 너는 이 배로 돌아가거라."

"어디로 가시려구요?"

놀란 보경이 묻자 김산의 얼굴에 웃음이 떠올랐다.

"왜국."

"저도 데려가 주십시오."

보경이 말했으나 이번에는 김산이 단호하게 머리를 저었다.

"안된다. 부담이 된다."

"제가 왜?……."

되물었던 보경의 시선이 내려졌다. 김산이 머리를 돌려 다가오는 해적선을 보았다.

"왜구의 땅에 전부터 가보고 싶었다. 가서 그 뿌리를 밝혀보려고 한다."

"대감, 그럼 몽골제국을 떠나십니까?"

"내가 서신을 적어줄 테니 그것을 네가 몽골 남부군총사령 바쉬게이 대장군한테 전해주거라. 이것이 네가 할 일이다."

"저는 어떻게 해요?"

보경의 시선을 받은 김산이 빙그레 웃었다.

"1년쯤 후에 네가 날 찾아오면 될 것이다."

그때 전함이 뱃머리를 틀면서 다가오는 해적선의 옆으로 붙었다. 해적선 갑판 위는 그야말로 시체 천지다. 그것도 모두 화살이 머리에 꽂힌 시체여서 기괴했다.

해적선으로 옮겨탄 전함의 수군(水軍)은 순식간에 선내를 소탕했다. 선창 안에 숨은 해적들은 전혀 저항하지 않았으므로 갑판 위의 시체를 치우고 나서 한쪽에 꿇어 앉혔다.

"나는 이 배로 왜국에 들어갈 것이다."

김산이 선언하자 전함의 선장은 물론이고 수군들도 경악했다. 그들의 시선을 받은 김산이 빙그레 웃었다.

"너희들은 이곳에서 하이안으로 돌아가도록."

이미 날이 밝아져 있었으므로 주위는 환했다. 고려선 두 척은 동쪽 수평선 위에 점 두 개로 멀어져 있다. 김산이 수군 지휘관에게 보경의 대우를 지시했다.

"내 시동이 남부군총사령을 만날 것이니 너희들이 잘 모시도록 해라."

사로잡힌 포로는 모두 65명, 전투병과 선원, 노꾼, 허드렛일 당번, 통역 등 역할이 다양했는데 김산이 통역 둘을 유심히 보았다. 무릎을 꿇고 앉은 통역들이 김산의 시선을 받더니 벌벌 떨었다. 특히 20대의 통역은 얼굴까지 하얗게 굳어져 있다. 김산이 몽골어로 나이 든 통역에게 물었다.

"네 아들이냐?"

"예엣?"

깜짝 놀랐던 통역이 어금니를 물더니 김산을 똑바로 보았다. 50대쯤으로 검은 피부에 왜소한 체격이다.

"예, 제 아들이올시다."

"부자간이 통역이란 말인가?"

"제 자식을 교육시키려고 데리고 나온 것입니다."

"그러다가 자식을 죽이게 되었구나."

이것은 고려말이다. 그때 통역이 눈을 치켜뜨고 김산을 보았다.

"나리, 살려주십시오."

그 순간 김산도 숨을 들이켰다. 사내가 고려 말을 했기 때문이다.

"네가 고려인이냐?"

김산이 여전히 고려말로 묻자 사내가 두 손으로 갑판을 짚고 엎드렸다.

"저는 대마도에 사는 사천이라고 합니다. 그곳에 왜인이 자주 드나드는 터라 왜 말에 익숙하게 되었습니다."

대마도는 고려령이다. 김산의 시선을 받은 사내가 말을 이었다.

"제가 젊었을 때부터 뱃사람으로 송과 남만, 인도와 서역까지 다니다가 그쪽 말을 배우게 되었습지요. 그래서 제 아들에게 통역 일을 넘겨주려고 이 배를 탔던 것입니다. 나리."

고려말이어서 배 안에서는 통역 부자와 김산만이 알아듣는다. 쓴웃음을 지은 김산이 뒤에 선 보경과 선장, 수군 지휘관을 차례로 보았다.

"마침 길 안내역을 만났구나."

# 8장
# 왜구(倭寇)정벌

"대마도는 고려령이나 관(官)의 손길이 닿지 않고 해적선의 기항지로 이용되고 있을 뿐입니다."

사천이 두 손을 모으고 김산을 보았다.

"경작할 땅이 없으니 대마도 주민 대부분이 왜구의 일을 거들어 주고 밥을 먹습니다."

"너처럼 왜구 앞잡이가 된다는 말이구나."

선미의 조타수 옆에 앉은 김산이 쓴웃음을 지었다.

"도주는 누구냐?"

"고려에서 정4품 부사 관직을 받은 종태서가 도주인데 고려 무신 정권과는 인연을 끊은 지 수십 년이 되었지요. 지금은 해적선 10여 척을 거느리고 있습니다."

"해적이군."

"나리."

숨을 고른 사천이 주위를 둘러보았다. 오시(오전 12시) 무렵이다. 바다는 풍랑이 조금 일었지만 마침 바람을 맞은 호레즘 선은 빠르게 동남쪽을 향해 달리고 있다. 사천이 목소리를 낮추고 말했다.

"나리, 이 배는 오까다 노부나가 님의 배올시다."

"그분이 누구냐?"

난간에 기대앉은 김산의 얼굴에 웃음이 떠올랐다.

"굉장히 신분이 높은 분이신 모양이구나, 그러냐?"

"예, 오까다 님은 히젠국 영주의 가신으로 대마도를 속령처럼 지배하고 계십니다. 도주 종태서도 오까다 님의 지시를 받고 있습지요."

"그런데 내가 오까다 님의 선장과 간부들을 모조리 죽이고 배를 탈취한 셈이 되었군."

"나리, 배 안 분위기도 수상합니다."

어느덧 사천의 얼굴에 땀방울이 배어나 있다. 사천의 시선이 선창 입구에 서 있는 아들 사중건을 스치고 지나갔다.

"조금 전에 제 아들이 선창에 들어갔다가 졸개들이 수군대는 말을 들었다고 합니다. 나리 한 분뿐이시니 나리와 저희 부자를 처치하고 배를 되찾자는 것입니다."

"……."

"이제 저희 부자도 꼼짝 못 하고 나리 일당이 되었습니다."

"노잡이, 선원, 잡부가 모두 몇 명이냐?"

"모두 열넷입니다. 그중 여섯이 대마도에서 징발된 주민들이라 모두 저하고 안면이 있지요. 나머지도 해적에 끌려온 포로나 같습니다."

"네가 그 열네 명을 갑판으로 부르라."

김산이 몸을 일으키며 말했다.

"으아악!"

처절한 비명이 배에서 바다 위로, 바람을 타고 위쪽 하늘로 퍼져 나갔다.

"아악!"

갑판 위로 도망쳐 나온 해적 두 명이 단칼에 몸통과 목이 잘리는 모습을 본 열네 명의 선원, 잡부들은 얼어붙었다. 쪼그리고 앉아서 오줌을 지리는 자도 있다.

"아악!"

살육이 계속되고 있다. 그때 선창 구멍을 통해 해적 서너 명이 바다로 뛰어내렸다. 처참하게 베어 죽는 것보다 바다로 뛰어드는 것이 낫다고 생각했기 때문이 아니다. 그저 도망치다가 떨어진 것이다. 살육은 숨 열서너 번 쉴 동안만큼밖에 안 걸렸지만 갑판에 모여앉은 사내들에게는 끝없이 이어지는 것처럼 느껴졌다. 이윽고 김산이 선창에서 나왔을 때 사천 부자를 포함한 열여섯은 기진해서 늘어져 있었다.

"배 안의 시체를 바다로 던지고 청소를 해라."

칼을 갑판에 던진 김산이 말했다. 던진 칼이 갑판에 박혀 건들거리는 것도 소름이 끼쳤으므로 모두 전율했다.

"그리고 곧장 대마도로 간다."

김산이 선미의 조타석 뒷자리에 앉으면서 다시 지시했다.

그 시간에 대마도 가이구치(貝口) 포구 위쪽의 석성(石城) 안에서 오까다 노부나가와 대마도주 종태서가 마주앉아 있다. 석성이라고 하지만 돌담을 두른 안에 돌벽으로 만든 이 층 저택을 세워놓았을 뿐이다. 이곳이 오까다 노부나가의 대마도 본진인 셈이다.

"올해는 고려 농사가 풍년이요, 지금쯤 전라도 쪽 내륙 깊숙이 들어가면 제법 소득이 있소. 그러니 이번에 종 부사의 해적선도 함께 갑시다."

"오까다 님, 고려 내륙까지는."

쓴웃음을 지은 종태서가 오까다를 보았다.

"제가 명색이지만 경상도 관찰사 소속의 대마도 부사올시다. 만일 제 해적선의 본색이 탄로가 나면 뒤가 시끄러워질 것입니다."

"강화도에 박혀있는 놈들이 뭘 하겠소? 종 부사는 고려 관직에 미련이 있소?"

정색한 오까다가 종태서를 보았다.

"고려 조정에서 제대로 부사 대접이라도 해준 적이 있소? 내가 알기로 부사 녹봉이 년(年) 백미 40석(石)인 것 같던데 받아본 적이라도 있소?"

"……."

"대마도주가 해적질로 2백여 명의 관리와 식솔들을 먹여 살리고 있지 않소?"

"오까다 님, 그것은."

종태서가 허리를 펴고 오까다를 보았다. 오후 신시(4시)쯤 되었다. 이곳은 바닷가지만 산속이다. 그만큼 평지가 부족하다. 종태서는 올해로 55세, 경상도 출신의 선조가 대마도로 이주해온 지 14대째가 된다.

"식량이 부족해서 고려 해안 마을을 약탈하여 연명해왔지만 그것만은 제외시켜 주시지요."

"그럼 종 부사의 체면을 세워드리고 우리한테도 도움이 되는 방도가 있소."

오까다가 가는 눈으로 종태서를 보았다. 오까다는 히젠의 영주 모리 하루후사의 가신으로 해적선의 총감이다. 종태서의 반응을 예상하고 있었는지 오까다가 거침없이 말을 이었다.

"고려 내륙 지리를 아는 통역으로 30명과 배 10척을 빌려주시오. 내가 뱃삯으로 척당 백미 10석을 드리고 안내역에게는 두당 백미 2석 반을 드리리다."

종태서는 입을 벌렸다가 닫았다. 뱃삯과 통역비가 절반 가격이었지만 자신을 끌고 들어가지 않는 것만도 다행이었기 때문이다.


오까다의 석성을 나온 종태서를 돌담 밖에서 기다리던 별장 윤성수와 박동면이 맞았다.

"나리, 어떻게 되었습니까?"

윤성수가 묻자 종태서는 먼저 긴 숨부터 뱉었다.

"간신히 내륙 침공대에서는 빠졌지만 배 10척과 통역 30명을 차출당하게 되었다."

"배 10척이면 대마도부(府)가 소유한 배의 거의 전부올시다."

박동면이 놀라 소리치듯 말했다. 셋은 좁은 산길을 내려가는 중이어서 종대로 섰다. 앞장선 종태서가 말을 이었다.

"배 척당 백미 10석, 통역은 두당 2석 반을 준다고 한다."

"그건 받아들일 수 없소이다."

이번에는 윤성수가 종태서의 등에 대고 말했다.

"통역으로 끌려간 도민 중 열에 다섯이 죽었습니다. 놈들이 앞장을 세우고 도망칠 때는 팽개치는 바람에 애꿎은 도민이 그동안 수백 명 죽었습니다. 그런데 백미 두 석(石) 반이라니요?"

종태서가 대답하지 않았으므로 윤성수는 길게 숨을 뱉었다. 종태서의 고민을 알기 때문이다.

커다란 호레즘 해적선은 거친 파도를 가르면서 질주하고 있다. 배는 고려 서해안을 지나 남해안으로 접어들고 있다.

"나리."

조타석 뒤쪽에 앉아있는 김산 앞으로 사중건이 다가왔다. 사천의 아들이다.

"우측으로 해적선 세 척이 지나가고 있습니다."

머리를 든 김산이 해안에 바짝 붙어서 북상하고 있는 배 세 척을 보았다.

"나도 보았다."

"정탐선입니다."

"그럼 뒤에 본대가 따른단 말이냐?"

"예, 검은 깃발인 것을 보면 마쓰우라의 해적선인 것 같습니다."

"마쓰우라라니?"

"예, 말씀드립지요."

사중건이 처음에는 김산을 어렵게 보아서 뒷전으로 물러나 있더니 어제 배 안의 해적들을 소탕한 후에는 자주 김산에게 접근했다. 올해 25세, 대마도에 처와 세 살 된 아들이 있다고 했다. 대마도 주민 대부분은 백제계로부터 시작해서 신라, 고려에서 이주해온 것이다. 그래서 고려말을 쓴다. 그러나 사천 부자는 한어에다, 몽골어, 남만과 인도어까지 구사하는 터라 재원이다. 사중건이 말을 이었다.

"마쓰우라는 대마도를 강점한 히젠과 적대국입지요. 그러나 히젠에게 밀려 대마도에는 기항하지 못하고 이끼섬을 근거지로 고려와 중국으로 노략질을 하고 있습니다."

"그런가? 국력은 얼마나 되느냐?"

"예, 히젠은 32만 석 영지를 가진 대국이며 마쓰우라는 17만 석이올시다."

"영지가 녹봉으로 계산되는가?"

"예, 32만 석은 영지에서 연간 생산되는 양곡을 말합니다. 1년에 32만 석을 소출되니 대국(大國)입지요."

"......"

"1만 석당 군사를 1,500명 모을 수가 있습니다. 그러니 히젠 영주 모리 하루후사 님은 48,000명의 군사를 거느린다는 계산이 나옵니다. 규슈의 강국(强國)입니다."

김산은 잠자코 해안 쪽으로 시선을 돌렸다. 폴란드 총독일 때 김산은 20여 만의 군사를 보유하고 있었다. 대륙에서는 수십만 단위로 전쟁을 한다. 그때 다시 사중건이 물었다.

"나리, 해적 선단을 피해 가시는 것이 낫지 않겠습니까?"

"그렇다."

머리를 끄덕인 김산이 사중건을 보았다.

"네가 내 시중을 들지 않겠느냐? 네 아비도 그러기를 바라는 것 같다."

"예, 모시게 해줍시오."

사중건이 갑판 위에 무릎을 꿇더니 김산을 보았다.

"모시는 값으로 얼마를 주시겠습니까?"

쓴웃음을 지은 김산이 되물었다.

"얼마를 받겠느냐?"

"한 달에 금화 두 냥을 주시면 충성을 바치겠습니다."

사중건이 열기 띤 눈으로 김산을 보았다.

"제가 왜말뿐만이 아니라 한어, 몽골어, 남만, 인도, 서역어까지 배웠습니다. 아비보다는 못하지만 충분히 소통이 됩니다."

"……."

"석 달분 선금을 주시면 감읍하겠습니다. 그럼 아버지 편에 들려 집에 돌아가시게 하겠습니다."

김산이 잠자코 전함에서 가져온 등짐을 집어 들더니 안에서 가죽 주머니 하나를 꺼내어 사중건 앞에 던졌다. 돌덩이가 떨어지는 소리가 났다.

"안에 금화 20냥이 들었다. 네 열 달분 임금이다."

숨을 들이켠 사중건이 감히 주머니를 집지도 못하고 시선만 주었을 때 김산이 말을 이었다.

"받은 값어치를 해라, 그렇지 못하면 그 대가를 받게 될 것이다."


과연 척후선 세 척이 지난 지 한식경(30분)쯤이 지났을 때 배 50여 척이 나타났다. 돛을 펴고 다가오는 것이 마치 바다 위에 새들이 모여앉은 것 같다. 그쪽도 이쪽은 본 모양인지 깃발 신호를 보냈지만 호레즘선은 3리 (1.2㎞) 간격을 두고 지나쳤다. 이쪽을 히젠의 오까다가 지휘하는 해적선으로 모두 아는 눈치였다. 해적 선단이 지나가자 김산이 사천 부자에게 말했다.

"고려 해안을 마치 제집 안방처럼 다니는구나."

"예, 그렇습니다."

사천이 정색하고 말을 이었다.

"그래서 고려 해안은 오래전부터 적막강산입니다. 모두 내륙으로 피신했지요."

호레즘 선(船)이 가이구치(貝口) 포구에서 15리(5.8km)쯤 떨어진 바닷가로 접근해 갔을 때는 해시(오후 10시) 무렵이다. 밤이 되기를 기다렸다가 해안으로 다가간 것이다. 중국땅 하이안 항을 떠난 지 8일째가 되는 날이다. 그동안 사천 부자는 물론 배꾼들하고도 얼굴을 익혔다. 그중 대마도인 여섯은 고려말을 아는 터라 김산이 직접 말을 붙이기도 했다. 잠시 후에 해안의 윤곽이 더 선명해졌을 때 김산이 배를 정선시키고는 갑판으로 모두를 불러 모았다. 해적선에 발각이 될까 봐서 배 안의 모든 등은 꺼놓았지만 별빛에 비친 16쌍의 눈이 반짝이고 있다. 그때 김산이 말했다.

"이 배에 쌓인 약탈물은 모두 너희들 몫이다. 여기서 나누도록 해라."

모두 서로의 얼굴을 보면서 웅성거렸다. 선창에는 그동안 약탈한 약탈물이 쌓여있었기 때문이다. 사천 부자의 눈도 둥그레졌다. 김산의 시선이 사천에게로 옮겨졌다. 그리고는 고려어로 말했다.

"네가 분수에 맞게 나눠주도록 해라."

"예, 나리."

사천의 시선이 아들 사중건에게로 옮겨졌다. 두 눈이 번들거리고 있다.

"대마도인은 두 몫, 왜놈들은 한 몫씩만 나눠주면 될 것입니다."

김산이 머리를 끄덕였다.

"재물을 갖고 제각기 흩어지고 이 배는 선창에 구멍을 뚫고 가라앉힐 것이다. 그러니 서둘러라."

그때 사중건이 고려어로 말했다.

"대마도 주민은 믿을만합니다. 하지만 왜놈들은 믿지 못하겠습니다. 재물을 나눠줘도 해적들에게 달려갈지도 모릅니다."

김산의 시선이 대마도 출신 선원들에게서 왜인들로 옮겨졌다. 이들은 왜인 잡부다. 노를 젓고 잡일을 시키려고 본토에서 끌려온 포로나 같다. 김산이 사천에게 말했다.

"그렇다면 배를 끌고 본토로 가라고 하는 것이 낫겠다. 나하고 대마도인만 이곳에서 내리기로 하자."

"덕을 베푸시는 것입니다."

사천이 커다랗게 머리를 끄덕였다.

"왜인들은 본토에 숨어 가겠지요. 그리고는 뿔뿔이 흩어지게 될 것입니다. 이곳 대마도에 내리면 좁아서 갈 곳이 없습니다."

머리를 돌린 사천이 왜인들에게 왜말로 김산의 지시를 말하자 환성이 일어났다. 몇 명은 눈물을 흘리며 엎드려 절을 했다. 해적선을 침몰시키려다 김산의 계획이 바뀌었다.


그들이 대마도 땅을 밟은 것은 오전 인시(6시) 무렵이다. 그것은 몇 명이 먼저 헤엄쳐 해안에 닿은 후에 쪽배를 가져오는 데 시간이 걸렸기 때문이다. 쪽배에 재물을 나눠 실은 대마도인이 떠나자 호레즘 해적선은 서둘러 뱃머리를 돌렸다. 이제 배에는 왜인 잡부들만 남은 것이다.

"나리, 이쪽으로 오시지요."

대마도인과 헤어져 셋이 되었을 때 짐을 짊어진 사중건이 앞장을 서며 말했다. 대마도는 해안이 바로 산 밑이다. 평지가 없어서 바로 산골짜기로 들어간다.

"이 근처 산속에 제 친척집이 있습니다."

사중건의 뒤를 따르면서 사천이 말했다. 사천도 등에 제 몸통보다 큰 짐을 메고 있다. 비단과 금붙이 등 금화로 계산하면 수백 냥어치는 될 것이다. 한 달 임금으로 금 두 냥을 달라고 했던 사중건은 순식간에 부자가 되었다. 그때는 선창의 재물을 나눠줄 줄 꿈에도 생각하지 못했을 것이었다. 산속으로 한시진쯤(2시간) 들어갔더니 과연 민가 두 채가 나타났는데 너무 깊은 산중이어서 마치 짐승이 사는 곳 같다.

"제 형님의 아들이 저곳에 있지요."

사천이 헐떡이며 말했다.

"형님은 돌아가시고 남은 식구가 저곳에서 사냥을 하고 삽니다."

셋이 다가가자 민가에서 사람들이 나왔는데 옷을 걸쳤지만 넝마다. 남자가 둘, 아이가 넷, 뒤쪽 문안에 여자 셋의 머리가 있다.

"숙부님!"

놀란 사내들이 외치면서 달려왔는데 조카들 같다.

"여기 웬일이십니까?"

사내들은 고려말을 한다.

"여기 짐부터 받아라."

사천이 짐을 벗으면서 조카들에게 김산을 소개했다.

"엎드려 절을 해라. 장군님이시다."

영문도 모르지만 사내들이 털썩 땅바닥에 무릎을 꿇는 것을 보니 순박한 성품 같다.

조카들은 모두 결혼을 한 장년들이었는데 사냥해서 잡은 짐승을 바닷가 마을로 가져가 생필품과 바꿔오는 터라 섬 안 사정에 훤했다.

"곧 전라도 내륙으로 대선단이 출항할 작정입니다."

큰조카 사광이 말했다. 체격이 크고 두 눈이 짐승처럼 번들거리고 있지만 순한 곰 같은 인상이다. 사광이 말을 이었다.

"도주는 못 간다고 발을 뺐다는데 통역 30명과 배 10척을 징발당했다고 합니다."

"해적선은 모두 몇 척이냐?"

김산이 묻자 사광의 동생 사균이 대답했다. 사균은 키가 컸지만 말랐다. 건장한 말 같은 인상이다.

"예, 120척에 해적 8백여 명이 모였다고 합니다. 총대장이 총감 오까다 노부나가이며 부장(副將)은 미야모도, 전라도가 모처럼 풍년이 들어서 가져올 것이 많다고 모두 들떠 있습니다."

김산이 천천히 머리를 끄덕였다. 해적선이 모인 포구가 바로 가이구치(貝口)다. 이곳에서 30리(11km) 거리인 것이다.

저녁 술시(8시)가 되었을 때 종태서는 숙소의 방에서 대마도 지도를 펴놓고 들여다보는 중이었다. 대마도의 농지는 전체 면적의 1푼도 되지 않는다. 농사를 지어서 먹고 살기는 애시당초 그른 땅이었다. 섬 전체가 산과 바위투성이의 불모지여서 산비탈을 깎아 곡식을 심는다고 해도 몇백 명밖에 먹지 못한다. 그런데 주민이 1만여 명, 거기에다 해적단까지 합하면 2만 명 가까운 인간이 섬 안에서 복작대고 있는 터라 양식 걱정이 끊길 새가 없다. 지금도 종태서는 섬 안 불모지를 개간할 방도를 찾는 중이었다. 그때 옆쪽에서 말소리가 들렸으므로 종태서는 대경실색을 했다.

"네가 대마부사인가?"

놀란 종태서가 상반신을 뒤로 젖혔다가 겨우 바로 앉았다. 방 안이다. 바로 옆에 사내 하나가 앉아있는 것이다. 도대체 문 여닫는 소리도 들리지 않았는데 어디서 나타났단 말인가? 귀신인가? 그때 사내가 정색한 얼굴로 다시 묻는다.

"내가 물었지 않느냐?"

늠름한 체격, 20대 후반쯤 되었을까? 굵은 눈썹 밑의 형형한 눈빛, 꾹 다문 입술에 위엄이 서려져 있다.

"누, 누구냐?"

종태서는 55세, 사내의 아비뻘이다. 겨우 어깨를 편 종태서는 그렇게 물었지만 제 목소리는 갈라져 있는 것을 들었다. 사내가 쓴웃음을 지었다.

"내가 누군지 밝혀도 확인하기 어려울 것이다. 고려인으로 몽골 무사라고 해두자."

"어떻게 여기에 왔느냐?"

내친김이다. 종태서의 목소리에 중심이 잡혀있다. 그때 사내가 불쑥 손을 뻗더니 종태서의 목울대를 가볍게 쳤다. 순간 종태서는 입을 쩍 벌렸다. 전혀 고통은 없다. 목에 손이 닿은 느낌뿐이었다. 그런데 말이 뱉어지지가 않는다. 그러자 사내가 말을 열었다.

"네 목소리를 잠시 막아놓았다. 그러니 듣기만 해라."

종태서가 어깨를 솟구치며 다리에 힘을 주었지만 몸이 움직이지 않는다. 다음 순간 종태서의 얼굴에 땀방울이 돋아났다.

"몸도 움직이지 못한다. 자, 들어라."

사내의 얼굴이 엄숙해졌다.

김산이 똑바로 종태서를 보았다.

"네가 경상도 관할의 대마도 부사 관직으로 해적단과 어쩔 수 없이 협력하는 것은 이해할 수가 있다. 이번에도 직접 해적단에 참여하지 않고 배와 통역만 빌려준 것도 불가항력이었을 것이다."

"……."

"해적단 출항이 이틀 후라니 나는 내일 밤에 해적단 수령과 수뇌부를 몰사시키고 해적선단에 불을 지르려고 한다."

"……."

"마침 해적선단이 모두 한 덩어리로 묶여져서 바람을 타면 한꺼번에 불에 탈 것이고 배 안에 들어가 있던 해적 떼도 화장을 당할 것이다. 그러나."

김산이 똑바로 종태서를 보았다.

"일을 마치고 나면 해적단이 몰살당한 이유를 본토의 영주란 놈이 틀림없이 조사를 할 것 아니냐? 아마 너를 추궁할 터인데 벗어나기 힘들 것이다."

"……."

"그러나 방법이 있다."

심호흡을 한 김산이 말을 이었다.

"히젠과 적대국인 마쓰우라의 소행으로 하는 것이야."

"……."

"내일 밤 소동에서 이곳저곳에서 마쓰우라의 흔적이 나타날 테니 네가 그것을 이용하면 될 것이다."

그리고는 김산이 손을 뻗어 종태서의 목울대를 건드렸다. 그 순간 종태서가 어깨를 늘어뜨리면서 긴 숨을 뱉었다. 얼굴에서 물을 뒤집어쓴 듯이 땀이 쏟아졌으므로 종태서가 소매로 얼굴을 닦았다. 그리고는 헛기침을 했다. 헛기침 소리가 났고 놀란 종태서가 김산을 보았다.

"내일 밤 몇 명이서 그 일을 하오?"

종태서가 말했는데 목소리를 낮추고 있다.

"그리고 사후 수습책까지 알려주는 이유는 무엇이오?"

종태서의 시선을 받은 김산의 얼굴에 다시 웃음이 떠올랐다.

"손발을 맞추자는 뜻이다."


"마쓰우라의 배는 아래쪽 이끼섬에 많습니다."

사중건이 말했다.

"가끔 쓰시마 앞바다를 지나지만 특별한 일이 아니고는 정박하지 않지요."

"그럼 네가 오늘 밤에 이끼섬에 가서 마쓰우라의 깃발이나 무기, 흔적이 될 만한 것들을 걷어 오너라."

김산이 사중건에게 지시했다.

"많이 걷을수록 좋다."

"예, 나리."

벌떡 일어선 사중건이 사촌 형제들인 사광과 사균을 보았다. 이제 두 사촌도 같이 일한다. 움집을 나가는 셋의 등에 대고 김산이 말했다.

"내일 저녁까지 돌아와야 한다."

내일 밤이 결행일인 것이다.


대마부사의 관저라지만 옹색했다. 나무껍질 지붕을 올린 다섯 칸짜리 본채 건물과 마당 건너편에 다섯 칸짜리 행랑채가 있을 뿐이다. 뒤쪽 담장은 허물어졌고 대문 앞에 경비병도 없앤 지 10년쯤 되었다. 녹을 제대로 주지 못했기 때문이다. 부사 휘하에 6조가 있었지만 이제는 다 농가로 돌아갔고 관직만 가보처럼 내려온다. 그러나 꼭 필요한 인력은 있다. 별장 윤성수와 박동면이 바로 그들이다. 둘은 온갖 잡일까지 다 하는 종태서의 측근으로 대마도에는 관리 셋이 남았다는 말이 본토에까지 전해졌다. 밤 해시(10시) 무렵, 방안에 둘러앉은 셋은 잠깐 말을 멈췄다. 그러나 방 안 분위기는 격앙되어 있다. 특히 별장들의 얼굴은 상기되었고 숨소리도 거칠다. 둘 다 40대 중반으로 종태서와 20년이 넘도록 고락을 함께해온 사이다. 둘은 방금 종태서로부터 김산의 말을 전해 들은 것이다. 그때 먼저 윤성수가 말했다.

"나리, 그자의 말이 사실일 경우에 대비해야 될 것 같습니다."

종태서가 머리만 끄덕였고 윤성수의 말이 이어졌다.

"그렇게 된다면 오죽이나 좋습니까? 창고에 쌓인 히젠의 재물이 모두 우리 차지가 될 테니까요."


"나리, 이놈입니다."

하야시가 옆에 꿇어앉은 사내를 눈으로 가리키며 말했다. 어둠에 덮인 마당 한쪽에서 모닥불이 기세 좋게 타오르고 있다. 바람이 센 밤이다. 마루에 앉은 오까다가 지그시 사내를 내려다보았다. 대마도인이다. 다이스케의 호레즘선에 노꾼으로 고용된 놈이 갑자기 나타난 것이다. 그것도 집에 숨어 들어가 있던 것을 잡았다. 놈이 예편네를 시켜 비단 한 필을 쌀 3섬과 바꾸지 않았다면 발각되지 않았을 것이다. 갑자기 예편네가 비단을 시장에 내다 팔았다는 소문을 부하 하나가 듣지 않았다면 모르고 지날 뻔했다. 저녁 무렵에 뒷간으로 가는 놈을 잡았고 집에 숨겨둔 비단 12필, 은수저와 젓가락 1백여 필, 옥과 자수정 노리개 30여 개를 찾아내었으니 오까다 진중이 발칵 뒤집혔다. 놈은 풍랑을 만나 배에서 떨어졌다가 겨우 대마도로 돌아왔다고 했지만 말도 안 되는 소리다. 그래서 오까다가 직접 심문을 하려고 놈을 데려온 것이다.

"이놈, 네 식솔 8명을 모두 잡아왔다."

오까다가 느긋한 표정으로 사내를 내려다보았다.

"바른대로 말하면 네 식솔까지 다 살려주고 네가 가져온 재물도 돌려주겠다. 하지만."

오까다의 시선이 옆쪽으로 돌려졌다.

"저기 네 식솔이 온다."

그때 옆쪽 건물 모퉁이에서 왜구들에게 끌려 사내의 식솔들이 나타났다. 아이가 셋, 처와 부모에다 동생 둘까지다.

"자, 하나씩 네 눈앞에서 베어 죽여주마, 하나를 데려와라."

오까다가 말하자 졸개가 아이 하나를 마당에 끌고 왔고 하야시가 검을 빼 들었다. 그때 사내가 소리쳤다.

"다 말하겠소!"

사천이 달려온 것은 자시(12시)가 되어갈 무렵이다.

"나리, 다 잡혔습니다."

불빛에 드러난 사천의 얼굴은 일그러져 있다.

"배에서 내린 대마도인 여섯이 다 잡혔습니다."

김산은 보료에 기대앉은 채 시선만 주었다. 잡히지 않은 것은 사씨 부자 둘뿐이다. 오전에 사천의 조카 식솔들과 함께 산을 두 개나 넘어 이곳 사냥꾼용 동굴로 거처를 옮긴 김산이다. 미리 대비를 해놓지 않았으면 사천 조카의 집도 기습을 받았을 것이다.

"오까다의 부하들이 먼저 포구 안을 수색하고 있습니다."

사천의 눈동자가 흔들렸다.

"나리, 내일 아침부터 오까다는 전 병력을 풀어 산속까지 훑는다고 합니다."

"8백 명으로 섬을 훑지는 못할 것이야."

쓴웃음을 지은 김산이 말을 이었다. 그동안 섬을 탐색해본 것이다.

"나란 존재가 밝혀졌지만 내일 마쓰우라의 흔적이 나타나면 덮일 것이다."

자리에서 일어선 김산이 동굴 벽에 세워놓은 칼을 집어 들었다.

"나리, 어디 가십니까?"

"포구를 둘러보겠다."

"같이 가시지요."

사천이 따라 일어서자 김산이 머리를 저었다.

"짐이 된다."

대마부사 종태서가 호레즘선에 승선했던 대마주민 6명이 통역 부자와 함께 비밀 입국했다는 소문을 들은 것은 김산과 거의 같은 시각이다.

"몽골 장수 하나가 구해 주었는데 엄청난 무공을 지닌 사내라고 합니다."

별장 윤성수가 눈을 치켜뜨고 종태서를 보았다.

"나리, 바로 그자인 것 같습니다."

"그렇군."

종태서가 천천히 머리를 끄덕였다.

"바로 그자였어."

"호레즘선에 탄 다이스케, 아베는 용장으로 소문이 난 장수들입니다. 그런 그들을 화살로만 쏘아 잡았다는 것이 믿기지 않지만 모두 다 제 눈으로 보았다고 한다는군요."

"귀신같은 자였어."

자시가 넘은 시간이어서 주위는 조용하다. 종태서가 말을 이었다.

"네 말을 들으니까 내일 일어날 일도 가능성이 있는 것 같다."

"활만으로 20여 명을 쏘아 죽였다니 신궁입니다. 물론 사실이라면 말이지요."

"글쎄 방안에 귀신처럼 들어와 있더라니까? 지금 생각해도 온몸에서 소름이 일어난다."

그리고 머리를 들었던 종태서가 화들짝 놀라 상반신을 젖혔다. 종태서의 시선을 따랐던 윤성수도 숨을 들이켰다. 바로 뒤쪽에 사내 하나가 앉아 있었기 때문이다. 도대체 어떻게 들어왔는지 측량할 수가 없다. 문이 앞쪽에 있었기 때문이다.

"누구냐?"

갈라진 목소리로 말한 윤성수가 벌떡 일어났을 때 종태서가 손을 들어 말렸다.

"진정해라. 그분이시다."

호흡을 가눈 윤성수가 이제는 종태서의 옆쪽으로 옮겨가 둘이 나란히 앉았다. 그때 사내가 쓴웃음을 짓고 말했다.

"이제 오까다는 나란 존재를 알게 되었을 터, 내일 일이 벌어져도 너희들을 의심하지는 않을 것이다."

김산이 말을 이었다.

"내가 호레즘선에 탄 대마도인은 물론 왜인들까지 모두 살려 보냈는데 거사 전날에 잡혔구나."

"어떻게 하실 것이오?"

종태서가 묻자 김산의 시선이 윤성수에게 옮겨졌다.

"믿을만한 병사는 몇이나 모을 수 있느냐?"

"열다섯이오."

윤성수가 바로 대답했다. 김산에게서 시선을 떼지 않은 채 이번에는 윤성수가 물었다.

"대인께 감히 묻소이다. 그런 사술로 내일 밤 대사를 치를 수 있을 것 같습니까?"

"사술이라고 했느냐?"

김산의 얼굴에 희미하게 웃음이 떠올랐다.

"내가 방에 들어온 것을 말하는구나."

"그렇소."

"그럼 이것은 어떠냐?"

다음 순간 윤성수가 입을 딱 벌렸다. 눈앞의 김산이 사라진 것이다. 놀란 것은 종태서도 마찬가지다. 머리를 이리저리 돌려 김산을 찾는다. 그때 목소리가 들렸다.

"나는 너희들 뒤에 있다."

소스라치게 놀란 둘이 몸을 돌리자 벽에 기대앉은 김산이 보였다. 김산이 정색하고 말했다.

"세상에는 믿기 어려운 일도 수없이 일어난다는 것을 명심해라."

"내일 결행하는 것입니까?"

이제는 돌아앉은 종태서가 묻자 김산이 머리를 끄덕였다.

"그렇다. 내가 그 일 때문에 온 것이다."


"저곳이 오까다의 숙소올시다."

윤성수가 손으로 돌로 지붕을 얹은 저택을 가리켰다. 포구 안쪽의 가장 큰 저택이다. 다음날 밤 자시(12시), 둘은 마을 입구의 골목에 기대서 있었는데 이젠 순찰군도 거의 다니지 않았다. 군데군데 경비병만 서 있을 뿐이다.

"저택 안에 왜구 10여 명이 있습니다. 그중 검객이 여러 명이요."

윤성수가 목소리를 낮춰 말을 이었다.

"그중 하야시라는 자는 무심검(無心劍)의 달인이라고 합니다. 눈을 감고 지나는 제비 날개를 벤다고 하오."

"그래?"

"바늘 떨어지는 소리도 듣는 데다 개처럼 후각도 발달되어서 칼의 피 냄새로 살인자를 찾아낸다는 놈입니다."

김산의 시선을 받은 윤성수가 길게 숨을 뱉었다.

"그자가 베는 것을 좋아해서 죄를 지은 놈은 다 그자가 죽입니다. 지금까지 수백 명을 죽였을 것이오."

김산이 잠자코 3백 보쯤 앞의 저택을 보았다. 이곳은 가이구치(貝口) 포구 안 마을이다. 마을의 집 대부분을 오까다의 해적들이 차지하고 있어서 해적 진지나 마찬가지다. 이곳을 윤성수의 안내를 받고 김산이 찾아온 것이다.

"그럼 넌 이곳에서 기다려라."

김산이 말하자 윤성수가 눈을 치켜떴다.

"아니오. 저도 가겠소."

윤성수가 미리 준비한 복면을 꺼내 머리에 뒤집어쓰자 곧 눈만 드러났다.

"나리가 신기(神技)를 갖고 계시지만 저도 제 앞가림은 합니다."

김산은 쓴웃음을 지었다. 윤성수는 제 눈으로 김산의 무공을 확인하고 싶은 것이다.


하야시는 숨을 들이켰다. 그리고는 소리 없이 일어나 문을 열고 밖으로 나왔다. 어느새 손에는 왜검을 쥐고 있었는데 검날은 석 자, 손잡이까지 합하면 넉 자짜리 장검이다. 깊은 밤, 사방은 적막에 덮여 있다. 해시가 지날 때까지 다섯씩 조(組)를 짠 수색대가 근처 포구까지 수색했지만 지금은 귀대해서 휴식 중이다. 이틀간 수색했지만 통역 사씨 일가는 자취를 감췄고 몽골 놈도 찾지 못했다. 날이 밝으면 고려땅으로 떠난다. 가능하면 출항 하기 전에 그놈, 몽골인을 잡는 것이 목표지만 잡지 못한다면 어쩔 수 없다. 마루에 선 하야시가 다시 한 번 숨을 들이켰다. 피 냄새가 분명하다. 마루에서 마당으로 뛰어내린 하야시는 단 한 번의 도약으로 지붕 위로 올라섰다. 그러자 밤바람이 불면서 피 냄새가 더욱 진해졌다. 두 곳, 방금 뿜어져 나온 생생한 피, 서남방으로 거리는 1백 보, 하야시는 서남방을 향해 몸을 날렸다. 주위는 짙은 정적에 덮여 있다. 좌측 30보쯤 거리에 서 있던 초병 둘은 하야시가 스쳐 지났어도 눈치채지 못했다. 땅을 딛는 가죽신이 마치 고양이 발처럼 소리 없이 움직였기 때문이다.

숨을 죽인 윤성수가 돌담에 등을 붙인 채 김산을 주시했다. 김산은 공터 복판에 서 있었는데 팔짱을 끼고 다리를 조금 벌렸다. 조금 전 김산은 초병 둘을 베어 죽였다. 그리고는 이곳 공터로 나와 서 있는 것이다. 바다에서 불어온 바람이 옷자락을 스치고 지나갔다. 윤성수는 호흡을 골랐다. 김산이 왜 저러고 있는지를 아는 것이다. 초병 둘을 베어 죽인 이유도 안다. 하야시를 끌어내리려는 것이다. 피 냄새를 맡은 하야시가 과연 나타날 것인가? 마침 바람이 바다에서 오까다의 저택 쪽으로 불고는 있다. 그 순간 윤성수는 숨을 멈췄다. 희끗한 그림자가 공터 안으로 떨어진 것이다. 마치 바람에 날린 옷가지가 펄럭이며 떨어지는 것 같다. 하야시다. 윤성수는 온몸에 나 있는 털이 곤두서는 느낌이 들었다. 윤성수는 하야시를 아는 것이다. 번뜩이는 눈, 언제나 입을 꾹 다물고 소리 없이 움직이는 사내, 대마도인들은 그를 도살자라고 부른다. 하야시는 왜구들 사이에서도 공포의 대상이었다. 살인이나 도둑질, 또는 탈영을 한 왜구를 처형할 때는 꼭 하야시가 목을 베었기 때문이다. 장검을 치켜든 하야시의 모습은 저승사자였다. 그때 하야시가 몽골장수의 앞에 섰다. 몽골 장수는 아직 제 이름도 밝히지 않았다.

하야시는 앞에 선 사내를 보았다. 팔짱을 낀 채 서 있는 사내의 눈빛은 차분하다. 마치 깊은 연못 속처럼 느껴졌다. 처음에는 오만하게 으스대는 것 같았는데 숨 한 번 쉬고 났더니 위압감이 느껴졌다. 왠지 가슴이 답답해진다. 하야시는 호흡을 고르면서 두 손으로 쥔 장검을 천천히 상단으로 치켜들었다. 말이 필요 없다. 놈은 초병들을 베고 이곳으로 자신을 유인한 것이다. 골목 안 담벼락에 복면을 쓴 사내 하나가 붙어서 있지만 시종 같다. 저놈쯤은 단칼에 요절낼 수 있다. 하야시의 칼이 이윽고 허공으로 솟아올랐다. 무심검의 최상자세, 내려치면서 7가지 검법을 적용할 수가 있다. 그 방법은 하야시도 모른다. 그것이 바로 무심(無心)이다. 아무 생각이 없이 상대방의 반응에 따라 칼이 움직이는 것이다. 그리고 단 한 번도 실수한 적이 없다.

김산은 하야시의 검 끝이 어둠 속에서 흔들리는 것을 보았다. 그동안 수많은 고수(高手), 검객(劍客)을 보았지만 이런 상대는 처음이다. 왜무사(倭武士), 왜검객(倭劍客)인 것이다. 김산은 하야시 앞으로 한 걸음 다가섰다. 아직 팔짱을 낀 자세. 방심하고 무방비 상태인 것처럼 보였는데 실제로 그렇다. 그 순간 김산이 빙그레 웃었다. 어둠 속에서 흰 이가 드러났다. 하야시의 검법을 간파한 것이다. 이것이 바로 왜의 검술이구나, 중원에 있을 때 가끔 왜무사, 왜검객의 이야기는 들었다. 단칼에 몸통을 벤다는 일도양단의 힘, 그리고 전광석화 같다는 속도, 특히 왜검의 강하고 예리함은 쇠를 벤다고 했던가? 숨을 들이켠 김산은 하야시의 검에 박힌 피 냄새를 맡았다. 인간의 피 냄새는 체취와 같다. 사람마다 피 냄새가 다른 것이다. 하야시는 검을 씻고 또 씻었겠지만 검날에 박힌 피 냄새는 영혼처럼 떠나지 않았다. 바로 사자(死者)의 혼(魂)이 검날에 붙어있기 때문이다. 그것이 수백이나 된다. 그때 김산이 빙그레 웃었다.

"수백의 혼이 네 머리 위에 떠 있구나."

고려말이다.

그 순간 하야시는 온몸으로 뻗어 나가는 한기를 느꼈다. 겨눈 시간은 숨 두 번 마시고 뱉을 동안만큼밖에 안되었지만 하야시는 그것이 영원처럼 느껴졌다. 끝없이 시간이 흐르는 것 같았다. 그사이에 어린 시절부터 배를 타고 쓰시마에 닿기까지 수백 개의 영상이 떠올랐으며 수백 명의 얼굴이 스치고 지나갔다. 모두 베어 죽인 상대의 얼굴이다. 하야시는 세 번째 숨을 들이켜고 나서 치켜든 검 끝을 조금 흔들었다. 하야시가 무심검의 이치를 깨닫고 처음 세상에 나온 후에 이렇게 검 끝을 흔들기는 처음이다.

김산은 하야시의 검끝이 미세하게 흔들리는 것을 보았다. 그 순간 일체가 되어있던 하야시의 검과 몸통이 뚜렷하게 분리되었다. 그때 다시 김산이 웃었다.

"이것이 왜검법의 실체냐?"

동시에 김산이 한 걸음 더 나섰다. 여전히 팔짱을 낀 자세, 하야시의 검이 내려치면 김산의 머리통이 두 조각이 날 거다. 그런데 하야시가 반걸음 물러서더니 눈을 부릅떴다. 그러는 자신이 이상하다는 표정이다.

윤성수는 돌담에 등을 붙이고 선 채 눈을 부릅떴다. 기괴한 장면이다. 몽골장수는 마치 앞에 아무도 없는 것처럼 움직이고 있다. 그런데 하야시가 기를 쓰면서 덤벼드는 꼴이다. 하야시가 주춤 뒤로 물러섰으므로 윤성수는 다시 숨을 삼켰다. 왜 저러는가? 몽골장수 주위에 귀신이라도 붙어서 있는 것 같다. 하야시의 부릅뜬 눈이 그것을 보여주고 있다. 바로 칼만 내려치면 될 것을 왜?

그때 김산은 더 이상 기다리지 않기로 했다. 이미 하야시의 검술을 모두 간파한 상태인 것이다. 김산이 어깨를 부풀렸다가 내리고는 하야시를 응시했다.

"앗!"

김산의 입에서 짧은 외침이 터졌을 때 하야시는 기다렸다는 듯이 칼을 내려쳤다. 과연 쇠를 자를 것 같은 맹렬한 기세, 반사적으로 내려치는 무심검의 위력은 폭풍에 밀려온 해일 같다. 그때 김산이 몸을 비틀어 칼날을 옆구리로 흘려보냈다. 다음 순간 김산이 팔짱을 풀면서 팔꿈치로 하야시의 턱을 쳤다.

"털컥!"

턱이 부서진 하야시의 얼굴이 일그러졌다. 부서진 턱 때문이 아니다. 너무나 어이없이 당했기 때문이다. 검으로 쳤으니 차라리 상대방의 검으로 목이 잘리든지 몸통이 두 토막이 났어야 옳다. 그래야 검객의 명예가 살면서 죽는 것이다. 그런데 이것이 무엇인가? 턱이 부서지다니, 통나무처럼 땅바닥으로 쓰러지는 하야시의 얼굴이 바로 그것을 나타내고 있다. 팔꿈치에 맞아 턱이 부서지다니.

그때였다. 하야시는 눈을 치켜떴다. 앞에 선 사내가 몸을 솟구쳤기 때문이다. 1장(3m)이나 솟구친 사내의 손에는 어느덧 검이 뽑혀 있었는데 어둠 속에서도 흰 검날이 드러났다. 그때 사내가 검무를 추기 시작했다. 아니다. 검술이다. 좌우로 후려치고 찌르고 내리쳤는데 그 동작이 7가지, 하야시는 쓰러지면서 숨을 멈췄다. 아연했기 때문이다. 무심검에서 7가지 살수를 펼칠 때에 대한 모든 역습이 단 한 번의 도약에서 펼쳐졌다.

"쿵!"

이것은 하야시가 자신의 몸통이 땅바닥에 떨어질 때의 소리를 들은 것이다. 하야시는 제 몸이 쓰러지는 순간에 도약한 사내가 7가지 검법을 펼쳐 자신의 무심검을 무력화시키면서 격파하는 것을 보았다.

"쓱,"

이것은 사내의 발이 하야시 머리 앞에 착지할 때의 소리다. 귀 바로 옆에 착지했으므로 그런 소리가 났다. 하야시는 눈을 부릅떴다. 이자는 신(神)이다. 이런 도약, 이런 검법, 이런 빠름은 인간이 닿지 못한다. 중국 대륙의 검법에 별 허황된 이야기가 떠돈다고 하더니 내가 꿈을 꾸는 것일까? 그리고 다음 순간 하야시의 의식이 끊겼다. 김산의 칼이 목을 잘랐기 때문이다.


오까다 노부나가는 포로로 잡아온 고려인 첩이 두 명이나 있다. 오늘은 그중 하나인 김 씨를 품고 자는 중이었는데 흔드는 바람에 눈을 떴다.

"뭐냐?"

방안은 어둡다. 옆에 붙어누운 김 씨의 체온을 느끼면서 오까다가 다시 물었다.

"왜 깨우는 거냐?"

그 순간 오까다는 목에 뜨거운 충격을 받고는 입을 딱 벌렸다. 힘껏 고함을 쳤지만 성대까지 잘린 터라 소리가 나오지 않는다. 벌떡 일어나 앉던 오까다는 잘린 머리가 방바닥으로 떨어지는 바람에 머리 없는 상반신이 앉은 셈이 되었다. 그리고는 곧 온몸을 떨었다. 죽기 전의 경직이 온 것이다. 목에서 뿜어낸 피가 옆에 누운 김 씨의 몸을 적셨지만 김 씨는 고른 숨소리를 내고 누워있다. 김산이 기절을 시켰기 때문이다.


가이구치 포구의 정박한 히젠의 해적선은 모두 127척, 그중 전함이 48척이며 수송선이 69척, 연락선 4척, 보급선이 6척인 대선단이다. 이미 출항준비를 마친 선단은 포구에 전대(戰隊)별로 정박되어 있었는데 병력은 모두 탑승한 상태다. 오까다의 지시에 의하여 하루 전에 탑승이 완료된 것이다.

"바람이 좀 세군."

보급선대장 이에무라가 바다 쪽을 바라보며 말했을 때는 오전 축시(2시) 무렵이다. 바닷바람이 포구 쪽으로 불어왔지만 출항에 지장이 될 정도는 아니다. 오히려 바다에 나가면 돛을 부풀려 속도를 낼 수 있게 만드는 것이다.

"이봐, 이젠 닻을 내려라. 저쪽 2번대 옆쪽이 좋겠다."

보급선을 지휘해서 각 전대에 보급품을 나눠준 이에무라의 일이 이제야 끝난 것이다. 오까다의 해적선단은 2개의 전함대, 2개의 수송대, 그리고 1개의 호위대와 보급대로 구성이 되었는데 주력은 40척으로 구성이 된 2개의 전함대이다. 전함대의 전함은 각각 20여 명의 전투원을 싣고 있었는데 이들이 해적단의 주축이다. 바로 왜구(倭寇)인 것이다. 그리고 수송선은 약탈품을 싣는 하물선 역할이니 속력은 느리고 전투원은 타지 않는다. 배가 닻을 내리려고 속력을 줄였을 때 앞쪽의 부둣가에 서 있는 7, 8명의 사내가 보였다. 어둠 속이어서 형체만 보였고 옆에 나무통 10여 개를 쌓아 놓고 있는 것이 물통 같다.

"또 술을 싣는가?"

눈을 가늘게 뜨고 그것을 본 이에무라가 짜증을 냈다. 전함대에서 술통을 실어달라는 주문이 많은 것이다. 오까다가 어지간하면 눈을 감아 주었으므로 어제 초저녁에도 제1전함대에 술통을 여덟 개 실어주었다. 배가 옆구리를 붙이기 시작할 때 이쪽에서 먼저 물었다.

"뭐요? 또 술인가?"

그때 선창가에 서 있던 사내 하나가 훌쩍 몸을 날려 보급선 안으로 들어왔다. 거리가 십여 보쯤 떨어져 있었는데도 마치 날개가 달린 것처럼 뛰어 건너온 것이다. 놀란 이에무라가 눈을 치켜떴을 때 건너온 사내가 앞으로 다가와 섰다. 장신이어서 이에무라보다 머리통 하나는 크다.

한걸음에 이에무라 앞으로 다가선 김산이 칼을 휘둘러 목을 쳤다. 칼날이 옆으로 흐르면서 부장(副將) 하라를 베었고 발 한 걸음 떼고 나서 갑판장과 조타수를 베었다.

"악!"

짧은 비명은 아래쪽에 서 있던 짐꾼의 입에서 터졌다. 그러나 그것뿐이다. 김산이 바람처럼 지나면서 휘두른 칼날에 소리 없이 왜구의 머리가 떼어졌고 몸통이 갈라졌다. 탄력을 받은 뱃전이 선창에 닿았을 때는 보급선

안에 산 사람은 김산뿐이었다.

"어서 실어라."

김산이 피투성이가 된 검을 내리면서 말했다. 그러자 기름통을 든 윤성수가 먼저 앞장서서 뱃전으로 뛰어들었고 뒤를 사씨 부자와 대마도부 장교들이 따른다. 장교들은 모두 한반도에서 이주한 백제, 고려계인 것이다. 모두 기름통을 들고 탔으므로 갑판에는 기름통이 쌓였다. 배 안에 쌓인 시체를 보자 모두의 몸이 굳어졌지만 김산이 지시했다.

"자, 전함 쪽으로 가자."

장교들이 배를 밀어 선창에서 떨어졌고 김산이 옆쪽에 정박한 대선단을 보았다. 드문드문 불을 켠 전함과 수송전의 무리는 마치 거대한 성벽처럼 보였다. 선수에 선 김산의 손에는 어느덧 활이 쥐어져 있다. 김산의 옷자락이 펄럭였다.


"불이야!"

외침이 일어났을 때 제2함대 대장 사까이는 선미에 서서 소변을 보는 중이었다. 머리를 돌린 사까이는 바람결에 기름 냄새를 맡았다. 이곳은 선창 근처여서 바깥쪽은 잘 보이지가 않는다.

"불이야!"

다시 아우성 같은 소리가 바다 쪽 배에서 울렸고 그것이 서너 명의 외침으로 바뀌었다. 서둘러 몸을 돌린 사까이가 선체 중앙의 2층 누각으로 뛰어 올라갔다. 계단을 거의 다 올라갔을 때 사까이는 숨을 들이켰다. 바깥쪽 바다 근처에서 배에 불이 붙었다. 그것도 서너 곳에서 타오르고 있다.

"아차!"

사까이가 눈을 부릅떴다. 바람이 바다 쪽에서 부는 것이다. 배들은 모두 밀집되어 정박하고 있었기 때문에 바닷바람을 타고 불길이 안으로 들어오면 다 탄다.

기름통을 든 김산이 앞쪽을 향해 힘껏 던졌다. 사람 머리통만 한 기름통이 밤하늘에 빨려든 것처럼 보이지 않았지만 김산의 눈에는 선명하게 보였다. 이윽고 기름통은 50보쯤 떨어진 전함의 갑판에 떨어져 깨졌다. 김산은 이제 촉에 기름 먹인 헝겊을 매단 화살을 시위에 끼우고는 단지 안에 든 숯불에 불을 붙였다. 기름 헝겊에 불이 붙은 순간 김산이 활을 겨누자마자 쏘았다. 불덩이가 날아가 조금 전에 기름통이 박살 난 갑판에 박히면서 와락 불길이 일어났다. 이렇게 불을 붙이기를 10여 번, 이제 안쪽의 선단은 불덩이가 되어간다. 배들을 모두 묶어놓아서 하나씩 떼기도 힘들 뿐만 아니라 불구덩이 속을 헤치고 나와야 하는 것이다.

"나리! 다 탑니다!"

격정을 이기지 못한 윤성수가 소리쳤다.

"히젠의 왜구는 오늘 전멸이요!"

기름통을 다 던졌으므로 김산은 바깥 바다를 돌면서 간간이 활을 쏘아 왜선을 무력화시켰다. 가끔 빠져나오려는 왜선의 조타수와 지휘관을 쏘아 죽이는 것이다. 이제 포구 안은 아비규환의 지옥이 되었다. 화광이 충천해서 그 지옥이 다 보인다. 불타는 배에서 뛰어내린 왜구들로 포구 안 바다는 고기떼가 가득 찬 어망 안 같았다. 김산이 눈을 치켜뜨고 말했다.

"이놈들, 인과응보다."

묘시(6시)가 되었는데도 가이구치 포구의 불은 꺼지지 않았다. 바다에 떠 있던 히젠의 함대는 모두 숯덩이가 되어서 가라앉거나 포개어진 채 불씨를 뿜어냈지만 불길이 포구 왼쪽 산으로 옮겨간 것이다. 이제는 산불이 되어서 포구 안으로 불덩이를 떨어뜨리고 있다. 바람을 타고 불길이 오가는 터라 마치 화로 안에서 불쏘시개를 태우는 것 같다.

"장관이다."

이제는 포구 밖 산기슭에 정박한 배에 서서 김산이 감탄했다.

"잘 타는구나."

옆에 선 윤성수는 그것이 밥 짓는 아궁이 불이 잘 탄다는 것처럼 들렸다. 도대체 1백여 척의 대선단을 붕괴시킨 감동 같지가 않았기 때문이다. 열기가 2리(0.8km) 정도나 떨어진 이곳까지 뿜어져 왔으므로 모두의 얼굴이 상기되어 있다. 윤성수가 격정을 참지 못하고 말했다.

"나리, 히젠의 해적단을 전멸시켰습니다."

김산의 시선을 받은 윤성수의 눈에서 주르르 눈물이 떨어졌다.

"나리는 마치 고려국 수호신이 보내주신 천하대장군 같으시오."

"고려국 수호신이라고 했느냐?"

정색한 김산이 묻자 윤성수 뒤에 서 있던 별장 박동면이 말을 받았다.

"예에, 대마도 북쪽 이즈하라에 옛날에 세워진 천하대장군이 있습지요."

김산이 눈을 가늘게 떴다. 그것을 본 윤성수가 설명했다.

"고려땅에 가면 마을 입구마다 천하대장군, 지하여장군이 세워져 있습지요. 그래서 수백 년 전에 고려에서 가져온 천하대장군 상을 이즈하라에 세워 놓았던 것입니다."

윤성수의 말을 박동면이 잇는다.

"대마도가 왜구의 소굴이 되고 나서 천하대장군을 원망하는 사람이 늘어났다가 지금은 잊고 있었습니다. 그런데……."

김산은 두 별장뿐만 아니라 고려계 장교들의 시선도 모두 자신에게 몰려져 있는 것을 보고는 쓴웃음을 지었다.

"이놈들아, 내가 귀신같으냐?"

그러자 모두 따라서 웃음을 띠었고 김산이 포구 쪽을 돌아보며 말했다.

"자, 이제 뭍으로 기어 올라간 놈들을 처치할 차례다."

그리고 겨우 살아나온 왜구들은 악에 받쳐있을 것이었다.


"무엇이? 마쓰우라 놈들이라구?"

후가꾸가 불에 그슬린 수염을 비비다가 눈을 부릅떴다. 소매도 불에 타 찢어 던진 터라 흉한 몰골이다. 그러나 후가꾸는 살아남은 히젠 군사들의 우두머리다. 호위대의 대장으로 오까다 휘하의 장수들 중 서열이 5위였지만 윗놈들이 다 죽었으니 졸지에 대장이 되었다. 졸개가 대답했다.

"예, 대장님이 참살당한 방안에 이것이 떨어져 있었소."

졸개가 내민 것은 파란색의 마쓰우라군 수건이다. 파란 수건은 마쓰우라군의 상징인 것이다. 머리에 푸른 수건을 매고 해적질을 해서 고려인들은 '푸른귀신'이라고 부르기도 한다. 수건을 흘겨본 후가꾸가 다시 수염을 비볐다.

"그런 수건은 나도 있다."

"이것은 마당에서 주운 것입니다."

졸개가 단검집을 내밀있다. 마쓰우라의 가문 표시인 삼지창이 새겨져 있다. 난전 중에 떨어뜨린 것이다. 오까다 노부나가는 방안에서 방사 중에 어처구니없이 살해당했고 집안에 있던 부하 7명도 잔인하게 도륙된 것이다. 이것은 수십 명이 몰려들어야 가능한 일이었다. 집안에 있는 부하들이 모두 칼솜씨를 뽐내는 검객들이었기 때문이다. 과연 격렬한 칼싸움이 있었는지 집안은 수라장이 되어 있었는데 적이 떨어뜨린 물건도 많았다. 적들은 부상당했거나 죽었을 동료들은 모두 데려갔지만 흔적까지 다 지우지 못한 것이다. 칼집에서 시선을 뗀 후가꾸가 이사이로 말했다.

"불화살을 날린 배에 마쓰우라 수건을 두른 놈들이 있다는 것을 보았다고 했다."


이끼섬은 대마도 아래쪽으로 본토와 가까워서 일찍부터 각 영주의 대리점이 세워져 있었는데 그중 히젠과 마쓰우라, 지쿠젠, 나가토가 세력이 가장 컸다. 그러나 히젠은 고려령 대마도까지 장악해서 제 영토처럼 사용하고 있는 터라 나머지 영주국들의 반감을 사고 있는 중이었다. 오전 신시(10시) 무렵, 이끼섬의 하로항에 위치한 마쓰우라의 대리점 안으로 졸개 하나가 넘어질 듯이 달려오더니 결국 마당에서 뒹굴었다. 가쁜 숨을 몰아쉬고 있어서 전쟁을 하다가 도망 나온 몰골이다. 마루에 앉아서 늦은 아침밥을 먹고 있던 마쓰우라의 해군대장 요시다가 눈썹을 추켜세웠다.

"저 개새끼는 왜 저 지랄인고?"

마당에 뒹굴었다가 상반신만 일으킨 사내는 수송선의 조타수 하시모토다. 하시모토는 쌀과 비단을 바꾸려고 아침 일찍 대마도로 떠났던 것이다.

"대장! 큰일 났소!"

머리를 든 하시모토가 소리치자 마당에 있던 졸개들은 물론이고 뒤쪽 채의 일꾼들까지 구경을 나왔다. 부엌에서 일하던 여자들도 머리만 내밀

320

고 있다.

"뭐냐? 니 에미라도 죽었냐?"

젓가락을 내려놓은 요시다가 버럭 소리쳤다. 하시모토는 천방지축이어서 뭍에서는 만날 싸움질이지만 조타수로는 뛰어났다. 그래서 수송선단은 하시모토가 이끌고 있다. 그때 하시모토가 숨을 가라앉히면서 소리쳤다.

"가이구치 포구가 숯가마가 되었소! 몽땅 불에 탔단 말이오! 히젠 수군의 전함대가 불에 타서 모두 숯덩이가 되었단 말입니다! 내 눈으로 보았습니다!"

요시다의 손에서 젓가락이 빠져 떨어졌다. 그러나 믿기지 않은 터라 다시 버럭 소리쳤다.

"이 미친놈아! 그게 무슨 말이냐! 웬 불이 밤사이에⋯⋯."

"쪽배를 타고 도망쳐 나온 히젠 졸개한테서 들었는데 습격을 받았다고 하오!"

"누구한테 말이냐!"

"그건 모르겠소!"

"이런 짐승 새끼."

밥상을 밀어 던진 요시다가 소리쳤다.

"전함을 띄워 대마도로 간다! 제1번대가 출동이다!"

제1번대는 대장선을 포함한 6척의 전함으로 이루어졌다. 마쓰우라 수군의 가장 강한 전대다. 마당의 금방 이리 뛰고 저리 닫는 졸개들로 덮였다.

"믿기지가 않는데요."

부장(副將) 신따로가 다가와 말했으므로 요시다가 머리를 들었다.

"어떻게 1백여 척의 대함대가 모두 불에 타 숯덩이가 된단 말입니까?"

"글쎄, 내가 아나?"

요시다가 아직도 마당에 선 하시모토를 흘겨보면서 말을 이었다.

"그건 가봐야 알겠다."

마당으로 뛰어내린 요시다가 부둣가를 향해 달리기 시작했고 모두 뒤를 따른다.


"옳지, 몰려나가는군."

이끼섬 위쪽 작은 섬 사이의 바위틈에 매어놓은 배가 파도에 흔들리고 있다. 뱃전에 선 김산의 얼굴에 웃음기가 떠올랐다. 오전 오시(12시) 무렵, 이곳에서 한시진(2시간) 정도를 기다리고 있었던 것이다.

"20여 척이나 됩니다."

선수에 서 있던 윤성수가 소리쳤다.

"앞장선 배는 마쓰우라의 대장선입니다! 그 뒤로 지쿠젠과 나가토 깃발을 단 배가 대여섯 척씩 따르고 있습니다!"

"모두 정탐을 가는군."

머리를 끄덕인 김산이 지시했다.

"자, 포구로 들어가자. 놈들이 어수선한 사이에 진입하는 것이다."

과연 20여 척이 서둘러 대마도로 가는 뒤를 이어 10여 척의 배가 쏟아져 나왔는데 하로항 안은 어수선했다. 바위틈을 빠져나온 배가 하로항 입구를 향해 전진했다.

눈을 치켜뜬 후가꾸가 버럭 소리쳤다.

"궁수를! 불화살을 준비해라!"

졸개들이 내달렸고 후가꾸의 고함 소리가 이어졌다.

"가깝게 오면 무조건 쏘아라! 내 명령을 기다릴 것도 없다!"

그때 누군가가 이어서 외쳤다.

"가네산으로 가자! 거기서 잡으면 된다!"

분이 솟은 터라 시키지 않았어도 전략이 나오는 것이다. 가네산은 가이구치 항에서 왼쪽으로 좁혀진 만 끝쪽의 산이다. 그곳에서는 항구에서 나오는 배가 눈 아래로 내려다보이는 것이다.

"그렇지."

어깨를 부풀린 후가꾸가 이어서 소리쳤다.

"불화살 궁수들은 나를 따라 가네산으로 간다!"

지금까지 가네산에서 가이구치에 입항할 배를 잡는다는 생각은 누구도 해보지 않았다. 그 전략이 지금 튀어나온 것이다. 후가꾸가 앞장서서 가네산으로 달려가면서 소리쳐 물었다.

"누가 가네산으로 가자고 한 거냐!"

목소리만 들었기 때문이다. 그러나 뒤를 따르던 졸개들은 아무도 대답하지 않았고 후가꾸도 굳이 찾을 생각은 하지 않았다. 달리면서 시야가 트인 후가꾸가 포구를 보았다. 20여 척의 전함이 포구 안으로 들어오는 중이다. 마침 가네산 밑을 지나고 있다.


"어이구, 저것 좀 봐."

항구를 본 요시다의 입에서 탄성 같은 신음이 계속해서 터졌다. 선수에

선 요시다의 얼굴은 나무토막처럼 굳어져 있다. 요시다가 어깨를 부풀렸다가 내렸다.

"도대체 어느놈이……."

"배가 묶여있어서 불이 번진 것인지도 모릅니다."

기가 막혀서 입만 딱 벌리고 있던 신따로가 머리를 저었다.

"1백 척이 넘는 대선단이 모두 숯덩이가 되다니요."

"어젯밤 바람이 서풍이었지?"

요시다가 묻자 신따로는 머리를 기울였다가 대답했다.

"요즘에는 서풍이지요."

"저기, 포구에는 졸개들이 있군, 살아남은 놈들이야."

배는 서풍을 타고 곧장 항구 안으로 들어가고 있었으므로 포구에 모여 선 졸개들이 점점 선명하게 보였다. 거리는 5백여 보 정도, 포구 왼쪽의 산도 새까맣게 탔는데 아직도 위쪽은 붉은 불씨가 보인다. 가깝게 다가갈수록 가이구치의 참상은 더 드러났다. 엉킨 전함들은 모두 시커먼 숯덩이가 되었는데 타지 않은 목재가 마치 시체의 살덩이 같다. 포구에는 타다만 배들이 떠 있었는데 수백 구의 시체도 아직 건지지 않았다. 포구 전체가 시커멓게 타고 부서진 1백여 척의 배로 뒤덮여 있는 것이다. 멀쩡한 배는 10여 척뿐이었는데 오히려 그 배들 때문에 참상이 더 끔찍하게 비교되었다.

"대장, 저 졸개들이 모두 무기를 들고 있습니다."

눈을 가늘게 뜨고 포구를 보던 신따로가 말했을 때는 3백 보쯤 거리로 다가갔을 때였다.

"저놈들이 공격 대형으로 벌려 서 있는 것 같습니다."

"아니, 저놈들이 왜?"

이맛살을 찌푸렸던 요시다가 곧 상반신을 펴고는 지시했다.

"배를 돌려라!"

"배를 돌려라!"

신따로가 서둘러 소리쳤고 조타수가 황급히 키를 돌렸다. 그러나 서풍을 받고 나아가던 배라 금방 회전 할 수가 없다. 갑자기 배를 돌리면서 신호수가 뒤를 따르는 배에 깃발 신호를 했지만 넋이 나간 뒤쪽 함선들은 다 보지 못했다. 곧장 다가오는 바람에 질색을 한 신따로가 소리쳤다.

"북을 쳐서 신호를 해라!"

고수가 서둘러 북을 쳤지만 뒤를 따르던 전함 한 척이 대장선의 옆구리를 들이받았다. 이제 포구와의 거리는 2백여 보로 가까워졌다.

영웅전설(英雄傳說) 2

초판1쇄 발행 | 2015년 2월 23일
초판1쇄 발행 | 2015년 2월 28일

지은이 | 이원호
펴낸이 | 박연
펴낸곳 | 한결미디어

등록일자 | 2006년 7월 24일
등록번호 | 제313-2006-000152호
주소 | 서울시 마포구 모래내로 83 한올빌딩 6층
전화번호 | 02 · 704 · 3331
팩스번호 | 02 · 704 · 3330

ISBN 978-89-93151-61-9  04810
ISBN 978-89-93151-59-6  (세트)